诗经学的现代转型

从 1901 到 1931

吴寒·著

文化藝術出版社
Culture and Art Publishing House

图书在版编目（CIP）数据

诗经学的现代转型：从1901到1931 / 吴寒著. —北京：文化艺术出版社，2023.4
ISBN 978-7-5039-7412-0

Ⅰ.①诗… Ⅱ.①吴… Ⅲ.①《诗经》—诗歌研究 Ⅳ.①I207.222

中国国家版本馆CIP数据核字（2023）第071684号

诗经学的现代转型：从1901到1931

著　　者	吴　寒
责任编辑	柏　英
责任校对	董　斌
书籍设计	顾咏梅
出版发行	文化藝術出版社
地　　址	北京市东城区东四八条52号（100700）
网　　址	www.caaph.com
电子邮箱	s@caaph.com
电　　话	（010）84057666（总编室）　84057667（办公室） 　　　　　84057696—84057699（发行部）
传　　真	（010）84057660（总编室）　84057670（办公室） 　　　　　84057690（发行部）
经　　销	新华书店
印　　刷	国英印务有限公司
版　　次	2023年5月第1版
印　　次	2023年5月第1次印刷
开　　本	880毫米×1230毫米　1/32
印　　张	10.75
字　　数	205千字
书　　号	ISBN 978-7-5039-7412-0
定　　价	78.00元

版权所有，侵权必究。如有印装错误，随时调换。

目 录

001　前　言

第一章　道德的重塑：从正夫妇到保国家

008　第一节　传统教化体系与《诗经》

017　第二节　晚清学制变迁中的《诗经》

029　第三节　经训／伦理教科书中的《诗经》

047　第四节　"家事"与"王事"的冲突

054　第五节　小　结

第二章　打下"经字招牌"：整理国故与解构《诗经》经典地位

062　第一节　经典史料化：从"六经皆史"到"六经皆史料"

063　一、章学诚："六经皆先王之政典"

064　二、章太炎："六经都是古史"

067　三、整理国故:"六经皆史料"

076　第二节　斩除藤蔓:从《诗经》回到"诗三百"

077　一、否认孔子删诗:斩断《诗经》与圣人的关联

086　二、废《毛诗序》:瓦解早期阐释体系

098　第三节　小　结

第三章 《诗》学理论与"文学"建构:从古典诗学到现代文学观念

103　第一节　从"文"到"诗":以诗学为中心的文学史建构

108　一、"诗言志":"文学"的不用之用

113　二、雅俗互动:从民间取向到民族形式

121　第二节　"情"的转向:从伦理到个人

121　一、传统"诗言志"论

126　二、鲁迅对传统"言志论"的改造

132　三、"情"和"抒情传统"的重新阐释

140　第三节　民间取向:大众与精英的本位倒转

140　一、传统诗教观念:上达政制,下通民众

146　二、"五四"重释《诗经》之民间取向

151　三、"民间传统"的挖掘和阐释

157　第四节　"兴"义走向平面化

157　一、从"美刺比兴"到"山歌好唱起头难"

161　二、传统"比兴"论：政治—教化—审美

169　第五节　小　结

第四章　《诗经》阐释与"中国"身份：从天下叙事到民族国家

180　第一节　以今度古："中国文学"的系统整合

182　一、《诗经》与"中国"的地域边界

213　二、《诗经》与"中国"的时间脉络

225　第二节　以西律中："中国文学"的世界定位

227　一、"讴谣—韵文—散文"的文体演进脉络

241　二、"史诗—抒情诗—剧诗"的诗体分类

249　三、他者的眼光：抒情与叙事之二分

256　第三节　小　结

第五章 《诗经》研究与"科学方法":历史考据中的启蒙价值

263 第一节 《卷耳》论争:历史考据还是审美本位?

266 一、"假想敌"的变化

271 二、文学研究会的态度:古典之为"次要"

277 三、创造社的立场:"青春化"与"原始化"是同一过程

284 四、《卷耳》论争中的内在张力

290 第二节 《野有死麕》讨论:"科学方法"与价值坚守

292 一、《野有死麕》阐释中的启蒙意识

299 二、俞平伯、周作人的批评:朴学家嫡派

308 第三节 《静女》讨论:"求真"还是"猜谜"?

309 一、字里行间求"原义"

321 二、"科学方法"之迷思

327 第四节 小 结

329 后 记

前　言

今天翻开任何一本文学史，《诗经》的地位都十分明确：它是一部古老的诗歌总集，是中国文学的开山典范。《诗经》作为"中国文学源头"的身份被广泛接受，甚至几乎成为当代人的唯一理解。不过，当我们把目光投向诗经学的漫长历史就会发现，《诗经》被定格、局限于这个身份不过百年时间。新文化运动时期，以胡适、顾颉刚、钱玄同、郑振铎为代表的一批学者，以"科学方法"作为强大武器，打倒了《诗经》的"经字招牌"，为它量身定做了"文学"这件华丽的外衣。伴随着整理国故运动、古史辨运动、白话文运动的激烈争论，诗经学经历了从"经"到"文"的转型。

诗经学的现代转型与晚清民初启蒙救亡的时代主题有密切联系。面对"三千年未有之变局"，中国固有的社会结构、政治体制、思想模式、学术体系都受到西学的剧烈冲击。晚清学者积极反思传统，提出种种方案回应时变。历经数十年的探索与积累，最终在民国初期发展出"重估一切价值"的新文化运动,瓦解了作为传统学术主脉的经学,建立了现代学科体系。于是,过去被奉为五经之首的《诗经》,其作为经典的权威地位被消解,而作为一部文学作品进入文学学科之中。从晚清到"五四"时期有非常多关于《诗经》的讨论,可以说,这些讨论塑造了一个新的《诗经》,这一时期的许多关键论述直到今天还是大部分人理解《诗经》的起点。

对于《诗经》来说,这可谓是一次"范式转型"(库恩语)。晚清民初的学者们从现实需要出发,推翻或改造了既有的知识体系,建立了对于《诗经》的新认识,确立了全新的学术结构、视角与方法。这一论述典范建立后,借助文学学科的建构和文学史书写,迅速成为研究者的共识,且影响深远,直到今天,《诗经》研究的大体框架、基本方法和问题意识仍奉这一范式为圭臬。所以,不管是反省作为经学的《诗经》,还是思考作为文学的《诗经》,"现代转型"都是值得研究的一个关键节点。

本书讨论的时段主要集中于1901年到1931年。1901年清末新政拉开序幕,清政府在军事、政治、教育、商业等领域开展了一系列改革举措,这是中国走向近代化的重要历史事件。其中废科举、兴学堂等教育改革对于儒家经典地位的转型起到了重要的推动作用。考察《诗经》在近代学制变迁中的位置,可以作为我们思考其现代转型的出发点。顾颉刚所编《古史辨》第三册出版于1931年，这本书结集了51篇关于《诗经》的研究文章，包括胡适、郑振铎、顾颉刚等新文化运动主力干将的重要作品，所涉及的内容大致囊括了现代诗经学所关注的基本问题，可以算作"五四"一代诗经学的一个总结。

第 一 章
道德的重塑：
从正夫妇到保国家

晚清以降，《诗经》走下神坛的一个重要原因，是传统儒家伦理道德所维系的社会结构和政治制度的解体。在西学东渐的大背景下，中国知识分子通过对西学思想资源的吸收和对现代社会秩序的重新思考，推翻了延续两千年的传统帝制，建立起全新的共和政体。随着政治体制的转变，传统社会的组织原则和伦理秩序也随之瓦解，"五四"时期思想界的一个重要口号就是"打倒旧道德，建设新道德"。在这样的情况下，一批学者立足新的时代，试图在《诗经》阐释中注入现代价值。随着近代学制的改变，作为伦理承载的《诗经》被从现代教育体系中一步步剥离。

第一节 传统教化体系与《诗经》

在中华民族漫长的文化传统之中,《诗经》作为经国大典,在全社会的政治、文化、学术中承担着重要作用,它的采集、成书和传播都与政治教化密不可分。从周代开始,这些诗作及其对应的政教涵义就成为全社会公共的文化背景。它们从民间到庙堂,经历了由俗而雅的经典化过程。这个过程中,一些抽象义理从诗作中被提炼出来,形成一套具体、精密的伦理体系。由此,《诗经》被施用于自上而下的各级教化,由雅而俗地规训着情感的生发和表达,形成"温柔敦厚"的诗教效果。这套伦理价值生成于经典,经典的解释又服务于政教理念。同时,经典是开放的,历代阐释者根据自己时代的不同情况调整阐释的重心,从而让经典更好地回应时代,使经典构成一个融通的体系,共同体现对文明的整体性思考。

《毛诗大序》开篇首句为：

> 《关雎》，后妃之德也。风之始也，所以风天下而正夫妇也，故用之乡人焉，用之邦国焉。

对此，孔疏如此解释："二《南》之风，实文王之化，而美后妃之德者，以夫妇之性，人伦之重，故夫妇正则父子亲，父子亲则君臣敬，是以《诗》者歌其性情，阴阳为重，所以《诗》之为体，多序男女之事。"[①] 这样一段开宗明义的解释，将以《关雎》为代表的众多男女情爱诗作与夫妇伦理紧密结合在一起，也将"夫妇""家庭""婚姻"等理念引入《诗经》阐释，夫妇人伦成为父子、君臣关系乃至治理天下的基础。孔疏进一步说解道：

> 《序》以后妃乐得淑女，不淫其色，家人之细事耳，而编于《诗》首，用为歌乐，故于后妃德下即申明此意，言后妃之有美德，文王风化之始也。言文王行化，始于其妻，故用此为风教之始，所以风化天下之民，而使之皆正夫妇焉。周公制礼作乐，用之乡人焉，令乡大

---

① （清）阮元校刻：《十三经注疏》，中华书局1980年版，第269页。

夫以之教其民也；又用之邦国焉，令天下诸侯以之教其臣也。欲使天子至于庶民，悉知此诗皆正夫妇也。[1]

孔疏指出，《关雎》之所以被释为"后妃之德"，乃是因为文王之德化始于家庭内部之夫妇关系，并以自身为表率风化天下万民，从夫妇关系出发整顿全社会的人伦纲常。"夫妇—父子—君臣"的阐释思路从首篇出发贯穿整本《诗经》的说解，并随着纲常伦理的固定而一步步完善。家庭观念是儒家文化的基石，这种由自然规律推演至人伦纲常的伦理体系，可从两个层面具体理解。

首先是阴阳相生的自然之性。《周易·序卦传》曰："有天地，然后有万物；有万物，然后有男女；有男女，然后有夫妇；有夫妇，然后有父子；有父子，然后有君臣；有君臣，然后有上下；有上下，然后礼义有所错。"[2] 毛传曰："夫妇有别则父子亲，父子亲则君臣敬，君臣敬则朝廷正，朝廷正则王化成。"[3] 这种理念本源于自然万物运行之理，发乎人道则是"乾道成男，坤道成女"[4]。联系自然规律和人伦纲常的关键就在于

---

[1]（清）阮元校刻：《十三经注疏》，中华书局1980年版，第269页。
[2]（清）阮元校刻：《十三经注疏》，中华书局1980年版，第96页。
[3]（清）阮元校刻：《十三经注疏》，中华书局1980年版，第273页。
[4]（清）阮元校刻：《十三经注疏》，中华书局1980年版，第76页。

"男女之别"——男女之别体现阴阳之理,夫妇结合而有父子之性,进而移孝作忠推出君臣之义。"男女有别"由此成为夫妇人伦的关键——这既符合阴阳相生的自然之性,也符合夫妇结合的礼制之义。在此基础上,夫妇人伦成为父子君臣关系的深层来源。由"男女有别"推至"父子亲",以男女两性之结合说明父子人伦的正当性。这无疑是一个重大的创造,也为父子之间的孝道和君臣之间的忠诚确立了更高的合法性来源。《礼记·中庸》曰:"君子之道,造端乎夫妇,及其至也,察乎天地。"①

其次是阴阳消长的主辅之义。阴阳互为消长,本为一体,但并非完全均等的关系,而是一阴一阳,一主一辅、一支配一从属。《白虎通义·三纲六纪》曰:

三纲者,何谓也?谓君臣、父子、夫妇也……故《含文嘉》曰:"君为臣纲,父为子纲,夫为妻纲。"②

《春秋繁露·基义》曰:

---

① (清)阮元校刻:《十三经注疏》,中华书局1980年版,第1626页。
② (清)陈立:《白虎通疏证》,吴则虞点校,中华书局1994年版,第373—374页。

> 君臣、父子、夫妇之义，皆取诸阴阳之道。君为阳，臣为阴；父为阳，子为阴；夫为阳，妻为阴。阴道无所独行。其始也不得专起，其终也不得分功，有所兼之义。是故臣兼功于君，子兼功于父，妻兼功于夫，阴兼功于阳，地兼功于天。①

夫妇既有一体之道，也有主辅之义，这进一步延伸到父子之间的辈分等级、君臣之间的政治秩序，各种关系也就都有了天然分定。一家之中父亲为家长，一国之中君主为首脑，不同角色有各自的权责，由"三纲"进一步发展出"六纪"理论。"敬诸父兄，六纪道行，诸舅有义，族人有序，昆弟有亲，师长有尊，朋友有旧"②，亦从个人在家族及社会中的远近亲疏关系出发，设定了各种社会关系的相应规范，由此延伸出个人在群体之中的人伦要求。

作为经典的《诗经》始终与家族伦理紧密联系在一起，从家族推展出整个社会的政治伦理。自"三纲六纪"在汉代成为中国传统政治制度的指导原则之后，这一理论也被纳入包括

---

① （清）苏舆：《春秋繁露义证》，钟哲点校，中华书局1992年版，第350—351页。
② （清）陈立：《白虎通疏证》，吴则虞点校，中华书局1994年版，第374页。

《诗经》在内的五经整体说解之中:

> 《易》基《乾》《坤》,《诗》始《关雎》,《书》美釐降,《春秋》讥不亲迎。夫妇之际,人道之大伦也。礼之用,唯婚姻为兢兢。夫乐调而四时和,阴阳之变,万物之统也。可不慎与?①

> 《春秋》之元,《诗》之《关雎》,《礼》之《冠》、《婚》,《易》之《乾》、《坤》,皆慎始敬终云尔。②

> 《诗》始《国风》,《礼》本《冠》《婚》。始乎《国风》,原情性而明人伦也;本乎《冠》《婚》,正基兆而防未然也。③

> 阳尊阴卑,盖乃天性。且《诗》初篇实首《关雎》;《礼》始《冠》、《婚》,先正夫妇。天地《六经》,其旨

---

① (汉)司马迁:《史记》,中华书局1982年版,第1967页。
② (清)孔广森:《大戴礼记补注:附校正孔氏大戴礼记补注》,王丰先点校,中华书局2013年版,第72页。
③ (汉)班固:《汉书》,中华书局1962年版,第3340页。

一揆。①

夫妇之道,参配阴阳,通达神明,信天地之弘义,人伦之大节也。是以《礼》贵男女之际,《诗》著《关雎》之义。由斯言之,不可不重也。②

传统儒家重视家庭伦理和宗法关系,由男女两性的结合出发,又从"忠"与"孝"的一体推出政治伦理,汉唐经师由此构建起五经贯通的思想体系,用以指导具体的制度建设。而宋人在传统观点的基础上,将"修身—齐家—治国—平天下"上升为《大学》之条目,仍强调个人道德的修养、家庭关系的处理是治国平天下的基础,宋儒论《诗》亦多从这一理论框架出发,如《关雎》即被视为文王正家之表现:

曰:"《关雎》之诗,是何人所作?"
曰:"周公作。周公作此以风教天下,故曰'用之乡人焉,用之邦国焉,上以风化下,下以风刺上',盖

---

① (南朝宋)范晔:《后汉书》,(唐)李贤等注,中华书局1965年版,第2053页。
② (南朝宋)范晔:《后汉书》,(唐)李贤等注,中华书局1965年版,第2788页。

自天子至于庶人，正家之道当如此也。"①

如《关雎》之类，正家之始，故用之乡人，用之邦国，日使人闻之。②

宋人对《诗大序》进行了进一步诠释，将夫妇之道推演为君子正家之道，《关雎》所以列为诗三百之首，要义也在于此，因此能用之乡人，用之邦国。朱熹《诗集传》将二《南》中的诗作全部整合进"修身—齐家—治国—平天下"的序列中。朱子认为，《周南》所反映的正是文王从修身出发最终成为天下王者的过程：《关雎》到《螽斯》讲后妃之德，"其词虽主于后妃，然其实则皆所以著明文王身修家齐之效也"，《桃夭》至《芣苢》是国治的表现，《汉广》《汝坟》为南国之诗，说明天下已有渐平之象，而《麟之趾》为王者之瑞，故作为文王之化的终结篇章。《召南》反映的则是诸侯大夫由修身齐家到治国的过程：《鹊巢》至《采𬞟》称美夫人、大夫妻之德，以此见国君大夫蒙受文王之化，而能修身正家，《甘棠》以下则见国君

---

① （宋）程颢、程颐：《二程集》，王孝鱼点校，中华书局2004年版，第229页。
② （宋）程颢、程颐：《二程集》，王孝鱼点校，中华书局2004年版，第21页。

能齐家而治国，这也是文王明德新民之功的体现。① 因此二《南》堪为天下国家的法度，成为自上而下的教化承载。进一步地，这种观点被融入整本《诗经》的说解当中，例如程颐说：

> "用之乡人焉，用之邦国焉。"如《二南》之诗及《大雅》《小雅》，是当时通上下皆用底诗，盖是修身治家底事。②

汉人以夫妇为人伦之始，以"夫妇有别然后父子亲，父子亲然后君臣敬，君臣敬然后朝廷正，朝廷正然后王化成"说解《诗经》中众多的夫妇、父子、宗族诗作，宋人认为"天下之治，正家为先。天下之家正，则天下治矣"③。重视从个体道德和家庭道德出发，从家族秩序延伸到社会秩序，这在整个传统时期形成了较稳定的理论形态。

---

① （宋）朱熹集撰：《诗集传》，赵长征点校，中华书局2017年版，第12页。
② （宋）程颢、程颐：《二程集》，王孝鱼点校，中华书局2004年版，第256页。
③ （宋）程颢、程颐：《二程集》，王孝鱼点校，中华书局2004年版，第1046页。

第二节　晚清学制变迁中的《诗经》

晚清以降，经典在学术体系中的地位受到极大冲击，1901年1月29日颁布的上谕开启了清末新政：

> 世有万古不易之常经，无一成不变之治法，穷变通久，见于大易，损益可知，著于论语，盖不易者三纲五常，如日星之照世，而可变者令甲令乙，不妨如琴瑟之改弦。①

虽然这一谕旨仍然宣称儒家纲常万古不易，但是它也正式

---

① 朱有瓛主编：《中国近代学制史料》第一辑下册，华东师范大学出版社1986年版，第116页。

从国家层面承认了自身存在的不足,表示需要"取外国之长,乃可补中国之短"①,这拉开了之后一系列改革的序幕。

清末新政的重要举措之一,就是以废除科举、发展现代教育体系为核心的教育改革。改革中,政府逐步建立了由蒙学、小学、中学、大学构成的各级教育体系,计划以培养现代政治人才为宗旨,针对全民展开通识性教育。与此同时,科举名额逐年减少,并于1905年最终废除。"如果说科举的废除瓦解了儒家与权力、文化资本之间的内在联系的话,那么由'新政'开始的行政和法律系统的西方化则标志着儒家观念在现实的政治制度中逐渐退出。"②作为传统儒家教育制度的核心,科举制度的教育内容、教育宗旨、教育方式等都与传统儒家经典息息相关,科举作为选拔官员的重要制度,也在一定程度上保障了儒家经典在教育中的正统地位。因此其废除在某种意义上宣告了传统儒家教育走向没落。而新式学堂制度的建立和完善,与清政府于1902年和1904年分别颁布的《钦定学堂章程》(《壬寅学制》)和《奏定学堂章程》(《癸卯学制》)密切相关,随着一系列仿照西方和日本的新学制的颁布,整个社会逐步建立起

---

① 朱有瓛主编:《中国近代学制史料》第一辑下册,华东师范大学出版社1986年版,第116页。
② 干春松:《制度化儒家及其解体(修订版)》,中国人民大学出版社2012年版,第273页。

了相对完整的国民教育体系。

以张之洞和张百熙为代表的第一批教育改革者,并不希望把经典直接剔除出教育体系,而希望新学堂能做到中西合璧,既普及现代国民所需要的通识性的实用知识和技能,也教授经典大义和传统人伦纲常。以中国的经史之学为本,以西方实用技能为用。清政府也依然坚持传统经典之学中的"忠君""尊孔"等基本价值。1906年学部奏请宣示的五大教育宗旨为"忠君、尊孔、尚公、尚武、尚实"①,"忠君""尊孔"被置于首位,表现出强烈的保守色彩。因此,当以经学为基础的儒家经典被纳入现代教育系统时,最初的改革方式是设置读经讲经和修身伦理课程。

1902年8月,清政府颁布的《钦定京师大学堂章程》谈道:

> 中国圣经垂训,以伦常道德为先;外国学堂于智育体育之外,尤重德育,中外立教本有相同之理。今无论京外大小学堂,于修身伦理一门视他学科更宜注意,为培植人材之始基。②

---

① (清)赵尔巽等:《清史稿》,中华书局1977年版,第954页。
② 朱有瓛主编:《中国近代学制史料》第二辑上册,华东师范大学出版社1987年版,第753页。

这一学制规定各级学堂都有修身和读经课程，而《诗经》被安排在小学堂的第一年和第二年。同时，在高等学堂和大学堂章程中规定政科第一年要教授伦理和经学科，其中伦理要求"考求三代汉唐以来诸贤名理，宋元明国朝学案，暨外国名人言行，务以周知实践为归"，经学则讲授《尚书》《诗经》《论语》《孝经》《孟子》，研习自汉以来注家大义。①

1904年颁布的《奏定学堂章程·学务纲要》称：

> 中小学堂宜注重读经以存圣教。外国学堂有宗教一门。中国之经书，即是中国之宗教。若学堂不读经书，则是尧舜禹汤文武周公孔子之道，所谓三纲五常者尽行废绝，中国必不能立国矣。②

读经是"爱国爱类"的基础，因此经典学习也是教育之根本。关于高等小学堂（相当于《钦定学堂章程》之"小学堂"）的课程，《奏定学堂章程》规定：

---

① 朱有瓛主编：《中国近代学制史料》第二辑上册，华东师范大学出版社1987年版，第562、756页。
② 朱有瓛主编：《中国近代学制史料》第二辑上册，华东师范大学出版社1987年版，第83页。

定以《诗经》《书经》《易经》及《仪礼》之一篇为高等小学必读之经。总共四年。①

《诗》《书》《易》三经文义虽多有古奥之处，亦甚有明显易解之处，可讲其明显切用者，缓其深奥者以待将来入高等学堂再习。若少年不读此数经，以后更不愿读，则此最古数经必将废绝矣。②

高等学堂三类学科均于第一年设立"经学大义"课程，讲授《钦定诗义折中》，同时规定大学堂设经学科，经学科下设十一门，包括"毛诗学门"。基础教育阶段和高等教育阶段有不同的宗旨，亦承担不同的任务。在《钦定学堂章程》和《奏定学堂章程》中，经典学习皆贯通于从小学到大学的教育阶段。设计者认为，经典既有"明显易解"的一面，适于初始阶段的童蒙接触最基础的知识，树立最端正的道德，体验最纯粹的情感，接引童蒙走上为学为人的正道。此时甚至不需理解，只需勤于诵读，涵养心性即可，但经典同时也是古奥的，对其

---

① 朱有瓛主编:《中国近代学制史料》第二辑上册，华东师范大学出版社1987年版，第192页。
② 朱有瓛主编:《中国近代学制史料》第二辑上册，华东师范大学出版社1987年版，第191页。

深层奥义的研习可以在大学阶段进行。

虽然清末学制改革尝试保持经学的基础地位,但经学科的实际开展却阻力重重:

> 至有议请废罢《四书》《五经》者,有中小学堂并无读经讲经功课者,甚至有师范学堂改订章程,声明不列读经专科者。人心如是,习尚如是,循是以往,各项学堂于经学一科,虽列其目,亦止视为具文,有名无实。①

不少学者和教育机构认为读经讲经不适合教授童蒙,建议将它们剔除出小学课程。1909年,江苏教育总会公开通告:

> 夫读经讲经之不合于儿童心理生理,久为教育家所公认。诚以高深之学理,必非小学生徒所能尽解,与其徒耗时间,不如多习国文。②

陆费逵认为,经书应该离析出相应内容进入教科书,而不

---

① 徐世昌等编纂:《清儒学案》,沈芝盈、梁运华点校,中华书局2008年版,第7201页。
② 朱有瓛主编:《中国近代学制史料》第二辑上册,华东师范大学出版社1987年版,第209页。

应整体灌输给儿童:

> 经书非儿童所能解，施之小学，尤觉有百害而无一利。记者以为经之有裨修身者，不妨采入修身书；可作文章模范者，不妨收入国民读本，不必专设此科也。①

1911年各省教育总会联合会决议案《请变更初等教育方法案》亦提出我国经书文义高深，不适于小学程度。而庄俞批评读经讲经科完全不适于小学教育，反而会戕害儿童:

> 执孺子而语以至高且深之经传，无当于尊经，无当于崇圣，而戕贼儿童之罪，转无可逭。②

何劲《说两等小学读经讲经之害》直接将矛头对准《诗经》:

> 孔子，圣之时者也。其著书也，亦按时以立言，五经之书，皆适合孔子之时者也。孔子时列国聘问，赋诗

---

① 朱有瓛主编:《中国近代学制史料》第二辑上册，华东师范大学出版社1987年版，第217—218页。
② 朱有瓛主编:《中国近代学制史料》第二辑上册，华东师范大学出版社1987年版，第225页。

之风盛行，一有不能，而相鼠茅鸱之诮即随之。故编集《诗经》，使学士大夫分类而熟习之，得以专对而免不学之诮，用心亦良苦矣。而今非其时也，乃学部现章，以《诗经》为高等小学必修科，每星期教授十一小时，其中窒碍，请得而略言之。高等小学生年龄十三四者居多，嗜欲初开，防闲之犹虞其横溢。乃《诗经》中多男女相悦之辞，在诗人之意以为讽也，而不啻相劝矣。即如"关雎"，孔子之所谓乐而不淫、哀而不伤者。然其词曰，"窈窕淑女，寤寐求之，求之不得，辗转反侧"。教员讲解时学生听之，以为淫耶，乐耶？况卷耳乃妇人思夫之诗。樛木为众妾颂嫡之德，螽斯庆子孙之众多，桃夭咏新娘之美善，一部国风大半不离乎妇女，以此为教科书，与德宗景皇帝所定之教育宗旨合乎，否乎？于国民教育之前途，利乎，害乎？中国早婚蓄妾之害，时贤论之详矣，而国风一编，则不啻为早婚蓄妾者推其波而助其澜也。孔子编诗，原有闺房、乡国、宗庙、宴享之别，非为一般人民之普通教科书也。今乃令全国之高等小学生诵习之，吾恐不惟无益而反害之也。①

---

① 朱有瓛主编：《中国近代学制史料》第二辑上册，华东师范大学出版社1987年版，第230—231页。此处疑有误，"闰房"或为"闺房"，供读者参考。

何劲认为，五经符合的是孔子时代的教育理念，但这些经典已经不适应现代，让十三四岁的高等小学生学习《诗经》，非但不能增进他们的知识，反而会产生扰乱思想之危害。《国风》多男女情爱之作，又浸淫传统婚姻之观念，情窦初开的小学生是无法详辨其宗旨的。《诗经》内容驳杂，其中的内容本来就面向不同的社会群体，因此《诗经》不应该成为基础性的通识教育内容，对于小学生则更不适宜。

1911年共和政体建立后，儒家经典在教育体系中的位置愈发尴尬，传统教育宗旨也受到激烈抨击。1912年蔡元培就任南京临时政府教育总长后，旗帜鲜明地批评"忠君与共和政体不合，尊孔与信教自由相违"[1]。1912年9月2日，教育部公布教育宗旨："注重道德教育，以实利教育、军国民教育辅之，更以美感教育完成其道德。"[2] 同年宣布废止读经。1913年中学课程标准规定：第一学年讲授"持躬处世，待人之道"；第二学年讲授"对国家之责务，对社会之责务"；第三学年讲授"对家族及自己之责务，对人类及万有之责务"；第四学年讲授

---

[1] 蔡元培：《对于新教育之意见》，载高平叔编《蔡元培全集》第二卷，中华书局1984年版，第136页。
[2] 朱有瓛主编：《中国近代学制史料》第三辑上册，华东师范大学出版社1990年版，第90—91页。

"伦理学大要,本国道德之特色"。①随着教育制度的进一步发展,道德伦理都由"修身"或"伦理"科负责教授,这些科目的教授内容中已经基本没有了与儒家经典相关的内容。它们的教育准则主要包括个人、家族、社会、国家、人类等方面,课程设计则主要参考西方伦理学科。②

早在 1901 年,蔡元培就主张:"是故《书》为历史学,《春秋》为政治学,《礼》为伦理学,《乐》为美术学,《诗》亦美术学。而兴观群怨,事父事君,以至多识鸟兽草木之名,则贱心理、伦理及理学,皆道学专科也。"③1913 年,教育部公布《大学规程》取消经学科,儒家经典被并入哲学门中的中国哲学类、国文学类和中国史类,《毛诗》入中国哲学类。在进一步调整中,《毛诗》不再单列,《诗经》相关内容归入"中国文学"。蔡元培如此谈道:

> 清季学制,大学中仿各国神学科的例,于文科外又设经科。我以为十四经中,如《易》、《论语》、《孟子》

---

① 朱有瓛主编:《中国近代学制史料》第三辑上册,华东师范大学出版社 1990 年版,第 359 页。
② 参见干春松《制度化儒家及其解体(修订版)》,中国人民大学出版社 2012 年版,第 246—273 页。
③ 蔡元培:《学堂教科论》,载高平叔编《蔡元培全集》第一卷,中华书局 1984 年版,第 145 页。

等，已入哲学系；《诗》、《尔雅》，已入文学系；《尚书》、三《礼》、《大戴记》、春秋三《传》，已入史学系；无再设经科的必要，废止之。①

此后虽也发生了数次关于读经和尊孔的争论，但儒家经典在现代教育体系中已基本不再有独立的位置。

晚清以降，教育体系中发生的重要转变之一是经典的逐渐淡出。但此种变化并非一蹴而就，而是从晚清新政开始，历经一次次讨论和争议才逐渐完成。转变的发生与传统道德秩序的解体有关。前文提到，在传统诗教阐释中，不管是汉代《诗》说之"夫妇—父子—君臣"，还是宋代《诗》说之"修身—齐家—治国—平天下"，始终包含了由个体道德和家庭道德出发，从家族秩序延伸到社会秩序的伦理思想，经典阐释体系与传统社会的政治结构是息息相关的。而传统的社会组织原则和道德原则在晚清以来遭到了挑战，越来越多人认为，经典中的原则已不适应时代的需要，在内忧外患的时代乱局下，中国需要学习西方的社会组织方式，来凝聚社会力量，抵御外侮，这也要求全新的修身伦理教育和个体道德建设。这种社会思潮发展到

---

① 蔡元培：《我在教育界的经验》，载高平叔编《蔡元培全集》第七卷，中华书局1984年版，第198页。

后来,催生了"五四"时期的重要口号"建设新道德,推翻旧道德"。所以,在民国以后的教育体制中,模仿西方和日本而建设的伦理修身科全面地取代了读经讲经科的地位。

考察这一转变的一个窗口,就是晚清学制变迁以来产生的一系列经训教科书和伦理教科书。之所以聚焦教科书,是因为教科书所代表的往往是相对完备和成熟的教化范本,尤其是那些受官方认可、由官方颁布的教科书。由于新旧交替的特殊时代背景,这一时期的许多教科书呈现出奇特的面貌:它们一方面模仿西方和日本的伦理教科书,以新的方式展开伦理教育,从个体、家庭、社会、国家等层面进行道德分析;而另一方面,它们又试图从传统经典中解读出新的伦理原则。在努力的过程中,许多学者感受到儒家经典与"现代道德"之间的诸多龃龉之处。例如当时形成了一种较普遍的观点,认为《诗经》中有丰富的个人和家庭道德而缺乏社会和国家道德,因此这部经典难以适应时代要求。虽然民国之后读经科才被正式废止,但在此之前的种种探讨,或可呈现《诗经》走下神坛过程中一些更深入、更复杂的思想层面。

第三节 经训/伦理教科书中的《诗经》

晚清经训和伦理教科书一般从四个方面展开道德伦理教育：个人道德、社会道德、家庭道德、国家道德。目前所能见到的晚清教科书中，提及《诗经》者有13种，分别为：

蒋黼编：《蒙学修身书》，1902年版。

[日]元良勇次郎：《中等教育伦理学》，麦鼎华译，广智书局1903年版。

陈善：《绘图蒙学修身实在易》，上海彪蒙书室1905年版。

刘师培编：《伦理教科书》，国学保存会1905年版。

陆基：《蒙学经训修身教科书（初等小学堂学生用书）》，上海文明书局1906年版。

顾鸣岐编：《高等女学课本》，文明书局1906年版。

黄展云、林万里、王永炘编：《高等小学用经训教科书》，商务印书馆 1909 年版。

黄展云、林万里、王永炘编：《经训教科书教授法》，商务印书馆 1910 年版。

蒋智由：《学部审定小学修身教科书》，同文印刷舍 1910 年版。

汪子璇编：《高等小学用古训修身教科书》，新学会社 1909 年版。

汪子璇编：《初等小学用第一简明修身启蒙》初编，新学会社 1909 年版。

汪子璇编：《初等小学用第一简明修身启蒙》二编，新学会社 1910 年版。

《高等小学教授细目》，学部编译图书局 1910 年版。

具体而言，晚清经训、伦理教科书中涉及《诗经》者，个人道德约 25 条，社会道德约 8 条，家庭道德约 37 条，国家道德约 12 条，诗句、篇目、出处大致如下表。

晚清经训/伦理教科书涉及《诗经》的内容

大类	细目	诗句	篇目	出处
个人道德	治身	如琢如磨。	卫风·淇奥	《伦理教科书》
	治身	瞻彼淇奥,绿竹猗猗。有匪君子,如切如磋,如琢如磨。瑟兮僩兮,赫兮咺兮,有匪君子,终不可谖兮。	卫风·淇奥	《高等小学用经训教科书》
	仪节	敬慎威仪。	大雅·抑	《高等小学用古训修身教科书》
	仪节	淑慎尔止,不愆于仪。	大雅·抑	《高等小学用古训修身教科书》
	仪节	不愆于仪。	大雅·抑	《高等小学用古训修身教科书》
	仪节	夙兴夜寐,洒扫庭内。敬尔威仪,无不柔嘉。	大雅·抑	《高等小学用经训教科书》
	仪节	淑人君子,其仪不忒。	曹风·鸤鸠	《高等小学用经训教科书》
	仪节	抑抑威仪,维德之隅。	大雅·抑	《伦理教科书》
	容仪	彼其之子,不称其服。	曹风·候人	《学部审定小学修身教科书》
	慎言	无易由言,无曰苟矣。莫扪朕舌,言不可逝矣。	大雅·抑	《高等小学用经训教科书》
	慎言	白圭之玷,尚可磨也。斯言之玷,不可为也。	大雅·抑	《高等小学用经训教科书》

（续表）

大类	细目	诗句	篇目	出处
个人道德	慎言	妇有长舌，维厉之阶。	大雅·瞻卬	《高等女学课本》
	慎独	尚不愧于屋漏。	大雅·抑	《伦理教科书》
	慎独	相在尔室，尚不愧于屋漏。无曰不显，莫予云觏。	大雅·抑	《高等小学用经训教科书》
	谨慎	小心翼翼。	大雅·大明	《初等小学用第一简明修身启蒙》二编
	有备	迨天之未阴雨，彻彼桑土，绸缪牖户。今女下民，或敢侮予。	豳风·鸱鸮	《高等小学用经训教科书》
	好问	先民有言，询于刍荛。	大雅·板	《高等小学用经训教科书》
	天赋人权	天生烝民，有物有则。	大雅·烝民	《伦理教科书》
	命由己造	自求多福。	大雅·文王	《伦理教科书》
	命由己造	自诒伊戚。	小雅·小明	《伦理教科书》
	洒扫	洒扫庭内。	大雅·抑	《初等小学用第一简明修身启蒙》二编
	起居	夙兴夜寐。	小雅·小宛	《初等小学用第一简明修身启蒙》初编
	毅力	靡不有初，鲜克有终。	大雅·荡	《高等小学用古训修身教科书》
	图后	诒厥孙谋。	大雅·文王有声	《蒙学修身书》

（续表）

大类	细目	诗句	篇目	出处
个人道德	知耻	夙兴夜寐，无忝尔所生。	小雅·小宛	《高等小学用经训教科书》
社会道德	方正	敬慎威仪。	大雅·抑	《蒙学修身书》
	方正	人亦有言，柔则茹之，刚则吐之。维仲山甫，柔亦不茹，刚亦不吐。不侮矜寡，不畏强御。	大雅·烝民	《高等小学用经训教科书》
	仁慈	哀此惸独。	小雅·正月	《高等小学用古训修身教科书》
	慈善	有渰萋萋，兴雨祁祁。雨我公田，遂及我私。彼有不获穉，此有不敛穧。彼有遗秉，此有滞穗，伊寡妇之利。	小雅·大田	《高等小学用经训教科书》
	守职	夙夜匪解，虔共尔位。	大雅·韩奕	《高等小学用经训教科书》
	报施	全诗	卫风·木瓜	《高等小学用经训教科书》
	公私界说	言私其豵，献豜于公。	豳风·七月	《伦理教科书》
	公私界说	雨我公田，遂及我私。	小雅·大田	《伦理教科书》
家庭道德	宗族	宗子维城。	大雅·板	《伦理教科书》
	宗族	既有肥羜，以速诸父。既有肥牡，以速诸舅。	小雅·伐木	《伦理教科书》

（续表）

大类	细目	诗句	篇目	出处
家庭道德	宗族	兄弟昏姻，无胥远矣。	小雅·角弓	《伦理教科书》
	家族	伐木许许，酾酒有藇。既有肥羜，以速诸父。宁适不来，微我弗顾。於粲洒扫，陈馈八簋。既有肥牡，以速诸舅。宁适不来，微我有咎。	小雅·伐木	《高等小学用经训教科书》
	齐家	刑于寡妻，至于兄弟，以御于家邦。	大雅·思齐	《伦理教科书》
	齐家	《大学》论齐家，引《桃夭》之诗，谓宜其家人而后可以教国人，又引《鸤鸠》之诗，言父子兄弟足法，而后民法之也。	周南·桃夭 曹风·鸤鸠	《伦理教科书》
	齐家	妻子好合，如鼓瑟琴。兄弟既翕，和乐且湛。	小雅·常棣	《伦理教科书》
	齐家	刑于寡妻，至于兄弟，以御于家邦。	大雅·思齐	《高等小学用经训教科书》
	齐家	妻子好合，如鼓瑟琴。兄弟既翕，和乐且湛。宜尔室家，乐尔妻帑。	小雅·常棣	《高等小学用经训教科书》

（续表）

大类	细目	诗句	篇目	出处
家庭道德	父母	蓼蓼者莪，匪莪伊蒿。 哀哀父母，生我劬劳。 蓼蓼者莪，匪莪伊蔚。 哀哀父母，生我劳瘁。 父兮生我，母兮鞠我。 拊我畜我，长我育我。 顾我复我，出入腹我。 欲报之德，昊天罔极。	小雅·蓼莪	《高等小学用经训教科书》
	父母	哀哀父母，生我劬劳。	小雅·蓼莪	《蒙学修身书》
	父母	全诗	小雅·蓼莪	《高等小学教授细目》
	父母	父兮生我，母兮鞠我。 拊我畜我，长我育我。 顾我复我，出入腹我。 欲报之德，昊天罔极。	小雅·蓼莪	《蒙学修身书》
	父母	欲报之恩，昊天罔极。	小雅·蓼莪	《学部审定小学修身教科书》
	父母	哀哀父母，生我劬劳。	小雅·蓼莪	《学部审定小学修身教科书》
	兄弟	兄及弟矣，式相好矣，无相犹矣。	小雅·斯干	《蒙学经训修身教科书（初等小学堂学生用书）》
	兄弟	全诗	唐风·杕杜	《高等小学用经训教科书》

（续表）

大类	细目	诗句	篇目	出处
家庭道德	兄弟	常棣之华，鄂不韡韡。凡今之人，莫如兄弟。死丧之威，兄弟孔怀。原隰裒矣，兄弟求矣。脊令在原，兄弟急难。每有良朋，况也永叹。	小雅·常棣	《高等小学用经训教科书》
	兄弟	全诗	小雅·常棣	《高等小学教授细目》
	兄弟	秩秩斯干，幽幽南山。如竹苞矣，如松茂矣。兄及弟矣，式相好矣，无相犹矣。	小雅·斯干	《高等小学用经训教科书》
	兄弟	兄弟既翕。	小雅·常棣	《伦理教科书》
	兄弟	兄及弟矣，式相好矣，无相犹矣。	小雅·斯干	《伦理教科书》
	兄弟	凡今之人，莫如兄弟。	小雅·常棣	《伦理教科书》
	兄弟	兄及弟矣，式相好矣，无相犹矣。	小雅·斯干	《高等小学用古训修身教科书》
	兄弟	死丧之威，兄弟孔怀。	小雅·常棣	《高等女学课本》
	朋友	他山之石，可以为错。他山之石，可以攻玉。	小雅·鹤鸣	《蒙学修身书》
	师友	《谷风》作而友道衰，《伐木》废而友道缺。	小雅·谷风 小雅·伐木	《伦理教科书》
	乡党	维桑与梓，必恭敬止。	小雅·小弁	《伦理教科书》

（续表）

大类	细目	诗句	篇目	出处
家庭道德	家教	不学《诗》，无以言。	论语	《蒙学经训修身教科书（初等小学堂学生用书）》
	家教	教之诲之。	小雅·绵蛮	《高等小学用古训修身教科书》
	家教	教诲尔子，式穀似之。	小雅·小宛	《高等女学课本》
	家教	彼君子兮，不素餐兮。	魏风·伐檀	《高等女学课本》
	母爱	鸤鸠在桑，其子七兮。淑人君子，其仪一兮。	曹风·鸤鸠	《高等女学课本》
	妇功	唯酒食是议。	小雅·斯干	《蒙学修身书》
	女才	知我者，谓我心忧。不知我者，谓我何求。	王风·黍离	《高等女学课本》
	内助	彼美淑姬，可与晤言。	陈风·东门之池	《高等女学课本》
	祭祀	春秋匪解，享祀不忒。	鲁颂·閟宫	《高等小学用经训教科书》
国家道德	兵役	赳赳武夫。	周南·兔罝	《高等小学用古训修身教科书》
	守法	不愆不忘，率由旧章。	大雅·假乐	《高等小学用经训教科书》
	奉公	肃肃鸨羽，集于苞栩。王事靡盬，不能艺稷黍。	唐风·鸨羽	《高等小学用经训教科书》

（续表）

大类	细目	诗句	篇目	出处
国家道德	奉公	我出我车，于彼牧矣。自天子所，谓我来矣。召彼仆夫，谓之载矣。王事多难，维其棘矣。	小雅·出车	《高等小学用经训教科书》
	奉公	昔我往矣，黍稷方华。今我来思，雨雪载涂。王事多难，不遑启居。岂不怀归？畏此简书。	小雅·出车	《高等小学用经训教科书》
	国民	《诗经·小戎》一篇，是秦伐西戎时候从军的妻子所做。	秦风·小戎	《绘图蒙学修身实在易》
	尚武	修我甲兵，与子偕行。	秦风·无衣	《初等小学用第一简明修身启蒙》初编
	国家	岂不怀归？王事靡盬。	小雅·四牡	《伦理教科书》
	国家	王事靡盬，不遑将父。王事靡盬，不遑将母。	小雅·四牡	《伦理教科书》
	国家	秦王为申包胥赋《无衣》。	秦风·无衣	《蒙学修身书》
	国家	秦王为申包胥赋《无衣》。	秦风·无衣	《高等小学用经训教科书》
	国家	全诗	王风·葛藟	《高等小学教授细目》

在新式教科书中，中小学生学习的道德主要包括对自己、对家庭、对社会、对国家等几个方面。表面上看，它们和中国

传统的修身、齐家、治国、平天下很类似。

> 西人之治伦理学者,析为五种:一曰对于己身之伦理,二曰对于家族之伦理,三曰对于社会之伦理,四曰对于国家之伦理,五曰对于万有之伦理,与中国《大学》所言相合。《大学》言"正心、诚意、修身",即对于己身之伦理也;《大学》言"齐家",即对于家族之伦理也;《大学》言"治国、平天下",即对于社会、国家及万有之伦理也。盖"伦"之义取于"比","理"之义取于"分"。①

刘师培以《大学》之八条目分别对应己身、家族、社会、国家、万有伦理。但实际上,这些大类之间的关系、具体包含的条目、各类之中的侧重点,都已经与传统道德秩序有所不同,以下具体分析:

个人道德方面,这些教科书普遍认为,《诗经》中的个人道德主要有注重仪节、仪容整肃、谨言慎行、未雨绸缪等,内容比较杂,涉及面非常广,针对具体诗句的阐发往往与传统解

---

① 刘师培:《经学教科书·伦理教科书》,万仕国点校,广陵书社 2016 年版,第 128 页。

释并无明显差异。比较独特的是，相关阐发往往会与西人言行并列言之。如汪子璇《高等小学用古训修身教科书》谈到"淑慎尔止，不愆于仪"，认为此条所论为重视自身仪容之美德："今西人容止昂然，有伟丈夫气，未尝见有耸肩曲背者，良由幼时教育所致，小子识之。"①又其《初等小学用第一简明修身启蒙》二编言及"洒扫庭内"，以此为重视个人卫生之美德："美国华侨，聚族而居，守故风，不尚洒扫，美人呼之为齷齪奴，后忽罹疫，美人恐传染，悉焚华界。不洁之耻，莫过于此。问：美之华侨，美人何以呼为齷齪奴？"②两处说解都以西人为道德范本，而认为中国人达不到相应要求，以此勉励学生修身。

社会道德方面，主要包括为人方正、慈善、公私关系处理等，这部分内容相对较少。具体而言，两本教科书提到了《小雅·大田》，认为"有渰萋萋，兴雨祁祁。雨我公田，遂及我私。彼有不获穉，此有不敛穧。彼有遗秉，此有滞穗，伊寡妇之利"为公共慈善之体现，其前半部分描述公田与私田的关系，涉及公共财产，后半部分遗留稻穗赈济寡妇，体现其能牺牲私产以赈社会上之贫困者。对比传统训释，郑笺释为："古

---

① 汪子璇编：《高等小学用古训修身教科书》，新学会社1909年版，第5页。
② 汪子璇编：《初等小学用第一简明修身启蒙》二编，新学会社1910年版，第12—13页。

者阴阳和,风雨时,其来祈祈然而不暴疾。其民之心,先公后私,令天主雨于公田,因及私田尔。此言民怙君德,蒙其余惠。"① 阐释重心聚焦于圣王仁德,由于王者施行仁政,故下民有敬上之心,亦有丰收之利,鳏寡孤独者皆能蒙其恩惠。而晚清教科书普遍转换了阐释角度,从个人对社会的奉献出发,赞扬个人在一己之私外尚能念及社会上贫困者,遗留稻穗即为公德心之体现。

除此之外,尚有教科书以《大雅·韩奕》之"夙夜匪解,虔共尔位"为守职之德行:"这守职一事,也是对群必不可少的道德。人不守职,就所辜负的不仅一二人,社会也要受他的害。"② 传统解读以此为仲山甫能内奉王命,外治诸侯,尊事宣王。而晚清教科书中,守职被与群体道德联系起来,每个人都要遵守自己的职分,完成分内之事,否则会使全社会受害。再如《卫风·木瓜》之"投我以木瓜,报之以琼琚。匪报也,永以为好也",传统解读为卫人思报齐桓公之德,而《经训教科书教授法》以此为群体报施之美德:"报施也是交际的一件事体,也是对群道德的一种。如今的人,往往受惠忘报,久后就

---

① (清)阮元校刻:《十三经注疏》,中华书局1980年版,第477页。
② 黄展云、林万里、王永炘编:《经训教科书教授法》第二册,商务印书馆1910年版,第38页。

做辜恩负义的小人,所以不可不讲究报施的道理。"[1]

家庭道德方面,主要包括夫妇、父母、兄弟、亲族的亲爱关系。《诗经》中涉及家族者非常多,因此相关内容在教科书中出现得也最多。总的来说,晚清经训和伦理教科书对于相应诗句的说解和传统注本大致相似,但在传统的孝敬父母、友爱兄弟、和睦亲族之外,也发生了阐释重心的变化。学者们试图把家庭道德和国家道德联系起来,强调治家归根结底是为了国家之强盛。如《经训教科书教授法》说解"刑于寡妻,至于兄弟,以御于家邦",在传统的家齐然后国治天下平之外进一步谈道:"家就是国的一分子,人人晓得治家要紧,就人人家事都能整理,个个子弟都能成立,国家不会强盛起来吗?诸生读书,要做一个良国民,总要先从家政着手,不要空谈爱国呢。"[2] 治理家庭之所以重要,是因为家是国的组成部分,只有每一个家庭内部关系处理好了,国家的秩序才能安定,其立足点已经与传统解读有所不同。

传统注疏对于家国关系的阐释往往强调其结构上的共性,即父子和君臣的比附关系。一个能在家庭中扮演好父亲、儿子

---

[1] 黄展云、林万里、王永炘编:《经训教科书教授法》第四册,商务印书馆1910年版,第28页。
[2] 黄展云、林万里、王永炘编:《经训教科书教授法》第四册,商务印书馆1910年版,第25页。

等角色的人,也能在政治生活中处理好上下级关系。而在晚清经训和伦理教科书中,"国"成为明确凌驾于"家"之上的概念,治家最终是为了立国。当家事和国事产生冲突时,一个人应该毫不犹豫地放下家庭,奔赴国难。《经训教科书教授法》谈到《唐风·鸨羽》之"肃肃鸨羽,集于苞栩。王事靡盬,不能蓺稷黍",以及《小雅·出车》之"昔我往矣,黍稷方华。今我来思,雨雪载涂。王事多难,不遑启居。岂不怀归?畏此简书",认为这体现了当家事和王事产生冲突之时,一个人应该忠勇奉公:"人当太平没有事时候,就各执他的业,自赡他的家,养他的父母。一旦国有大事,就应该共同一致,赴国家的急,做忠勇的国民,这在古昔的人都知道这义。""养父母岂不是做人至要的事,然至国家有事,还应该黾勉从公,不能够兼顾,可见这国事是顶要紧的了。"① 虽然传统解读中并非不存在"家事"与"王事"之张力,但是晚清教科书再三强调黾勉从公,就是要树立"国"的绝对优先性。

另外,传统解读在"国"之上还有"天下"。"国"之强盛并非最终目标,君子王道还需要进一步向外推行,在"国"和"天下"这一组对应概念中,最重要的不是空间因素,而是精

---

① 黄展云、林万里、王永炘编:《经训教科书教授法》第四册,商务印书馆1910年版,第38页。

神层面的政治和文化的推广。"国"是"天下"的中心,这是一种由政治和文明体向外延伸的概念,而在晚清以来的教科书中,"天下"维度并不明晰,"国"的强盛成为终极目标。

国家道德方面,主要包括服兵役、服劳役、遵守国家法律等。《诗经》中有大量描述军士保家卫国的行役诗,这部分作品在传统解读中往往与具体的时代背景和战役相结合,被阐释为王者功绩或贤臣攻伐等,而在晚清经训、伦理教科书中,这类诗作多被解读为国家危难之时个人积极为国服兵役。如陈善《绘图蒙学修身实在易》这样解读《秦风·小戎》:

> 《诗经·小戎》一篇,是秦伐西戎时候从军的妻子所做。照这篇诗看起来,足见古时不但男子有勇猛的精神,连妇女也有勇猛的思想。现在中国妇女程度尚浅,姑且不必责备他。怎么一个堂堂男子汉,也大半都是委靡不振、懦弱无能的?这没有别的缘故,因他从小就是这样。如果从小就有勇猛的精神,那不遍中国都是军国民吗。[1]

---

[1] 陈善:《绘图蒙学修身实在易》第四册,上海彪蒙书室1905年版,第15页。

陈善将《秦风·小戎》解读为妇女鼓励丈夫出征,认为这是秦时国民勇武的体现。在这种视角之下,《诗经》中的行役之作都被视为壮士出征时的自我鼓舞。在这段话的最后,陈善用了一个词"军国民",这是中国为列强欺凌之时许多仁人志士的呼吁。蔡锷曾发表《军国民篇》,认为中国"国力孱弱,生气销沉"①,正是由于国民教育不能充分调动国民为国捐躯之精神。蔡元培亦主张教育宗旨当培养"军国民"。陈善对《小戎》的解读无疑也受到了相关思潮的影响。

除此之外,汪子璇《高等小学用古训修身教科书》解读《周南·兔罝》"赳赳武夫",也举出日本人浮田公信的例子,赞美其在美军舰泊东京湾时,鼓励其子参军,杀身救国:"东西各国,皆有服尽之义务。我国苟人人振起精神,养成军人之资格,以服兵役。国家何患不转弱为强?诸生其勉之。"②汪子璇《初等小学用第一简明修身启蒙》初编解读《秦风·无衣》"修我甲兵,与子偕行",亦以蚁群作比:"一儿见蚁列阵,以问母。母曰:'蚁亦知兵也。蚁王率群蚁,犹兵之受命于将也,故至死不敢却。'"③种种说解强调国民服兵役之义务,这与陈

---

① 奋翮生:《军国民篇》,《新民丛报》1902 年第 1 号。
② 汪子璇编:《高等小学用古训修身教科书》,新学社 1909 年版,第 39 页。
③ 汪子璇编:《初等小学用第一简明修身启蒙》初编,新学社 1909 年版,第 25—26 页。

善对《小戎》的解读是一致的。

在服兵役之外,晚清经训、伦理教科书还强调纳税、守法都是国民对国家应尽的义务。如《大雅·假乐》言"不愆不忘,率由旧章",《经训教科书教授法》以此申明遵守法律的重要性,又将守法与君主立宪之新制度联系起来:"吾国今日,为预备立宪时代。这时做国民的,亟宜普及法律思想,养成尊崇秩序的性质,然后方可以说实行宪法,方可以说享受自由。"①

《诗经》在传统教化体制中往往被作为君子立言立行之教本,因此传统阐释很少从国民层面展开对国家义务的说解。但是,由于晚清改制的特殊时代环境,教科书的重要功能之一就是培养一般国民知晓对国家的种种义务,因此,《诗经》中与救国相关的诗句也都被纳入这一解释思路之中。

---

① 黄展云、林万里、王永炘编:《高等小学用经训教科书》第四册,商务印书馆1910年版,第34页。

第四节 "家事"与"王事"的冲突

对于晚清时期的一批教科书编写者来说,《诗经》中的伦理原则可以和新时代从西方和日本引进的伦理体系对接。正是在这种基本思路下,学者们做出了种种将新道德融入旧经典的努力。但在这个过程中他们发现,《诗经》的内容似乎难以适应时代最急切的需要,经典与现实之间存在种种难以弥合的问题,其中最突出者就是"家事"与"王事"的冲突。

这一时期学者们普遍感受到,《诗经》所涉家族伦理非常多,而国家伦理很少。就目前收集的材料来看,晚清伦理修身教科书中涉及《诗经》者,家庭道德比重很大,而与社会道德和国家道德相关的内容要少得多。尽管学者们已经尽力搜寻和重新阐释,仍然难以在诸层面中找到平衡。刘师培《伦理教科书》就谈道:"中国古籍,于家族伦理,失之于繁;于社会伦理，失之于简。"① 这会导致对于公德的妨碍：

> 由是，子与亲之关系日深，而民与国之关系日浅。其妨碍公德，不亦甚耶？然《孝经》有言："立身行道，扬名于后世，以显父母，孝之终也。"又言："得人之欢心，以事其亲。"《礼记》有言："事君不忠，非孝也；莅官不敬，非孝也；朋友不信，非孝也；战陈无勇，非孝也。"则对于社会、国家尽伦理，亦为孝亲之一端。又，《诗》言："王事靡盬，不遑将父，不遑将母。"盖以国家较家族，国为重而家为轻。②

在刘师培看来，传统经典对于家庭道德强调过多，会导致一个人与自己的亲族关系越来越深，与国家之间的关系越来越浅，最终妨碍公德的建立，影响个体为国家尽忠。他认为中国的思想以身为家族之身，因此修身也只是从家族伦理出发，除了孝悌之外没有别的修身义务，这样己身就是家族私有之身，而不是天地间公共之身体。一个人只需要对家庭尽义务，不需

---

① 刘师培：《经学教科书·伦理教科书》，万仕国点校，广陵书社 2016 年版，第 202 页。
② 刘师培：《经学教科书·伦理教科书》，万仕国点校，广陵书社 2016 年版，第 209—210 页。

要对国家尽义务。因此中国人"凡事于家族有利者，则经营恐后；凡事于家族有害者，则退避不前"①，这是中国伦理的一大弊端。

另外，刘师培还批评中国传统伦理的一大问题就是家族制度中的不平等，家族伦理与宗法制息息相关，它天然地规定了在家庭中妻子需要服从丈夫，儿子需要服从父亲，以此向外推扩，则臣民需要服从君主，这是没有道理的。君主在国家政治中的绝对权威地位会妨碍公共空间和公共意识的形成，天然划分主从地位会导致家族和社会生活中的依赖性，而不能充分调动大家为公共事业服务的积极性。他批评《诗经》"雨我公田，遂及我私"等诗句，其中的"公"只是指统治者一家一姓之私产，仍然不是大众公共意识的体现。

进一步地，刘师培批评传统学者对于三纲五伦的形而上解释是束缚人民之工具。他提出，唐虞以前并无所谓人伦，夫妇、父子等伦理都是在历史进程中逐步确立的，而传统儒家认为伦理是天然生成，生民之初即有伦理，这有悖于进化道理。他否定传统"有天地，然后有万物；有万物，然后有男女；有男女，然后有夫妇"的观念，反对从形上之理推出夫妇人伦，

---

① 刘师培:《经学教科书·伦理教科书》，万仕国点校，广陵书社2016年版，第205页。

进而导出一系列伦理法则。批评"君为臣纲,父为子纲,夫为妻纲"并非天定,只是为了束缚人民而塑造出来的理论。

刘师培认为,中国传统对于家族伦理的重视会导致种种弊端,其最严重者在于影响国民公共观念的生成。这样,传统"家"和"国"的伦理张力在刘师培这里发生了转向——在由家到国、从家族伦理推出公共伦理的传统模式下,家族伦理和公共伦理在一定程度上是通达的;但在刘师培的观念中,"家庭"和"家族"在某种意义上被划归了个体私人领域,而"国"成为公共领域的代表,家族伦理和公共伦理被塑造为矛盾关系。"中国社会、国家之伦理所以至今未发达者,则由家族思想为之阏隔也。"① 解决困境的办法是参照西方模式而弱化家庭:

> 家族伦理,中西不同。其所以不同者,则由社会组织之殊。西洋以人为本位,中国以家为本位。故西洋以个人为"幺匿",社会为"拓都",拓都、幺匿之间,别无阶级;而中国则不然,个人、社会之间,介以家族。②

---

① 刘师培:《经学教科书·伦理教科书》,万仕国点校,广陵书社2016年版,第237页。
② 刘师培:《经学教科书·伦理教科书》,万仕国点校,广陵书社2016年版,第237页。

刘师培认为，西方伦理以个人为本位，虽然他们也重视家庭，认为国家是由家族组成的，但由于有清晰的民族国家观念存在，不会导致个人只顾经营家族私利而不顾社会义务。另一方面，西方以个人为本位，强调天赋人权、人人平等，也就不会导致家族制度的不平等，亦不会产生日益严格的家族内部的名分压制。刘师培认为，西方伦理观念与中国传统形成鲜明对比，对于我们有借鉴意义。

治理家庭和效忠国家之间形成了一定意义上的矛盾，这种看法在当时具有普遍性。1910 年学部编译图书局印行《高等小学教授细目》有"巨室"一课，内容为巨室将圮，众人不治巨室而治私舍，最终巨室倾塌反而使得众人受祸，并从这一故事延伸讲解家与国之关系。[①] 很明显，在这种叙事逻辑中，"家"和"国"在某种意义上被归到了"私"和"公"的对立之中。这种观念逐渐固定下来，成为人们对于《诗经》伦理的一般理解。

谢无量《诗经研究》专列一章"《诗经》的道德观"，下设三小节：关于家庭的道德、关于个人的道德、关于国家的道德。他提出，中国古代的道德信仰是以自然法则来做"人事上道德的标准"，从一男一女的结合推出夫妇、父子、君臣等关

---

① 参见《高等小学教授细目》第一册，学部编译图书局 1910 年版，第 10 页。

系，因此：

> 中国古代只有个人的道德，没有公民的道德；只有家族的道德，没有国家的道德、社会的道德。因为中国古代的道德，确是以个人及家族为根据的。[1]

谢无量进一步提出，《诗经》中并非全无奉公爱国之义，例如《豳风·七月》有"言私其豵，献豣于公"之句，《小雅·大田》有"雨我公田，遂及我私"之句，《周颂·臣工》有"敬尔在公"之句，但都是零章断句而没有形成大段文字，可见《诗经》对于这部分内容不甚重视。谢无量进而分析《诗经》中国家观念太少的原因：第一，中国传统伦理思想以个人对家族为第一义务，对国家为第二义务，如"岂不怀归？王事靡盬""王事靡盬，不遑将父"等诗句，表现的都是当国家的劳役妨碍了人民对家族尽义务时，他们在内心深处大不甘心的状态。第二，《诗经》所处的时代还没有形成巩固统一的国家，所以也没有发达的国家观念。第三，古代政治向来只知服从个人而不知服从国家。

---

[1] 谢无量:《诗经研究》，载《谢无量文集.第七卷，诗学指南·词学指南·骈文指南·诗经研究·楚词新论》，中国人民大学出版社2011年版，第329—330页。

谢无量和刘师培的看法非常一致。很明显，在西方伦理思想引入之后，将传统经典融入新思想体系的做法表现出了削足适履之弊病。虽然这一伦理体系中的"对己、对家庭、对社会、对国家"四个方面，从表面上看和中国传统的"修身、齐家、治国、平天下"很类似，但其重心已经发生了变化。在四个维度中，"新道德"最关注的是"自己"和"国家"，一方面是每个人作为个体国民的道德，另一方面则是每个个体作为国家的一分子对国家的道德。个体和国家这两个维度是相互对应的。而在某种意义上，社会/群体是一个比较"虚"的维度，它所强调的是个体在群体之中如何处事，其指向的"公共空间"和"公共意识"与国家维度是一致的。所以，对自己、对家庭、对社会、对国家这四个维度中，除了家庭之外，其他三种都聚焦于群与独、公与私的关系。在这种情况下，家庭维度便面临了一定的危机。

第五节 小 结

传统经学作用于政教生活的方方面面，承担了重要的伦理教化功能。汉代《诗经》阐释重视家庭伦理和宗法关系，由男女两性的结合推导到父子人伦，进而将父子关系比附于君臣关系，确立了"夫妇—父子—君臣"的阐释理路。这一理论框架发展到宋代，又与"修身—齐家—治国—平天下"的修身条目相结合。总的来说，传统《诗经》阐释始终强调由家族伦理推扩到政治伦理，以此进行整个社会的思想和制度建设。

晚清以降，中国传统政治思想面临巨大挑战，学者们不断思考如何重整中国的社会结构，建立现代民族国家。在这种时代背景下，教育制度的改革成为清末新政的重要部分，这也成为促使经典走下神坛的关键环节。不过，经典并没有被骤然剔除出教育体系,在《钦定学堂章程》和《奏定学堂章程》中,《诗经》等经典仍然贯穿从基础教育到高等教育的学习阶段,承担着伦理修身的功能。

回顾晚清经训和伦理教科书中涉及《诗经》的内容可以发现,学者们努力地融合"旧经典"与"新道德",尝试将《诗经》与一套从西方和日本移植的伦理思想完成对接,从《诗经》中阐发现代社会所需要的个人道德、家庭道德、社会道德、国家道德。但是这一过程中却出现了诸多龃龉,学者们普遍认为,《诗经》中家庭道德过多而社会道德、国家道德较少,不适应现代社会的需求。

以家庭为中心的传统伦理结构之所以在这一时期遭遇如此多的批评并最终被抛弃,一个重要原因就是在新的国际形势下建立民族国家的需求。在西方列强的侵扰下,以家庭为中心的传统社会组织方式,已经不适应这一时期充分调动社会力量以抵抗侵略的急迫要求。而塑造民族国家则需要把每一个个体从家庭中释放出来直接面对国家,承担服兵役、守法、纳税等义务,由此形成最有效的政令贯通,最大限度地凝聚社会力量。以新型国民为中心的民族国家的建构冲击了传统家族伦理,因此,传统"身—家—国—天下"的伦理结构在某种意义上被凝练为"个体—国家"的二维模式,这一时期甚至产生了许多极端的毁灭家庭的口号。《诗经》中的"旧道德"被认为不再能适应时代的需要,它也就和其他儒家经典一起,丧失了维系社会政治秩序的意义。

第 二 章
打下"经字招牌":
整理国故与解构《诗经》经典地位

《诗经》经典地位的解构与整理国故运动关系密切。这场思想运动由胡适、顾颉刚等学者主导，胡适于1919年在《新思潮的意义》中提出"研究问题，输入学理，整理国故，再造文明"[1]，这可算是整理国故运动中的一个前瞻性口号，它指示了这一运动的基本思路：全面引入西方学科体系，推翻既有知识层级，重新进行中华文明的系统性整合。

　　作为传统知识层级顶端和核心的经学，在整理国故运动中首当其冲。随着传统儒家伦理道德所维系的社会结构和政治制度的解体，儒家经典由原本的大本之学走下神坛，作为整体的六经分离为六本互不相关、各自流传的古籍。经典的权威一旦丧失，注疏的价值也就岌岌可危，伦理价值和政治原则随即被剥离出经典阐释体系。经书被还原为各自"本来面目"，作为

---

[1] 胡适：《新思潮的意义》，载欧阳哲生编《胡适文集（2）》，北京大学出版社1998年版，第551页。

记录早期中国的史料被划入文学、哲学、历史等不同学科,这是一个打下"经字招牌"的过程。1921年,钱玄同在致胡适的信中说:

> 我们是决心要对于圣人和圣经干"裂冠,毁冕",撕袍子,剥裤子的勾当的。那么,打"经字招牌"是很要紧的事了。趁此讲白话文学史的机会,打下十三块"经字招牌"之一,让其余的暂时做了"十二金牌",岂不痛快。况且那"十二金牌"之中,除了一两种可作哲学史料的还算略有价值以外,不是断烂的朝报,便是砖头、瓦片、黄泥、破石,以及种种弃材合烧的赝鼎,谁也比不上这部有文学价值的《诗经》。那么"十二金牌"让他们暂穿龙袍,暂带平天冠还不打紧;这部《诗经》则非赶紧请它洗一个澡,替它换上平民的衣服帽子不可。①

在打下"经字招牌"的过程中,《诗经》的地位与众不同。疑古学者遍疑群经,对于《诗经》的态度却温和得多。钱玄同认为,其他经典在现代学科中价值非常有限,而《诗经》的文

---

① 《钱玄同文集(第六卷)书信》,中国人民大学出版社2000年版,第104页。

学价值和平民文学的性质却使其在白话文学史的建构中有不可或缺的地位。因此，打下《诗经》的"经字招牌"就显得尤为紧迫，只有剥去了神圣的外衣，除掉了覆盖其上的污泥藤蔓，才能显露出《诗经》作为早期白话文学的"本来面目"，为其进入文学学科做好准备。

第一节　经典史料化：从"六经皆史"到"六经皆史料"

整理国故运动对儒家经典最大的冲击，就在于将一切固有的典籍都看成平等的史料，在此基础上"重估一切价值"。将六经判定为史料，是打下"经字招牌"的重要一环。胡适等学者多标榜这一口号远祖章学诚、近宗章太炎，顾颉刚就谈到"以所有文字书籍都看作史料，这便是章实斋绝顶聪明处"①。不过，从章学诚的"六经皆史"到章太炎的"六经都是古史"，最后衍生为整理国故运动中的"六经皆史料"，表面相似的口号实际蕴含了内在理路的转变，这一转变脉络也是我们理解诗

---

① 顾颉刚：《章学诚》，载《顾颉刚读书笔记》卷一，中华书局2011年版，第46页。

经学转型的关键理论背景。①

一、章学诚："六经皆先王之政典"

章学诚在《文史通义·易教》中提出："六经皆史也。古人不著书，古人未尝离事而言理，六经皆先王之政典也。"②在《和州志》中说："六经皆周官掌故。《易》藏太卜，《书》《春秋》掌于外史，《诗》在太师，《礼》归宗伯，《乐》属司成。孔子删定，存先王之旧典，所谓述而不作。故六艺为经，群书为传。"③章氏关于经史关系的经典论断"六经皆史"，在近代思想史上激起了巨大回响。

章氏言"六经皆史"，关键在于强调六经皆先王政典、周官掌故，其性质为政府官师之书。章学诚认为，古人不以空言载道，而是通过史事记载言明事理，三代以前学在官府，并无私人著述，三代以后官失其守，百家纷然，于是孔子删存先王旧典，六艺自此折中于夫子。此说与《汉书·艺文志》所论诸子百家出自周代王官之学有明显的渊源关系。钱穆提出，章学

---

① 参见陈壁生《经学的瓦解：从"以经为纲"到"以史为本"》，华东师范大学出版社2014年版。
② （清）章学诚：《文史通义校注》，叶瑛校注，中华书局1985年版，第1页。
③ （清）章学诚：《章学诚遗书》，文物出版社1985年版，第558页。

诚所谓"六经皆史"之"史"并不指历史言，而指官学言。古代政府掌管各衙门文件档案者皆称"史"，这里的"史"大致相当于后世之所谓"吏"。① 钱穆认为，章学诚此说表现出强烈的经世致用精神，是为了挽救当时经学家一味训诂考据而不能通经致用之弊端。因此其精神正在于"以史统经"，意在强调六经作为周代官学，其中圣王法度贯通圆融为一整体，正是后世一切学问之朝宗。从"以史统经"出发，章氏"六经皆史"之"史"包含了"以史明道"的重要维度："夫古者官府守书，道寓于器；《诗》《书》六艺，学者肄于掌故而已。"② 经典并非脱离实际经验而空谈义理，在道事相即、道器合一的逻辑下，借由追溯历史即可以为当下和后世立法。经书作为三代的历史典籍，同时也承载了中华民族基本的价值原则，是后世可以不断追溯的精神源头。

二、章太炎："六经都是古史"

章太炎对章学诚"六经皆史"说予以高度评价，认为这句

---

① 参见钱穆《孔子与春秋》，载《两汉经学今古文平议》，商务印书馆2005年版，第278页。
② （清）章学诚：《章学诚遗书》，文物出版社1985年版，第67页。

话简直是"拨云雾见青天"①,对于中国思想的理解有振聋发聩之意义。他从时代需求出发,对"六经皆史"进行了全新的发挥。章太炎提出,孔子是最早的史家,六经即古史:

> 《尚书》《春秋》固然是史,《诗经》也记王朝列国的政治,《礼》《乐》都是周朝的法制,这不是史,又是甚么东西?惟有《易经》似乎与史不大相关,殊不知道,《周礼》有个太卜的官,是掌《周易》的,《易经》原是卜筮的书。古来太史和卜筮测天的官,都算一类,所以《易经》也是史。古人的史,范围甚大,和近来的史部有点不同,并不能把现在的史部,硬去分派古人。这样看来,六经都是古史。所以汉朝刘歆作《七略》,一切记事的史,都归入《春秋》家。可见经外并没有史,经就是古人的史,史就是后世的经。②

章太炎将"六经皆史"说推演为"六经都是古史"。此说重心就从章学诚所推重的王官之学转向了历史记载本身。孔

---

① 章太炎:《经的大意》,载《章太炎全集·第二辑·演讲集(上)》,上海人民出版社2015年版,第99页。
② 章太炎:《经的大意》,载《章太炎全集·第二辑·演讲集(上)》,上海人民出版社2015年版,第99—100页。

子删述六经不过是以历史学家的身份整理这些前代典籍。六经之中,《诗经》记载了王朝列国之政治,是周代历史的反映。《诗经》的性质是史书,而不是陶冶性情的修身书,"孔子虽则说'兴于诗',不说诗人的本意为教人修身,不过说依他的音节,可以陶写性灵,伏除暴嫚。其实在孔子当年,只有《诗经》"①。章太炎认为"西方希腊以韵文记事,后人谓之史诗,在中国则有《诗经》"②,将《诗经》和西方早期史诗相提并论。

陈壁生指出,章太炎对"六经皆史"说的改造,归根结底是以历史的眼光看待六经,这使得六经成为上古社会之史事记载。章氏之所以如此改造"六经皆史",其实是在"天下—夷夏"转向"世界—国家"的特殊历史时期,希望通过"夷经为史"来完成早期历史的建构,从历史中发现中国文明的特质,进而通过一条完整的历史脉络来生成民族国家的凝聚力量。但是,章太炎以历史为纽带塑造民族国家的做法,已经潜藏着从内部瓦解经学的危险。③

章太炎对"经"的理解更是对经典权威性的釜底抽薪:

---

① 章太炎:《经的大意》,载《章太炎全集·第二辑·演讲集(上)》,上海人民出版社2015年版,第100页。
② 章太炎:《历史之重要》,载《章太炎全集·第二辑·演讲集(下)》,上海人民出版社2015年版,第490—491页。
③ 参见陈壁生《经学的瓦解:从"以经为纲"到"以史为本"》,华东师范大学出版社2014年版,第25页。

"经字原意只是一经一纬的经,即是一根线,所谓经书只是一种线装书罢了。"① 同时期的刘师培也有相似看法:"盖'经'字之义,取象治丝。从丝为经,衡丝为纬。引伸之,则为'组织'之义。……古人见经文之多文言也,于是假'治丝'之义,而锡以'六经'之名。"② 传统对"经"的理解方式很多,而章、刘二人从字形本身出发,提出"经"的原义是经纬之线,可以说是非常"离经叛道"的看法。因为,不论将"经"理解为书籍装帧方式还是语言组织方式,都意味着对其意义的扩大化。这样一来,"经"不再具有"百世不易之常道"的意义,而可以泛指所有书籍。"经"中自然也没有所谓的"常道""常法"。此种论调已开经学史料化之先路。

三、整理国故:"六经皆史料"

胡适认为,章学诚所说"六经皆史"的本义,"其实只是说经部中有许多史料"③。这就在章学诚的基础上,针对"六经

---

① 章太炎讲演:《国学概论》,曹聚仁整理,汤志钧导读,上海古籍出版社1997年版,第4页。
② 刘师培:《经学教科书·伦理教科书》,万仕国点校,广陵书社2016年版,第5页。
③ 胡适:《章实斋先生年谱》,载欧阳哲生编《胡适文集(7)》,北京大学出版社1998年版,第115页。

皆史"概念进行了又一次语意重置。梁启超1923年在东南大学演讲说道：

> 章实斋说，"六经皆史"，这句话我原不敢赞成，但从历史家的立脚点看，说"六经皆史料"，那便通了。既如此说，则何只六经皆史，也可以说诸子皆史，诗文集皆史，小说皆史。因为里头一字一句都藏有极可宝贵的史料，和史部书同一价值。①

顾颉刚也说："从前学者认为经书是天经地义，不可更改，到了章氏，六经便变成了史料，再无什么神秘可言了。"他赞赏章学诚"六经皆史"说，认为它有助于打破传统学术层级，使读者能够科学地看待古典资料：

> 自从章先生出，拿这种隔人眼帘的墙垣，一概打破；使读书者有旷观远瞩的机会，不至闭户自限。这功劳实在不小。中国所以能容受科学的缘故，他的学说也

---

① 梁启超：《治国学的两条大路》，载《饮冰室合集》第十四册，中华书局2015年版，第111页。

有一部分的力量。①

钱玄同言:

> "经"是什么?它是古代史料的一部分,有的是思想史料,有的是文学史料,有的是政治史料,有的是其他国故的史料。既是史料,就有审查它的真伪之必要。②

从"历史家的立脚点"来看,"古"与"今"被截然分割开,历史典籍不提供当下的价值,仅仅是学术研究的对象,"在历史的眼光里,今日民间小儿女唱的歌谣,和《诗》三百篇有同等的位置"③。"从前的人把这部《诗经》都看得非常神圣,说它是一部经典,我们现在要打破这个观念;假如这个观念不能打破,《诗经》简直可以不研究了。因为《诗经》并不是一部圣经,确实是一部古代歌谣的总集,可以做社会史的材料,可以做政治史的材料,可以做文化史的材料。万不可说它

---

① 顾颉刚:《顾颉刚日记》第一册,联经出版事业股份有限公司2007年版,第58页。
② 钱玄同:《重论经今古文学问题》,载《钱玄同文集(第四卷)文字音韵 古史经学》,中国人民大学出版社1999年版,第138页。
③ 胡适:《〈国学季刊〉发刊宣言》,载欧阳哲生编《胡适文集(3)》,北京大学出版社1998年版,第11页。

是一部神圣的经典"①。

这样，六经就从章太炎语境中的上古历史实录，被进一步矮化为待整理、待解剖的史料——它们不再是与当下息息相关的历史本身，而是历史研究的材料和对象，甚至也不是最早的信史，而仅仅是真伪参半、有待辨析的史事记载。既然是"史料"，那么研究者首先需要面对的就是真伪问题。真伪一旦成为问题，那么经典中的每一个字，简直都有了拿着放大镜重新审视的必要。传统六经阐释的"真实性"遭到全面质疑，这些典籍的产生时间、生成方式、结集过程、行文逻辑、思想内容、政治地位等，都成为重新清算的对象。或许连胡适、顾颉刚等人也没有料到，在特定的历史条件下，这座曾经看起来无比坚固神圣的经学堡垒，竟然如此脆弱和不堪一击。

胡适、顾颉刚等人所秉持的史学观念已不再是传统"以史明道""由史悟道"，而是通过科学考据发现和解释人类文明的过去。张尔田《史微》继承章学诚之思想，认为"六艺皆史也，百家道术，六艺之支与流裔也"②，因此史学是中国学术中最重要的部分。他提出："史也者，变动而不居者也。所用之

---

① 胡适：《谈谈〈诗经〉》，载顾颉刚编《古史辨》第三册，海南出版社2005年版，第383页。
② 张尔田：《史微》，上海书店出版社2010年版，第1页。

因果律，本与其他科学严格不同。"[1]张氏已经意识到新史学对于传统史学的冲击，因此强调史之价值理念是变动不居的，历史学有自己独特的因果律，即所谓的恒常至道。不过，对于"五四"一代学者来说，唯一变动不居的只有对"真"的探求，即以科学之因果律寻求文本层面的真实，探求"死文献"背后的"真观念"。顾颉刚等人以层累的古史观寻求传说之流传变化，探寻事件的前因后果，"研究历史的方法在于寻求一件事情的前后左右的关系，不把它看作突然出现的"[2]。这正是新史学思潮的集中体现。

新的史学理路正是整理国故运动的背后逻辑。中国一切过去的历史和文化都被史料化，成为待整理的"国故"，传统经史子集的文化层级被推翻，被视为杂乱无章的史料，只有作为化石研究的价值。与之相对应的则是有条理有系统的西方学科体系被全面引入。一切既有的史料被分门别类归入文学、史学、哲学、社会学等学科之中，并被梳理为中国文学史、中国哲学史等专史。这种专史写作的基本思路，是通过史料的寻找和梳理完成历史事实的明辨、求因、评判。

学者们从这种思路出发，将经书纳入上古史整理研究之

---

[1] 张尔田：《论中国文化及其宗教道德》，《汉学》1944年第一辑。
[2] 顾颉刚编：《古史辨》第一册，海南出版社2005年版，自序，第53页。

中。六经被史料化意味着它们的神圣性已荡然无存。学者们要带着科学的"手术刀"重新审视这些经典,历史的眼光同时也隐含着评判的态度。伴随着强大的疑古思潮,学者们普遍倾向于用出土文物和文献来进行古史重建。顾颉刚在《古史辨》第五册序中说:"现在我们所处的时代和他们截然不同了:我们已不把经书当作万世的常道;我们解起经来已知道用考古学和社会学上的材料作比较;我们已无须依靠旧日的家派作读书治学的指导。"[①] 考古学和社会学的材料被认为比传世的记载更为权威和可靠。与此相应地,传世文献尤其是上古典籍的"实录性"遭到全面质疑。不过,《诗经》的可靠性在疑古思潮中反而得到确认。胡适于1921年写《自述古史观书》说:

> 现在先把古史缩短二三千年,从《诗三百篇》做起。将来等到金石学,考古学发达上了科学轨道以后,然后用地底下掘出的史料,慢慢地拉长东周以前的古史。至于东周以下的史料,亦须严密评判,"宁疑古而失之,不可信古而失之"。[②]

---

① 顾颉刚编:《古史辨》第五册,海南出版社2005年版,自序,第10页。
② 胡适:《自述古史观书》,载顾颉刚编《古史辨》第一册,海南出版社2005年版,第29页。

在重构古史的过程中,《诗经》几乎成为早期唯一的信史。胡适《先秦名学史》特意强调《诗经》的可靠性:"就对于当时社会状况的描述而言,我们再不能找得到比孔子所编辑和保存的《诗经》里的民歌更为生动的了。我将借助这本卓越的诗集作为当时社会和文化生活状况的见证。"① 疑古学者之所以较少怀疑《诗经》,仍将其作为西周及之后社会生活的反映,一个重要原因就是其他的经典如《尚书》《春秋》等主要属于庙堂,其内容也大多是上层社会和制度的记载,较难被纳入新的思想体系之中。而《诗经》的《国风》有明确的采诗观风俗之记载,可以与民间社会生活联系起来。因此《诗经》这块"经字招牌"被打下之后,是可以改头换面,为新的时代思潮服务的,这也使得《诗经》在整理国故、古史辨等运动中受到了特殊重视。

在六经被史料化的同时,传统经典的阐释体系也被史料化了,经典和注疏被分开,学者们要求将历朝历代的经典阐释还原到各自的时代背景,从不同的时代出发理解这些观念如何产生和流变:

---

① 胡适:《先秦名学史》,载欧阳哲生编《胡适文集(6)》,北京大学出版社1998年版,第15页。

整治国故，必须以汉还汉，以魏、晋还魏、晋，以唐还唐，以宋还宋，以明还明，以清还清；以古文还古文家，以今文还今文家；以程、朱还程、朱，以陆、王还陆、王……各还他一个本来面目，然后评判各代各家各人的义理的是非。①

所以我们要分清两个观念。一是保存，无论什么东西都应放好。一是整理，我们应放出眼光，谨慎的理出一个头绪来。即如《诗序》、《传》、《笺》这几种书，无论如何的说谎胡闹，在保存上我们还应与别的好东西同等看待。若是讲到《诗经》，我们要整理出一个《诗经》的原来的地位，我们便不能不极端攻击，使他退出《诗经》范围之外。等到要整理汉儒的《诗》学了，我们又须招他进来，把他好好的整理。②

整理国故要求两点，一是保存，一是整理。"无论什么东西都应放好"，因为不管是好的还是坏的，它们都拥有同样的历史价值，应该放到各自的时代去寻其"本来面目"。不过，

---

① 胡适:《〈国学季刊〉发刊宣言》，载欧阳哲生编《胡适文集（3）》，北京大学出版社1998年版，第10页。
② 顾颉刚:《保存与整理》，载《顾颉刚读书笔记》卷一，中华书局2011年版，第300页。

当经典的阐释体系被还原到各自的时代,由经书和历代解释所共同构筑的价值体系也就随之崩塌。当注疏和元典分开,它的思想层面就被瓦解了。与此同时,针对传统注疏的研究,其意义就被归结为"从乱七八糟里面寻出一个条理脉络来;从无头无脑里面寻出一个前因后果来;从胡说谬解里面寻出一个真意义来;从武断迷信里面寻出一个真价值来"[①]。换言之,历代的解释者出于怎样的时代局限和特殊目的才会有这样的观点。那么,从某种意义上,以挖掘经典价值为旨归的传统注疏学在现代学科中已没有了自己的位置。

---

① 胡适:《新思潮的意义》,载欧阳哲生编《胡适文集(2)》,北京大学出版社 1998 年版,第 557 页。

第二节　斩除藤蔓：从《诗经》回到"诗三百"

"五四"一代学者的《诗经》研究中，"吹拨妖尘迷雾""斩除污泥藤蔓"一类表述出现频率很高。整理国故的一个重要工序就是除去神圣光环，将经典还原为经书文本。具体到《诗经》，那就是将其还原为三百首先秦诗作。这一过程中，"五四"学者的主要着力点有两个，一是否认孔子删诗，二是针对以《毛诗序》为代表的注疏系统展开激烈批判。

一、否认孔子删诗：斩断《诗经》与圣人的关联

《论语》记载孔子曰：

> 吾自卫反鲁，然后乐正，《雅》《颂》各得其所。①

《诗经》之成书与孔子有关，几乎没有疑义。《史记·孔子世家》首载"删诗说"：

> 古者《诗》三千余篇，及至孔子，去其重，取可施于礼义，上采契后稷，中述殷周之盛，至幽厉之缺，始于衽席……三百五篇孔子皆弦歌之，以求合《韶》《武》《雅》《颂》之音。礼乐自此可得而述，以备王道，成六艺。②

《汉书·艺文志》亦有类似说法：

---

① （清）阮元校刻：《十三经注疏》，中华书局1980年版，第2491页。
② （汉）司马迁：《史记》，中华书局1982年版，第1936—1937页。

> 孔子纯取周诗，上采殷，下取鲁，凡三百五篇。[1]

之后，孔子删诗就成为汉唐学者的主流意见。

唐代，孔颖达较早针对"删诗说"提出了异议：

> 案书传所引之诗，见在者多，亡逸者少，则孔子所录，不容十分去九，马迁言古诗三千余篇，未可信也。[2]

孔颖达并未明确反对"删诗说"，只是就删录比提出了质疑。宋代学者郑樵、朱熹等人开始对"删诗说"进行正面攻击，清代朱彝尊、赵翼等学者亦有相关论述，使得"删诗说"成为诗经学史上的一桩公案。总的来说，反对者的持论依据主要有以下几条：第一，《论语》载孔子言"诗三百"，说明孔子时代的诗就只有三百首；第二，季札观乐所见诗次序与今本大体相似，而当时孔子只有三岁，不可能完成删诗之举；第三，由现存早期文献来看，逸诗数量较少，不符合"十取其一"的记载。

尽管传统学者针对"删诗说"提出了各种各样的疑义，但他们并未否认孔子对《诗经》的编订。反对者只是认为《诗

---

[1] （汉）班固：《汉书》，中华书局1962年版，第1708页。
[2] （清）阮元校刻：《十三经注疏》，中华书局1980年版，第263页。

经》并没有经历"从三千到三百"的过程,孔子的工作只是从鲁太师处得到了这些杂乱的诗章,对其进行了重新编订和整理。也就是说,他们即使否定删诗之说,也会认同司马迁在《史记·孔子世家》中所说的:"孔子布衣,传十余世,学者宗之。自天子王侯,中国言《六艺》者折中于夫子,可谓至圣矣!"①孔子对于六经的全面整编,是传统经学思想构建的基础,孔子的系统性阐释和政治思想的注入,也是六经神圣性最重要的来源。今文经学以为孔子制作六经,尊其为"素王",古文经学则认为孔子述而不作,六经皆先王政典。不管哪种学术脉络中,六经与孔子有关都是不容置疑的。

不过,对于古史辨派的学者来说,要彻底推翻原有的学术层级,把经书史籍化,首要任务就是分离六经和孔子,而分离了经书和孔子之后,六经之间的系统性也就不攻自破了。②钱玄同说:

> 我以为不把"六经"与"孔丘"分家,则"孔教"总不容易打倒的;不把"经"中有许多伪史这个意思说

---

① (汉)司马迁:《史记》,中华书局1982年版,第1947页。
② 参见陈壁生《经学的瓦解:从"以经为纲"到"以史为本"》,华东师范大学出版社2014年版,第108页。

明，则周代——及其以前——底历史永远是讲不好的。①

钱玄同1923年给顾颉刚的信中说：

"六经"固非姬旦底政典，亦非孔丘底"托古"的著作，"六经"底大部分固无信史底价值，亦无哲理和政论底价值。我现在以为——

（1）孔丘无删述或制作"六经"之事。

（2）《诗》，《书》，《礼》，《易》，《春秋》，本是各不相干的五部书。（"乐经"本无此书。）②

钱玄同将枪口对准了传统经学的核心命题。他提出，除了《乐经》根本就无法证明真有其书之外，其他五经和孔子都没有直接关系，钱玄同的依据是《论语》，他抄录了《论语》中所有涉及六经的内容，认为其中并未提及删《诗》《书》、定《礼》《乐》，更无一字涉及《春秋》，关于《周易》的内容也极少，这可以证明孔子和六经并没有关系。钱玄同继而

---

① 钱玄同：《论〈诗〉说及群经辨伪书》，载顾颉刚编《古史辨》第一册，海南出版社2005年版，第70页。
② 钱玄同：《答顾颉刚先生书》，载顾颉刚编《古史辨》第一册，海南出版社2005年版，第82页。

提出，这互不相关的五本书之所以被配成六经，是因为《论语》等早期典籍中有"子所雅言，《诗》《书》执礼"和"兴于诗，立于礼，成于乐"等记载，《孟子》中又有"孔子惧，作《春秋》"的说法，使得这几部书慢慢地都被安在了孔子名下。而六经的配成应该在战国末期，《庄子·天运》第一次把《诗》《书》《礼》《乐》《易》《春秋》六个名目并列言之，从此以后，《荀子》《商君书》《礼记》等书也开始纷纷沿用六经之名。

分离六经和孔子之后，钱玄同重新勘定了六经的性质。他认为《书》是三代时候的文件类编或档案汇存，《仪礼》是战国时代胡乱抄写成的伪书，《乐》本无经，《易》是原始的易卦，《春秋》是"断烂朝报"。而他对《诗经》的看法，要义就在于否定孔子删诗的旧说。钱氏认为，孔子所引诗大多见于今本《诗经》，只有两句逸诗，这说明孔子所见到的《诗》本来就只有三百首。另外，《论语》"自卫反鲁，然后乐正，《雅》《颂》各得其所"只是论乐而已，这条材料最多能说明孔子正乐，而不足以论证孔子删诗。况且，《诗经》留存郑风，孔子却明确提出"放郑声"，斥责郑声不符合圣道王化。如果孔子曾经以礼义为标准删诗，为什么留下了如此多郑卫之诗？这说明"删诗说"与早期文献中其他的记载是矛盾的。

钱玄同之后，反对"删诗说"几乎成了"五四"一代学者的共识，傅斯年讲《诗经》便提出：

> "诗三百"一辞，《论语》中数见，则此词在当时已经是现成名词了。如果删诗三千以为三百是孔子的事，孔子不便把这个名词用得这么现成。且看《论语》所引诗和今所见只有小异，不会当时有三千之多，遑有删诗之说，《论语》《孟》《荀》书中俱不见，若孔子删诗的话，郑卫桑间如何还能在其中？所以太史公此言，当是汉儒造作之论。①

总的来说，疑古学者反对孔子删诗的论据并未超出前代已有的议论。不过，这些讨论相比起宋代和清代的学者已有了本质区别，那就是"删诗说"的经学意义和价值取向已被抽离。对于"五四"一代学者来说，孔子删诗是一个靶子——只要推翻"删诗说"，就能证明《诗经》与圣道王化无关。在推翻"删诗说"之后，学者们提出了更激进的观点，认为孔子时代已有诗三百结集，孔子只是读过这些诗而已。钱玄同说：

---

① 傅斯年：《诗经讲义稿（含〈中国古代文学史讲义〉）》，中国人民大学出版社 2004 年版，第 5 页。

《诗经》只是一部最古的"总集",与《文选》《花间集》《太平乐府》等书性质全同,与什么"圣经"是风马牛不相及的。这书的编纂,和孔老头儿也全不相干,不过他老人家曾经读过它罢了。①

顾颉刚说:

我以为孔子只与《诗经》有关系,但也只劝人学《诗》,并没有自己删《诗》。②

随着讨论的进一步开展,一些激进的、口号式的观点逐渐淡化,相应议论重点也转向了两个方面:一是文献层面的"去重",许多学者就《史记》所说"去其重"展开分析,认为孔子删诗只是去除重复内容而已,并不涉及思想层面的删改编排。随着相关讨论的进行,对《史记》原文的理解重心由"取可施于礼义"转向"去其重",这也就将删诗转化为一个文献层面的问题。学者们淡化了孔子在义理维度的删述,而将争

---

① 钱玄同:《论〈诗经〉真相书》,载顾颉刚编《古史辨》第一册,海南出版社 2005 年版,第 63 页。
② 顾颉刚:《致钱玄同:论诗经经历及老子与道家书》,载《顾颉刚古史论文集》卷十一,中华书局 2010 年版,第 232—233 页。

论焦点放在孔子是否在文献意义上"去重"。二是音乐层面的"正乐",一部分学者从《论语》所载"自卫反鲁,然后乐正"出发,认为孔子仅仅对《诗经》进行了音乐层面的整理,这些整理和文本内容毫无关系。

在"五四"学者看来,孔子删诗只是一个"层累"的谎言,但以今天的眼光来看,这种论证的逻辑存在缺环。且不说以《论语》作为唯一可信材料是否站得住脚,学者们仅从史料出现的时间判断其可信度,这一论证逻辑放在文献日益丰富多样的中古时代及以后,也许一定程度上符合实际情况,但是上古时期的情况却复杂得多,难以简单定论,其原因主要有以下几方面:

首先,上古时期文献稀少,由于载体单一、保存不便、时代久远等原因,时代越往前,能传世的典籍资料越少,在文献材料大量亡佚的情况下,非常容易出现史事记载缺漏的现象;其次,上古文献公共程度高,章学诚认为上古时期古人未尝据文辞为私有,没有形成后世的私家著述观念,因此文献形态也不像今人所理解的有固定的篇章形态,而存在大量重出内容。[①]这提示我们,不能以今人的眼光理解上古史料形态,而应对其

[①] 参见(清)章学诚:《文史通义校注》,叶瑛校注,中华书局1985年版,第169页。

文本生成的复杂性有更充分的认识；再次，周秦文献经历了汉代的系统整编，文本的整体性、文本形态、文本生成过程、文本和时代的对应关系等难以被简单定义。如东汉刘向校书就是针对早期文献的一次全面整理，在这次校书之后，许多文本的形态已经发生了变化。考虑到种种复杂因素，以单一的层累思路来看待上古文献，将每一个文献看作一个独立的、稳定的整体，并由此出发撼动整个上古史，其持论基础是有待商榷的。①

钱玄同、顾颉刚等学者的论证虽然没有足够强劲的逻辑支撑，却胜在直截了当、直击要害，因此一石激起千层浪，引起了广泛共鸣。"层累的古史观"为学者们打开了极大的理论空间，他们可以放开手脚去判断伪经伪史。于是在澄清《诗经》与孔子无关之后，学者们给出了全新的《诗经》定义：

> 《诗经》那是周朝的一部诗歌总集。中间有不少的民间文艺，也有一部分是所谓士大夫的作品，还有一小部分是独夫民贼搭架子的丑话。其中佳品，便是朱熹所谓"淫奔之诗"……"淫奔之诗"之尤佳者，能够赤裸裸的描写两性恋慕之情，颇有比得上现在的大鼓、摊

---

① 参见徐建委《〈汉志〉与早期书籍形态之变迁》,《复旦学报（社会科学版）》2016年第1期。

簧、山歌之类的。所以"经"之中惟《诗经》，还有一部分现在还值得一读，值得欣赏。①

于是，《诗经》就成为最古的诗歌总集，其时代大致是西周和东周，编辑者已经无从考证。在这些观念成为学界共识之后，《诗经》与孔子的关系也就慢慢淡化，与其他五经之间的关联也自然瓦解，由此，传统诗经学的"义理"层面已经被清除大半了。

二、废《毛诗序》：瓦解早期阐释体系

除了将《诗经》与圣人分离，瓦解《诗经》的神圣性来源之外，要打下《诗经》的"经字招牌"，另外一个重要敌人就是《毛诗序》，或者说是以《毛诗序》为代表的汉唐经典注疏系统。② 在这个解释系统中，包括《大序》和《小序》在内的《毛诗序》是现存最早系统解释《诗经》各篇的文献。《大序》系统地提出和解释了"六义""正变""美刺"等传统诗经学的基础性命题，《小序》则分别勾勒了每篇的诗旨，并就其时代

---

① 疑古玄同：《废话》，《语丝》1925年第54期。
② 参见林庆彰《民国初年的反〈诗序〉运动》，《贵州文史丛刊》1997年第5期。

背景做出说明，系统地搭建起一个基础性的历史解释框架。毛诗原本为西汉四家诗之一，自谓子夏所传，毛公所作，得孔子删述之旨，在东汉郑玄为之笺注之后，今文齐鲁韩三家诗先后亡佚，毛诗也就成了现存最早的系统性诗学文本。之后的郑笺、孔疏在其基础上进一步展开，成为汉唐诗经学最重要的注本，《毛诗序》在诗经学史上的重要性是毋庸置疑的。

从宋代开始，陆续有学者针对《毛诗序》的真实性提出质疑。欧阳修《诗本义》开启疑《诗序》先河，苏辙《诗集传》认为《诗序》只有首句可信，郑樵《诗辨妄》以《诗序》为村野妄人作，朱熹《诗序辨说》对《诗序》提出全面质疑，王柏《诗疑》逐条批驳《诗序》，形成一次反《诗序》思潮。另一次对《诗序》的大规模批评出现在晚清，今文经师主张通经致用，希望通过重整经典体系来回应时代问题。因此，学者们反对作为古文经学代表的毛诗，主张立足今文三家诗才能得圣人删述之旨，魏源、廖平、康有为等人皆有相关阐发。

总的来说，不管是宋代的理学思潮，还是晚清今文学的兴盛，都发生在中国传统思想面临外来思想挑战的时期，学者们试图通过重整思想资源来回应时变。因此，学者们对《诗序》的批判，其实是要通过"破旧"来"立新"，尝试越过毛诗系统去发明《诗经》之新义。而晚清今文学者对《诗序》的批判发展到民初，已经演变成对于传统《诗经》阐释体系更加激烈的清算——如果说晚清学者还是希望整合经典体系来构建通经致用的理论基础，那么对于钱玄同、顾颉刚这一代学者来说，整个经典体系都成了亟待拆解和清理的史料，需要以现代学科的视角重新审视，通过整理国故来"再造文明"。钱玄同评价康有为《新学伪经考》：

> 他不相信徐整和陆玑说的两种传授源流；他不相信有《南陔》、《白华》、《华黍》、《由庚》、《崇丘》、《由仪》这六篇"笙诗"；他不相信《商颂》是商代的诗；他不相信有毛亨和毛苌两个"毛公"；他并且根本怀疑"毛公"之有无其人；他不相信河间献王有得《毛诗》立博士这回事；他确认《毛诗序》为卫宏所作。这都是极精当的见解。[1]

"五四"一代学人继承了今文经师对于古文经学的批判，却抽离了康有为等学者的通经致用、托古改制思想。与否定"删诗说"双管齐下的另一动作，就是切断《诗经》和《诗序》的关系，推翻《诗经》的早期阐释体系，分离注疏和经文。这

---

[1] 钱玄同：《重论经今古文学问题》，载《钱玄同文集（第四卷）文字音韵　古史经学》，中国人民大学出版社1999年版，第146—147页。

主要包括以下两个方面：

首先是否认《诗序》为子夏所作。只要《诗序》与子夏无关，那么其中也就不存在孔子的删述之旨，《诗序》便只是一个普通的《诗经》注本，其权威性也就大大降低。

《诗序》的作者问题本就聚讼纷纭，1923 年郑振铎发表《读〈毛诗序〉》，开启了对于《诗序》的攻讦，他认为在"重重叠叠，压盖在《诗经》上面的注疏的瓦砾里，《毛诗序》算是一堆最沉重，最难扫除，而又必须最先扫除的瓦砾"①。之所以难除而又必除，是因为它是历代注疏当中影响力最大的一种，其权威性一方面来自它的时代最早，另一方面也因为它有一个明确源自孔门的传授脉络。郑振铎对《诗序》的清理便由此着手。他指出，《诗序》所谓的"时代最古"根本靠不住，《诗序》并非源自孔门，而是东汉卫宏所作：

> 《后汉书·儒林传》里，明明白白的说："卫宏从谢曼卿受学，作《毛诗序》，善得风雅之旨，至今传于世。"范蔚宗离卫敬仲未远，所说想不至无据。且即使说《诗序》不是卫宏作，而其作者也决不会在毛公卫

---

① 郑振铎：《读〈毛诗序〉》，载顾颉刚编《古史辨》第三册，海南出版社 2005 年版，第 243 页。

宏以前。①

随后顾颉刚也有此论：

> 《诗序》者，东汉初卫宏所作，明著于《后汉书》。当东汉之时，《左传》已行矣，故《硕人》，《载驰》，《清人》，《新台》诸篇之义悉取于《左传》。《史记》亦已行矣，故秦，陈，曹诸国风诗得以《史记》所载之世系立说。若《桧》，《魏》等风，无复可以依傍者，遂惟有悬空立说而不指实其诗中之人。②

顾颉刚的论证基于他最得意的"层累"思路，即《诗序》中与《左传》《史记》相类的内容，皆是取自《左》《史》。不过，前文已经对于先秦文献的特殊形态有所辨析，秦汉时期的史料公共性较高，篇章形态并不固定，文献重出的情况较多，所以仅从单条材料的重出，很难确实地判定相应文献的时代早晚，纯粹层累的论证逻辑是失之激进的。顾颉刚根据《后汉

---

① 郑振铎：《读〈毛诗序〉》，载顾颉刚编《古史辨》第三册，海南出版社2005年版，第250页。
② 顾颉刚：《〈毛诗序〉之背景与旨趣》，载顾颉刚编《古史辨》第三册，海南出版社2005年版，第253页。

书》的一条材料就确信《毛诗序》为卫宏所作,对于《史记》《汉书》明确记载的"删诗说"却嗤之以鼻,这是明显的双重标准。

事实上,《毛诗序》为卫宏所作,有一条重要反证,那就是《汉书·艺文志》载《毛诗》二十九卷,其中《序》单列一卷,这说明刘歆作《七略》时,《毛诗》就已经有《序》。而且卫宏作《序》的说法,在当时只有《后汉书》这一条材料,同时代的经学家、稍后笺《诗》的郑玄皆未言及此事,所以仅凭一条材料就得出卫宏作《序》是"铁案如山,宁复有疑辩之余地"[1],并不严谨。退一步说,卫宏所作的《毛诗序》到底是不是今天所见的《毛诗序》,也不是简单的论证可以得出定论的。

那么,顾颉刚等学者为什么异口同声地肯定卫宏作《序》的说法?回顾《诗序》作者的争论,学者们前后提出了不下十种说法,包括孔子作、国史作、子夏作、毛公作、诗人自作等等,在这些说法中,卫宏的时代是最晚的。一旦把《诗序》的产生时代定格在东汉之后,它就成为东汉学者的一家之言,而离孔门教化的传授脉络非常遥远,这样就能最大限度地降低《毛诗序》的权威性。

---

[1] 梁启超:《要籍解题及其读法》,载《饮冰室合集》第三十一册,中华书局2015年版,第63页。

其次是证明《诗序》本身水平不高。除了将《诗序》的时代推后，学者们还要进一步清算《诗序》解诗的各种错漏，指出《诗序》对诗旨的解释有诸多不合理之处，这样，《诗序》就不只是晚出的一家之言，更是一个漏洞百出的、参考价值有限的注经版本。郑振铎《读〈毛诗序〉》系统地进行了这方面工作，顾颉刚《〈毛诗序〉之背景与旨趣》及其读书笔记中也有大量相关内容。对于《诗序》"作伪"的论证，可分为两个层面：

学者们首先确立了《诗经》原文为唯一的参考标准，主张一切诗旨都应该以《诗经》白文为裁定，凡是诗句中没有出现的史事，都与诗篇绝无关系。从这一逻辑出发，《诗序》对于诗旨的解释当然问题多多。郑振铎提出，许多诗的文字表述非常相似，但《诗序》对它们的阐释却大相径庭：

> 我们发现：《诗序》之所美所刺，是没有一定的标准的。譬如有两篇同样意思，甚至于词句也很相似的诗，在《周南》里是美，在《郑风》里却会变成是刺。或是有两篇同在《卫风》或《小雅》里的同样的诗，归之武公或宣王则为美，归之幽王厉王则为刺。而我们读这些诗的本文时却决不见它们有什么不同的地方。

郑振铎分别比较了《小雅·楚茨》《大雅·凫鹥》和《周南·关雎》《陈风·月出》《陈风·泽陂》，他认为这两组诗从原文看，意象、情境都非常相似，但《毛诗序》对它们的诗旨解读却截然不同。郑振铎由此发出了对《诗序》的质疑："为什么能同样的三首情诗，意思也完全相同的，而其所含的言外之意却相差歧得如此之远？"他认为《诗经》中不应存在如此多的"言外之意"，因为"古人作诗，词旨俱极明白，决无故为艰深之理"。① 那么《毛诗序》的差异化阐释便是从相关时世背景出发进行的牵强附会，只是为了强行注入伦理道德和历史说解罢了。钱玄同也提出："研究《诗经》，只应该从文章上去体会出某诗是讲的什么。至于那什么'刺某王'，'美某公'，'后妃之德'，'文王之化'等等话头，即使让一百步，说作诗者确有此等言外之意，但作者即未曾明明白白地告诉咱们，咱们也只好阙而不讲；——况且这些言外之意，和艺术底本身无关，尽可不去理会它。"② 《诗序》中凡是不能直接从白文读出的内容，都被视为牵强附会、瞎编乱造。

学者们进而分析《诗序》作伪的方式，这就涉及对于"六

---

① 郑振铎：《读〈毛诗序〉》，载顾颉刚编《古史辨》第三册，海南出版社 2005 年版，第 246—249 页。
② 钱玄同：《论〈诗经〉真相书》，载顾颉刚编《古史辨》第一册，海南出版社 2005 年版，第 63 页。

义""美刺""正变"等观念的清理。《诗大序》系统地解释了这些概念,明确地将《诗经》的篇章排列与圣道王化联系起来,在此之后,相关概念的解读在传统学术中形成了相对稳定的认识。这些认识服务于《诗序》对于诗旨的分析,使得"六义"的解读和三百零五首诗的具体阐释凝结为一体,成为圣人编诗之旨的集中体现。而这些解读到了"五四"时期全部被反向推导,学者们先从原文出发确认《诗序》为胡编乱造,继而认定"风雅颂"分类也是混乱不足据的。《诗序》附会的方法就是从"正变"之基本原理出发,根据诗篇所处的位置胡乱安排诗旨。这导致《国风》和《小雅》中一些文本内容非常相似的诗被贴上完全不同的标签。顾颉刚将《诗序》的作伪逻辑总结为四大原则:政治盛衰、道德优劣、时代早晚、篇第先后。他认为学者作《序》就如同详签一般,看到上上签就往好处编,看到下签就往坏里说,丝毫不考虑诗的原文:

> 作《序》的人有一个最误谬的成见,便是"传下的诗歌,即是传下的史事的记述"。所以他们逢到某时某地的诗歌,即用某时某地的史事来相比拟,他们不自知自己晓得史事的稀少,不够解释这些诗歌,只想把这稀少的史事尽力填入诗歌而后已。所以无所不用其穿凿,

无所不用其附会。他们不想想，史事只限于国君及贵族，诗歌普及于全体人民，范围广狭，不相一致。他们只以为做诗的人，专看着国君和贵族的行动，来发表他们的颂祷和讽刺。他们不知道诗人尽有自己的事情可说，他们更不知道诗人自己的事情，压迫他们做诗的分量重，以为诗人只备着一副为国为君的涕泪。其实那有这般多的闲涕泪呢！况且那时的诗人，又怎会知道千百年后作序的人，晓得这时候这社会的史事是这般多，这般少，于是做来给将来作序的人看，适如其量而不相差呢！①

顾颉刚认为，《诗经》原本的分类和编辑只是由于音乐的缘故，和诗本身并没有关系，战国之后诗失其乐，成为纯文本，学者不明其意，才会强行以历史解之。孟子言"以意逆志""王者之迹熄而《诗》亡"，已开后人瞎编乱造之先路，至于毛诗、郑笺、孔疏谈到的种种史事，都是在各自时代的政治需求的驱使下进行的附会。诗歌本是全体人民的社会生活的反映，可作社会心理的考察，这样强行附会到国君和贵族，只是对《诗经》真相的遮蔽。

---

① 顾颉刚：《〈毛诗序〉之谬》，载《顾颉刚读书笔记》卷一，中华书局2011年版，第270页。

"五四"学者宣称《诗经》只是民谣,历代解释都是缠绕《诗经》的污泥藤蔓,全部来自经师们出于政治目的的牵强附会,《诗经》解读的正确方式只有一个,那就是通过读原文直接了解每首诗的"原义"。正如胡适对《关雎》的解读:

> 好多人说《关雎》是新婚诗,亦不对。《关雎》完全是一首求爱诗,他求之不得,便寤寐思服,辗转反侧,这是描写他的相思苦情;他用了一种种勾引女子的手段,友以琴瑟,乐以钟鼓,这完全是初民时代的社会风俗,并没有什么希奇。意大利西班牙有几个地方,至今男子在女子的窗下弹琴唱歌,取欢于女子。至今中国的苗民还保存这种风俗。[①]

在胡适看来,把《关雎》联系到"后妃之德"是荒谬的,因为诗中完全没有出现"后妃"的影子,这首诗实际上与周代政治毫无关系。那么,"康王晏朝,《关雎》作讽"等事迹也都是叠床架屋式的附会,早期注疏也就彻底与《诗经》研究分家。

从"六经皆史"到"六经皆史料",从《诗经》到"诗三

[①] 胡适:《谈谈〈诗经〉》,载顾颉刚编《古史辨》第三册,海南出版社2005年版,第387页。

百","五四"学者对《诗经》进行了大刀阔斧的改造,也将诗经学引入了全新的研究轨道。经过这一类讨论之后,《诗经》与孔子划清了界限,其早期阐释体系也土崩瓦解。学者们的下一步工作,就是将《诗经》纳入现代学科之中。

第三节　小　结

在经典地位遭到质疑之后,学者们大刀阔斧地打下了《诗经》的"经字招牌",具体来说,就是运用"六经皆史料"的理论,将《诗经》拆解为史料,瓦解原有的知识层级。这样,《诗经》就成了待整理和待辨析的上古史料,被纳入现代学科体系中的文学学科。

在这一过程中,学者们重点针对孔子删诗和《毛诗序》展开了攻击,因为,"删诗说"代表了《诗经》编辑中的圣人删削之义,《毛诗序》代表了经典的早期阐释体系,作为《诗经》传统注疏学的基础性文献,是《诗经》经典性和权威性的重要来源。通过一系列辨析,学者们认为"删诗说"为司马迁编造,而《毛诗序》为东汉卫宏所作,内容多有牵强附会之处。于是,《诗经》的地位从一部神圣经典降格为上古民谣集"诗三百",其神圣性被大大削减。

第三章

《诗》学理论与"文学"建构：
从古典诗学到现代文学观念

在现代通行的文学史教材之中,《诗经》总是居于文学史开篇的重要地位,《诗经》作为华夏民族第一部完整、成熟、系统的诗集,被奉为中国文学光辉灿烂的初页。在现代人看来,《诗经》似乎天然就是一个文学文本。但是,学界早已广泛认同:所谓的"文学性"并无本质之判定,它往往只代表一种眼光和观念——一个作品是否属于文学的讨论范畴,往往见仁见智而有多种理解。①

新文化运动以来,《诗经》不再是儒家经典,而是作为第一部上古歌谣总集,和楚辞一起占据了文学史著先秦部分的主要篇幅,这一主流阐释模式形成之后,影响了百年的文学史书写。

本章试图将焦点对准转变的关键时间点,从晚清民初时期的诗经学转向入手,分析古典诗学的现代转向。众所周知,

---

① 参见龚鹏程《近代思潮与人物》,中华书局2007年版,第326页。

"五四"学者构建新文学观念的方式，除了创作新小说、新戏剧、新诗之外，重新诠释传统也是非常关键的方面。我们所关心的问题是，"五四"先贤为什么选择《诗经》作为新的中国文学之祖？《诗经》在文学史的重构中究竟扮演了怎样的角色？《诗经》及其周边文本如何契合了现代"文学"背后的理论诉求？

第一节 从"文"到"诗":以诗学为中心的文学史建构

晚清民初是我国新旧文化观念急剧冲突的时期,1904年清政府颁布《奏定学堂章程》,在这一大量借鉴了西方和日本教育体制的章程中,文学科被列为大学堂八科之一,其下分出"中国文学门"。伴随着现代学科体系的建立,"文学史"开始被大量创作。据陈玉堂《中国文学史书目提要》的统计,仅在晚清民国时期,中国学者的文学通史类著作就多达122部。[①]

最早一批文学史书写者如林传甲、龚道耕,普遍倾向从传统中开出"文学史"这一认知型范。毕竟,作为学科的中国文学虽属舶来,但"文学"一词和尚文传统却古已有之。传统语

---

① 参见陈玉堂《中国文学史书目提要》,黄山书社1986年版。

境中的"文"广大而精微,是古典学术体系中的核心概念之一,其根本要义就在于文质相应、体用合一。"文"字象形本为交错,《周易·系辞传》:"物相杂,故曰文。"[1]《说文解字》:"文,错画也。"[2]由此引申出修饰之义,外在修饰为内在品德之自然表现,本立而文明,观文则知质,文质本为一体内外,有文有质、内外兼修方为君子。孔子曰:"文质彬彬,然后君子。"[3]"文犹质也,质犹文也,虎豹之鞟,犹犬羊之鞟。"[4]《礼记·礼器》有言:"无本不立,无文不行。"[5]因此文之涵义至广,"以道德为经纬;用辞章相修饰,在国则为文明;在政则为礼法;在人则为文德;在书则为书辞;在口则为词辨"[6]。

落实于以作家作品为中心的文学史层面,则有文字、文辞、文体、文法、文教数端。文字则章太炎:"文学者,以有文字著于竹帛,故谓之文;论其法式,谓之文学。"[7]文辞则阮元、刘师培,讲究声韵、格律、偶词俪语。从传统观念出发,"文章"与"学识"体用相合,自是"文学"应有之义。章学

---

[1] (清)阮元校刻:《十三经注疏》,中华书局1980年版,第90页。
[2] (汉)许慎:《说文解字》,中华书局1963年版,第185页。
[3] (清)阮元校刻:《十三经注疏》,中华书局1980年版,第2479页。
[4] (清)阮元校刻:《十三经注疏》,中华书局1980年版,第2503页。
[5] (清)阮元校刻:《十三经注疏》,中华书局1980年版,第1430页。
[6] 刘永济:《十四朝文学要略》,中华书局2007年版,第4页。
[7] 章太炎:《国故论衡疏证》,庞俊、郭诚永疏证,中华书局2008年版,第247页。

诚有言:"学问文章,古人本一事。"①

值得注意的是,早期"文学"的几种代表性开展方式,都并未导向以《诗经》为中国文学之典祖。例如,阮元以骈文为文章正宗,因此上追《周易·文言传》:"言必有文,专名之曰文者,自孔子《易·文言》始……孔子《文言》实为万世文章之祖。"②刘师培希望标举中国文字单音单字宜讲声韵对偶的特点,以"与外域文学竞长"③,因此也服膺阮说。而章太炎希望从中国文字建立文化根基,便以文字书写为文学之本质特性,他曾明确说"论文学者,不得以兴会神旨为上"④,这和现代学者将《诗经》视为中国文学之祖也相去甚远。所以,选择什么作品作为文学史追溯的源头,在近代曾有过多种不同可能性的尝试,这是基于学者们对"文学"的不同理解和各自的问题意识。

六经在传统文史领域的经典性源于其文本的核心地位。作为传统知识体系的轴心文本,传统的文体、文辞、文采、文艺表现原则、写作规范都是由其发展而来。同时,六经所确立的政教学艺思想深深渗透了两千年的作家作品,从传统的"文"

---

① (清)章学诚:《章学诚遗书》,文物出版社1985年版,第337页。
② (清)阮元:《揅经室集》,邓经元点校,中华书局1993年版,第608页。
③ 刘师培:《中国中古文学史讲义》,上海古籍出版社2006年版,第1页。
④ 章太炎:《国故论衡疏证》,庞俊、郭诚永疏证,中华书局2008年版,第269页。

观念出发，自然而然地会将经典奉为最高典范。因此，龚道耕谓："中国政教皆本六经，文学渊源亦由是出。"[①] 张之纯言："经传为文学之正宗，一切文章体例，本于经传者居多。"[②] 马崇淦认为："文学之变迁虽无穷，覈其所作，大抵不能越六经之樊篱，譬之大河浩瀚，导源于星宿之海也，万山纵横，发脉于昆仑之冈也。"[③]

因此，早期文学史多由小学进入，先讲仓颉造字和六义，兼及音韵训诂，继而以六经开宗明义，在传统学术的大框架中展开文学史之分析。此类文学史大都将《诗经》与其他经典并列，在文学史中给予首要地位，如林传甲、张德瀛列《诗经》于"群经文体"，来裕恂设"孔子之六经"一章，龚道耕将"六经"列于首章，王梦曾列"六经之递作"章等。在尊奉《诗经》经典地位的同时，标举儒家诗学于"中国文学"的意义。

而当新文化运动兴起，"五四"先贤致力于以新文学启蒙大众，喊出"打倒文言文，建立白话文"的口号，甚至呼吁废除汉字，采取拼音文字促进文化普及和社会改造，他们自然不可能继续以传统"文"观念为基础的文学史书写方式——落实

---

① 龚道耕：《中国文学史略论》，成都镂梨斋1925年版，第1页。
② 张之纯编纂：《中国文学史（上卷）》，蒋维乔校订，商务印书馆1915年版，编辑大意，第1页。
③ 马崇淦：《中国文学沿革略论》，《约翰声》1919年第30卷第3号。

于文字，便是落实于知识阶层；落实于文辞，声律规范下的文学创作和日常口语相去甚远；落实于文体，传统的文体论和现代文学所采取的小说、戏曲、散文、诗歌四分法亦完全属于两个系统。

现代文学革命参考西方确立了全新的文学观念，也为文学学科划定了全新的疆界，在以胡适《国语文学史》、郑振铎《文学大纲》为代表的一批文学史著中，其他五经都淡出了，只有《诗经》和中国的诗歌传统被大大凸显，许多文学史著的先秦部分甚至只列《诗经》和楚辞。穆济波表示，《诗经》之后"中国始有第一部文学总集，自是而中国之言文学者乃得有所指归"[①]。

总之，文学史从"以六经为典范"到"以《诗经》为典范"的书写转变，反映了"五四"时期中国文学史书写和选材的内在变化，也就是从以"文"观念为中心转向以诗学观念为中心。诗学观念和现代文学观的契合主要在于两个方面，首先是《诗经》的"抒情性"被着力凸显，《诗经》被认为奠定了中国文学以抒情为主的基本特征；其次是《诗经》的民间维度受到重视，作为最早的"白话文学"和"平民文学"而广受赞誉。

---

① 穆济波编著：《中国文学史（上册）》，乐群书店1930年版，第54页。

一、"诗言志":"文学"的不用之用

"五四"时期的文学史普遍以"抒情"为文学的根本性因素,学者们认为,判断作品"文学"属性的关键就在于其是否出于情感的自然流露:

> 文学的本质是"情感",如没有"情感",便有"妃黄俪白"的外观,也不算得文学。①

> 文学的本质是美的情感,在他冲动时,用声音或用文字发泄出来,可以欣动别人的同情。②

> 狭义的文学乃是专指诉之于情绪而能引起美感的作品,这才是现代的进化的正确的文学观念。③

> 广义的文学,是指一切文字上的著述而言。狭义的文学,是指有美感的重情绪的纯文学。④

---

① 朱谦之:《音乐的文学小史》,泰东图书局1925年版,第1页。
② 谭正璧编:《中国文学进化史》,光明书局1929年版,第9页。
③ 胡云翼:《新著中国文学史》,北新书局1933年版,自序,第5页。
④ 刘麟生编著:《中国文学史》,世界书局1932年版,第1页。

学者们将文学落实于情感、情绪，也就自然在传统中选择了新的表述路径，即"诗言志"。《诗大序》言："诗者，志之所之也，在心为志，发言为诗。情动于中，而形于言，言之不足，故嗟叹之……情发于声，声成文谓之音。"[1]描述了一套以情志感发为中心的文艺发生论，这一经典表述正符合现代文学强调摆脱形式束缚，着意"抒情"的要求。因此，《诗大序》关于情志的表述便被广泛用以说明文学之起源与生发。可以说，现代学者所开辟的纯文学路径与传统诗学理论有莫大关系。胡小石曾指出这一点："今人所说的文学的意义，正与古人所举的诗的定义很合。"[2]

需要注意的是，这一从儒家诗学开出的"诗"传统，不同于后世文章辨体之"诗"，它并不以格律对偶为特征。虽然随着对中国文字特征的理解走向深化，诗歌中发展出了关于声律格式的种种要求，产生了律诗等严格规范的诗歌形式，但这都并非"诗"的原初意义，也非"诗"所特有。骈文、律诗等文体同步发展的事实，说明声律对偶并非区别诗之为诗的关键因素。"风雅比兴"之创作传统影响的不仅仅是狭义的诗歌，更是所有以"情志"为中心的文学创作。萧统《〈文选〉序》就

---

[1]（清）阮元校刻：《十三经注疏》，中华书局1980年版，第269—270页。
[2] 胡小石：《中国文学史》，人文社股份有限公司1930年版，第9页。

曾以"风雅"谈文章创作:"《风》《雅》之道,粲然可观。"[1]章学诚《文史通义·诗教》也指出"诗"传统影响之深远:

> 学者惟拘声韵为之诗,而不知言情达志,敷陈讽谕,抑扬涵泳之文,皆本于《诗》教……而文指存乎咏叹,取义近于比兴,多或滔滔万言,少或寥寥片语,不必谐韵和声,而识者雅赏其为《风》《骚》遗范也。故善论文者,贵求作者之意指,而不可拘于形貌也。[2]

章氏对于中国诗学传统的认识可谓深刻,他一针见血地指出了"文"观念和"诗"观念的立足点之别:"文"立足于道德经纬,礼乐文章,要在体用结合、文质兼备,自然包罗广泛,经史子集之文皆可为对象。而"诗"则在于"言情达志,敷陈讽谕,抑扬涵泳",强调内在情感的生发,作者之兴感又可感发他人之情志,其畛域自然相对狭窄,正符合现代建立"纯文学"之要求。

因此,传统诗学观念超越文章辨体,成为文学史的精神源

---

[1] (南朝梁)萧统编:《文选》,(唐)李善注,上海古籍出版社2019年版,第2页。
[2] (清)章学诚:《文史通义校注》,叶瑛校注,中华书局1985年版,第78—79页。

头。在西方文学的演进脉络被广泛引进之后,此类叙述又与一套舶来的文体进化模型合流。学者们纷纷引据《诗大序》提到的早期歌、乐、舞一体的抒情形态,说明中国文学和西方一样,发端于原始时期的风谣(ballad),风谣之语言、音乐、动作三方面要素分别发展,演化出纯文学之小说、诗歌、戏曲文体。《诗经》代表的风谣就是中国文学之祖,诸种文体都是由其发展而来。学者们随之在《诗经》中区分史诗、剧诗、抒情诗,自然而然地得出结论:中国的史诗和剧诗并不发达,因此戏曲和小说发展较晚,中国文学从一开始就奠定了以抒情为主的特色。

儒家诗学开出了一支"感化文学"的传统,读者悲作者之悲,乐作者之乐,也为作品之理所濡化,"其感人之至,所谓与乐同其苗裔者邪"[1]。这也正符合"五四"新文学观对于"文学"的期待:学者们以文学作为宣传启蒙的工具,通过作品唤醒民众,推动社会革命。不过,文学担负社会功能的方式不是简单的宣传和说教,而是以自我的情感表现感染他人,从而维系、鼓荡群体情感,即所谓"不用之用"。"五四"致力于建立的新文学观,是"文学是人生的自然的呼声。人类情绪的流泄

---

[1] (宋)欧阳修:《书梅圣俞稿后》,载《欧阳修全集》,李逸安点校,中华书局2001年版,第1049页。

于文字中的……是以真挚的情感来引起读者的同情的"[1]。正因为文学有通人类情感之邮的特性，它于社会革命才有无可替代的意义，"因为文学是感情的产品，所以他最容易感动人，最容易沸腾人们的感情之火……革命就是需要这种感情，就是需要这种憎恶与涕泣不禁的感情的。所以文学与革命是有非常大的关系的"[2]。

由此，文学的功利性和审美性达成了统一，鲁迅说：

> 但在这革命地方的文学家，恐怕总喜欢说文学和革命是大有关系的，例如可以用这来宣传，鼓吹，煽动，促进革命和完成革命。不过我想，这样的文章是无力的，因为好的文艺作品，向来多是不受别人命令，不顾利害，自然而然地从心中流露的东西；如果先挂起一个题目，做起文章来，那又何异于八股，在文学中并无价值，更说不到能否感动人了。[3]

---

[1] 郑振铎：《新文学观的建设》，载《郑振铎全集》第三卷，花山文艺出版社1998年版，第436页。

[2] 郑振铎：《文学与革命》，载《郑振铎全集》第三卷，花山文艺出版社1998年版，第421页。

[3] 鲁迅：《革命时代的文学》，载《鲁迅全集.3》，人民文学出版社2005年版，第437页。

鲁迅认为文学是情感和思想的表达，因此作品只要写出就可能对他人产生影响。但其影响机制不应是简单生硬的宣传鼓吹，而应是"自然而然地从心中流露"，这样的文章才真正有价值，也能够真正感动读者。周作人亦有此论："欲作民气，反莫若文章。盖文章为物，务移人情，其与读者交以神明，相喻于感情最深之地，印象所留，至为深久，莫能泯灭。"[1]

总之，"诗言志"的文艺发生论契合了现代革命对于文学"不用之用"的要求。也就是说，作品写出时无关利害，只是抒发作者的感情，而长远来看，又能感发他人之情感，应用于社会革命，则利于唤醒大众，完成启蒙。

二、雅俗互动：从民间取向到民族形式

《诗经》传统所取于现代文学观念的，除了一套"诗言志"的文艺发生论之外，还有诗教之文艺功用论。"温柔敦厚，诗教也。"[2]儒家诗学理论中包含一套彻上彻下的诗教体系，涉及社会各个阶层，"上所以敷德教于下，下所以达情志于上"[3]。从

---

[1] 周作人：《文章之力》，载钟叔河编订《周作人散文全集》第一册，广西师范大学出版社2021年版，第75页。
[2] （清）阮元校刻：《十三经注疏》，中华书局1980年版，第1609页。
[3] （唐）魏徵、令狐德棻：《隋书》，中华书局1973年版，第1729页。

下层到中层到上层，从群体情感的维系到个体意志的匡正，都涵盖其中。从三百零五篇不同时代、不同地域、不同阶层的作品，到作为诗歌总集的《诗经》，这背后蕴含着鲜明的文化意识，也反映出一整套礼乐运作机制。

根据《汉书·艺文志》《礼记·王制》等文献记载，周代已有上达天子、下通庶民、作为长期和固定制度、专人司职的"采诗"制度，《国语·周语上》还记载了"献诗"制度，不论采诗还是献诗，它们的存在都是为了"王者所以观风俗，知得失，自考正"①。也就是说，是为了执政者能够了解、体察民情，从而反省自己的政治得失，为政策的审查修订提供参考。

这些诗作经过编选之后，其中合乎"温柔敦厚"之规范者被结集成《诗》文本，经过系统的整理、加工、配乐之后，再度用于社会各个阶层的礼乐生活。针对贵族子弟，"春秋教以《礼》《乐》，冬夏教以《诗》《书》"②，便于他们使于四方，而能专对。针对广大民众，"用之乡人焉，用之邦国焉"③，《仪礼》之《乡饮酒礼》《乡射礼》《燕礼》记载了《诗经》在礼仪中的应用，对于民众而言，这些诗作应用于群体仪式，便能移风易俗，成为凝聚共同体情感的纽带。

---

① （汉）班固：《汉书》，中华书局1962年版，第1708页。
② （清）阮元校刻：《十三经注疏》，中华书局1980年版，第1342页。
③ （清）阮元校刻：《十三经注疏》，中华书局1980年版，第269页。

由此，这些诗作从民间上达天子，又从庙堂回归世俗生活，形成了雅俗之间的互动和循环。这一连接社会各个阶层的文学功用论，与"五四"期间重视民间文学传统，希望从民众文艺中发展出新的民族形式，同时强调文学改良社会风俗及启蒙民众之作用，不谋而合。

出于反叛传统和启蒙大众的需要，以及现代民族国家通过统一国语来凝聚国民认同的目的，趋新学者们发起了白话文运动，要求发明一套社会各个阶层共同使用的语言文字，以大众简单易用为基础。在学者们看来，最有生命力的文学一定是出自民间，文学创作的最终归宿也应该是回到大众。胡适提出，新文学的唯一宗旨就是"国语的文学，文学的国语"[1]。文学革命就是要在雅俗之间重新搭起沟通的桥梁，以对抗走向上层和封闭的古典文学。国语的推行需要优秀文学作品的辅助，一种新的民族文学也应以国语的形式呈现。沈兼士谈道：

> "国语的文学"和"文学的国语"，固然是我们大家热心要提倡的。但是这个决不是单靠着少数新文学家做几首白话诗文可以奏凯；也不是国语统一会规定几句标

---

[1] 胡适：《建设的文学革命论》，载欧阳哲生编《胡适文集（2）》，北京大学出版社1998年版，第45页。

准话就算成功的。我以为最需要的参考材料,就是有历史性和民族性而与文学和国语本身都有关系的歌谣。①

因此,"五四"学者对于民俗歌谣表现出了前所未有的热情。1913年鲁迅发表《拟播布美术意见书》,提出如下主张:"当立国民文术研究会,以理各地歌谣,俚谚,传说,童话等;详其意谊,辨其特性,又发挥而光大之,并以辅翼教育。"②1918年沈尹默、刘复、周作人等人发起成立了北大歌谣征集处。1920年北大歌谣研究会宣告成立。1922年研究会主办《歌谣周刊》,推动出版了大量歌谣集,产生了巨大的社会影响。

一方面,学者们对于采诗制度大加赞赏。1920年郭沫若致宗白华的信中说:"我常希望我们中国再生出个纂集《国风》的人物——或者由多数的人物组织成一个机关——把我国各省各道各县各村底民风,俗谣,采集拢来,采其精粹的编集成一部《新国风》;我想定可为'民众艺术底宣传''新文化建设底运动'之一助。"③1922年郭沫若又在《〈民谣集〉序》中讴歌采诗制度保存民间歌谣的意义:"一部国风,要算是我国最古

---

① 沈兼士:《吴歌序》,载葛信益、启功整理《沈兼士学术论文集》,中华书局1986年版,第327页。
② 鲁迅:《拟播布美术意见书》,载《鲁迅全集.8》,人民文学出版社2005年版,第54页。
③ 《郭沫若全集:文学编》第十五卷,人民文学出版社1990年版,第20页。

的一部民谣集了。古时原有采诗的官,由民间采集些歌谣来献给政府,政府藉以知道民间的状态。采诗之制,在古时虽说纯是为的一种政治的目的,然同时在文艺史上竟开出了一朵永不凋谢的白莲……采诗之制久失,散在我们民间的没字的文学,不知道有多少了。采诗之制久失,生在我们民间死在我们的歌谣,也不知道更有多少了。"[1]他热情地展望《民谣集》的出版,"则我国又可以有一部新的国风出现了"[2]。传统采诗制度虽然与学者们搜集民间歌谣的目的不完全一致,却形成了一种"功能同构",使得这一古老制度在新文化运动中再度受到学者的青睐。

另一方面,学者对于收集歌谣的功用有深刻认识。周作人 1922 年所拟《〈歌谣周刊〉发刊词》和所作《歌谣》中都谈到,歌谣收集的目的主要有两种,一是学术,二是文艺。学术角度主要是辑录民俗资料,"考见国民的思想,风俗与迷信等,言语学上也可以得到多少参考的材料"[3]。"考查余留着的蛮风古俗,一面也可看出民间儿女的心情,家庭社会中种种情状,作

---

[1] 何中孚编:《民谣集》,泰东图书局 1924 年版,序,第 2 页。此处疑有误,"生在我们民间死在我们的歌谣"或为"生在我们民间死在我们民间的歌谣",供读者参考。
[2] 何中孚编:《民谣集》,泰东图书局 1924 年版,序,第 3 页。
[3] 周作人:《歌谣》,载钟叔河编订《周作人散文全集》第二册,广西师范大学出版社 2021 年版,第 547 页。

风俗调查的资料。"[1]文艺角度则希望能"从这学术的资料之中，再由文艺批评的眼光加以选择，编成一部国民心声的选集。意大利的卫太尔曾说，'根据在这些歌谣之上，根据在人民的真情感之上，一种新的"民族的诗"也许能产生出来。'所以这种工作不仅是在表彰现在隐藏着的光辉，还在引起将来的民族的诗的发展"[2]。

同时，学者们对于文学意义的认定也往往强调其移风易俗的作用，注重创作贴近大众生活的"平民文学"，关注作品对于民众生活、思想的影响，这当然与"五四"时期的启蒙主题是分不开的，如凌独见将文学看作"改造社会的原动力"，他认为文学不只是消遣，更重要的是能够变更民众思想，"思想一变，举动，言语，行为，随之而变，因此，革命家目为'革命种子'"[3]。周群玉谈道："因为文学有变迁，所以此一时的文学与彼一时的不同——有的极好，有的极坏；甚至移风易俗，改造社会，文学总是其中的原动力。明白了这个原因，方可以建设新文学。"[4]

---

[1] 周作人：《〈歌谣与妇女〉序》，载钟叔河编订《周作人散文全集》第四册，广西师范大学出版社 2021 年版，第 330 页。
[2] 周作人：《〈歌谣周刊〉发刊词》，载钟叔河编订《周作人散文全集》第二册，广西师范大学出版社 2021 年版，第 842 页。
[3] 凌独见编纂：《新著国语文学史》，商务印书馆 1923 年版，第 3—4 页。
[4] 周群玉编辑：《白话文学史大纲》，群学社 1928 年版，绪论，第 1 页。

可见,"五四"学者搜集和整理民间诗歌,目的一方面在于通过歌谣了解民间风俗,考察国民思想,以校准社会运动的方向,另一方面在于从这些民间作品中产生新的民族形式,并以之辅翼教育和启蒙,这和传统诗学的雅俗互动模型高度一致。因此,"五四"时期的文学史普遍从保存民众文学的角度,对《诗经》予以肯定。钱玄同曾在1921年12月7日致信胡适,赞扬他的《国语文学小史》编得很好,唯有一点意见,便是国语文学应当从《诗经》之《国风》开始,不能因为它到了汉代已成古文就将其撇开。① 胡适从谏如流地将《诗经》尊奉为"最早的白话文学",他提出:

> 白话的文学,完全是平民情感自然流露的描写,绝没有去模仿什么古人。记这种平民文学的古书,第一部当然是《诗经》。这部书里面所收集的,都是真能代表匹夫匹妇的情绪的歌谣,如《郑风》《秦风》等。②

胡适将文学革命的中心观点总结为"活的文学"和"人的

---

① 参见《钱玄同文集(第六卷) 书信》,中国人民大学出版社2000年版,第103—104页。
② 胡适:《〈国语文学史〉大要》,载欧阳哲生编《胡适文集(8)》,北京大学出版社1998年版,第135页。

文学"，① 这两条路径都指向了中国诗学传统——彻上彻下的诗教体系贴合于从民间文艺建立民族形式的需要，"诗言志"的文艺发生论则为建立以情感为中心的新文学观念提供了理论依据。因此，"五四"对固有文学观念的改造，并非完全以现代西方文学观念取代传统，而是放弃了传统"文学"观念，凸显了以《诗经》为代表的诗学传统。《诗经》也就在这个意义上，成了中国文学史的早期典范。

---

① 胡适编选：《中国新文学大系：建设理论集》，导言，上海良友图书印刷公司1935年版，第18页。

第二节 "情"的转向：从伦理到个人

一、传统"诗言志"论

"诗言志"之文艺发生论，背后是一套复杂的理论体系，作为儒家诗学的核心理论之一，"诗"与"志"的关系在早期文本中被不断申说。《尚书·尧典》："诗言志。"[1]《礼记·乐记》："诗言其志也。"[2]《春秋说题辞》："诗之为言志也。"[3]《荀

---

[1]（清）阮元校刻：《十三经注疏》，中华书局1980年版，第131页。
[2]（清）阮元校刻：《十三经注疏》，中华书局1980年版，第1536页。
[3]［日］安居香山、中村璋八辑：《纬书集成》，河北人民出版社1994年版，第856页。

子·儒效》:"《诗》言是,其志也。"①《说文解字》:"诗,志也。"②那么,"志"是如何生成?"诗"又如何言"志"呢?

首先,志的生成是由于"感于物"。《诗大序》:"诗者,志之所之也,在心为志,发言为诗。"孔疏:"包管万虑,其名曰心;感物而动,乃呼为志。志之所适,外物感焉。"③《左传·昭公二十五年》孔疏亦论及心、情、志关系:"在己为情,情动为志,情志一也。"④简单说来,心、志本为一体,掌握个人精神活动之内在本体为心,受外物影响而有所感发则为志,心、志又可与性、情对应观之。郭店楚简《性自命出》言:"道始于情,情生于性。"⑤性为人生之天然,感物而动则有七情。《礼记·乐记》亦有类似表述:"音之起,由人心生也,人心之动,物使之然也。""夫民有血气心知之性,而无哀乐喜怒之常,应感起物而动,然后心术形焉。""人生而静,天之性也;感于物而动,性之欲也。"⑥人之天性本静,感于外物而动,则发为言语声歌,因此往往立象尽意,因物起兴,见关关雎鸠而思窈窕

---

① (清)王先谦:《荀子集解》,沈啸寰、王星贤点校,中华书局1988年版,第133页。
② (汉)许慎:《说文解字》,中华书局1963年版,第51页。
③ (清)阮元校刻:《十三经注疏》,中华书局1980年版,第269—270页。
④ (清)阮元校刻:《十三经注疏》,中华书局1980年版,第2108页。
⑤ 李零:《郭店楚简校读记:增订本》,中国人民大学出版社2007年版,第136页。
⑥ (清)阮元校刻:《十三经注疏》,中华书局1980年版,第1527—1535页。

淑女，见桃之夭夭则咏之子于归，"六义"之"兴"正与兴感论有深切联系。

其次，以"文"的方式生发之"志"才是"诗"。《诗大序》曰："情发于声，声成文谓之音。"内在情感表现于声音，必得有文采、有章法，方可互相交流和理解。孔疏："作乐之始，乐写人音……但乐曲既定，规矩先成，后人作诗，谟摩旧法，此声成文谓之音。"[①] 也就是说，作诗虽是个人情志之抒发，但也要符合一定的礼乐规范，这样才能进入公共领域，读者亦可通过作品表现出的"文"反观作者之"志"。情志发于声音，听声可识情志，则内在之"志"与外在之"文"又达成统一，故有"治世之音安以乐，其政和；乱世之音怨以怒，其政乖；亡国之音哀以思，其民困"[②]。通过音乐之"文"即可听出作者之情志，感受其所思所感，继而了解时代之治乱。

"志—言—文"之发生论在儒家经典中多次出现，如《左传·襄公二十五年》载孔子曰："言以足志，文以足言。"[③]《孟子·万章上》："说诗者，不以文害辞，不以辞害志，以意逆志，是为得之。"[④] 从作者出发，则言足志，文足言；从读者出

[①]（清）阮元校刻：《十三经注疏》，中华书局1980年版，第270页。
[②]（清）阮元校刻：《十三经注疏》，中华书局1980年版，第270页。
[③]（清）阮元校刻：《十三经注疏》，中华书局1980年版，第1985页。
[④]（清）阮元校刻：《十三经注疏》，中华书局1980年版，第2735页。

发，则观作品之文而见作者之志。"志托于事物而言为辞，辞寄于笔墨而见为文"①，所谓意内而言外，故孔子曰："辞达而已矣。"②《周易·文言传》曰："修辞立其诚。"③皆言此志、文合一之理。

感物而生志，成文而曰诗，这就是"诗言志"的基本结构，即"感—志—言—文"。同时，"志"又与"道"一体，章学诚《文史通义·言公》曰："志期于道，言以明志，文以足言。其道果明于天下，而所志无不申，不必其言之果为我有也。"④《文心雕龙·原道》说：

> （人）实天地之心。心生而言立，言立而文明，自然之道也。⑤

刘勰描述了"感—志—言—文"之理想状态：人心之所以感物而动，在于天地万物一气化生，日月山川草木有其天然的

---

① 刘永济：《十四朝文学要略》，中华书局2007年版，第28页。
② （清）阮元校刻：《十三经注疏》，中华书局1980年版，第2519页。
③ （清）阮元校刻：《十三经注疏》，中华书局1980年版，第15页。
④ （清）章学诚：《文史通义校注》，叶瑛校注，中华书局1985年版，第169页。
⑤ （南朝梁）刘勰：《增订文心雕龙校注》，黄叔琳注，李详补注，杨明照校注拾遗，中华书局2000年版，第1页。

文理形象，此即至道之文，而人禀天地之性，又能参天地之象，有所感而发为人之文。《礼记·礼运》曰："人者，其天地之德，阴阳之交，鬼神之会，五行之秀气也。"① 因此人文与至道本为一体，而非"文"之外另有一"道"，这就是所谓"文以载道"。

以上所言为"文以载道"之形上论，而人情有正邪之分，亦有任情纵欲之本能，因此圣人缘情立法、因情制礼，以植根于自然情性的礼法体系来匡正人情，通过人文教化的涵养，人之情志便能发而中节。《礼记·礼运》曾言圣人制礼本乎人情："人情者，圣王之田也，修礼以耕之，陈义以种之，讲学以耨之，本仁以聚之，播乐以安之。故礼也者，义之实也。"② 这正是《诗大序》所谓"发乎情，民之性也；止乎礼义，先王之泽也"③。这套礼法的着眼点便是社会生活的伦理，《周易·序卦传》曰："有天地，然后有万物；有万物，然后有男女；有男女，然后有夫妇；有夫妇，然后有父子；有父子，然后有君臣；有君臣，然后有上下；有上下，然后礼义有所错。"④《诗大序》开篇亦讲"风天下而正夫妇"⑤，儒家伦理的立足点始终是

---

① （清）阮元校刻：《十三经注疏》，中华书局1980年版，第1423页。
② （清）阮元校刻：《十三经注疏》，中华书局1980年版，第1426页。
③ （清）阮元校刻：《十三经注疏》，中华书局1980年版，第272页。
④ （清）阮元校刻：《十三经注疏》，中华书局1980年版，第96页。
⑤ （清）阮元校刻：《十三经注疏》，中华书局1980年版，第269页。

人与人的关系,个人是在人伦体系中得到安立。

因此,志和道、情和理便在儒家"言志"诗学中达成了有张力的统一,《周南·关雎》:"关关雎鸠,在河之洲。窈窕淑女,君子好逑。"抒发君子求女之情,又含夫妇有别之理。《小雅·采薇》:"昔我往矣,杨柳依依。今我来思,雨雪霏霏。"于思乡怀归之悲切中,寓家国之理。《邶风·凯风》:"凯风自南,吹彼棘心。棘心夭夭,母氏劬劳。"于母子深情中,蕴母慈子孝之伦理。这些作品将人的普遍情感升华为社会生活的公共伦理,相应的伦理解读形成之后又能规训情感的生发和表达,走入政治生活而成为儒家诗教。这些千古名作之所以能打动读者,就在于情与理的统一。

二、鲁迅对传统"言志论"的改造

"五四"学者对传统"言志论"进行了改造,最突出的代表就是鲁迅《摩罗诗力说》和《破恶声论》,这两篇长文发表于1908年,其对儒家诗学的分析明显受到西学影响,体现出鲜明的启蒙色彩,在中国诗学的现代转型中有重要意义。

鲁迅在《破恶声论》中论述:

夫外缘来会，惟须弥泰岳或不为之摇，此他有情，不能无应。然而厉风过窍，骄阳薄河，受其力者，则咸起损益变易，物性然也。至于有生，应乃愈著，阳气方动，元驹贲焉，杪秋之至，鸣虫默焉，螺飞蠕动，无不以外缘而异其情状者，则以生理然也。若夫人类，首出群伦，其遇外缘而生感动拒受者，虽如他生，然又有其特异；神畅于春，心凝于夏，志沉于萧索，虑肃于伏藏。情若迁于时矣，顾时则有所迕拒，天时人事，胥无足易其心，诚于中而有言；反其心者，虽天下皆唱而不与之和。其言也，以充实而不可自已故也，以光曜之发于心故也，以波涛之作于脑故也。是故其声出而天下昭苏，力或伟于天物，震人间世，使之瞿然。瞿然者，向上之权舆已。盖惟声发自心，朕归于我，而人始自有己；人各有己，而群之大觉近矣。若其靡然合趣，万喙同鸣，鸣又不揆诸心，仅从人而发若机栝；林籁也，鸟声也，恶浊扰攘，不若此也，此其增悲，盖视寂漠且愈甚矣。[1]

---

[1] 鲁迅：《破恶声论》，载《鲁迅全集.8》，人民文学出版社2005年版，第25—26页。

《破恶声论》虽未直接谈及"诗言志",但从此文主旨"心声"不难看出鲁迅持论与传统诗学的渊源。"心声"一词出自汉代扬雄《法言·问神》:"言不能达其心,书不能达其言,难矣哉!惟圣人得言之解,得书之体……故言,心声也;书,心画也。声画形,君子小人见矣。声画者,君子小人之所以动情乎?"① 这里"心—言—书"的表述和传统诗学之"志—言—文"一体同源,都基于内在情志之表达机制,但鲁迅的"心声"已和传统语境中的"心声"不同。

　　"感"的层面,鲁迅首先从传统天人感应论出发,提出外界环境的变化自然而然地会引起生灵的情状变化,即"此他有情,不能无应"。不过人类与其他生物不同,虽然也会受到外物的影响,"神畅于春,心凝于夏",但作为首出群伦的人类,他的"情"始终应该服从、忠诚于"心"这个主体——如果外界的声音不同于自己的心声,就绝不与之唱和,只有所思所感充实于心时,才会表达于外。"天时人事,胥无足易其心,诚于中而有言;反其心者,虽天下皆唱而不与之和。"人不是随外物而动的普通生灵,而是有主观意志和主体性的独立个体。

　　因此,"心声"自然不再是传统语境中需要以"节文"的方式表达的"情志",它不是自然符合礼法规范的、"温柔敦

---

① 汪荣宝:《法言义疏》,陈仲夫点校,中华书局1987年版,第159—160页。

第三章 《诗》学理论与"文学"建构：从古典诗学到现代文学观念

厚"或"思无邪"的状态，而是诚于自我，打破平和状态的外在呈现：

> 盖诗人者，撄人心者也。凡人之心，无不有诗，如诗人作诗，诗不为诗人独有，凡一读其诗，心即会解者，即无不自有诗人之诗。无之何以能解？惟有而未能言，诗人为之语，则握拨一弹，心弦立应，其声激于灵府，令有情皆举其首，如睹晓日，益为之美伟强力高尚发扬，而污浊之平和，以之将破。平和之破，人道蒸也。①

"心声"的发明就是要打破诈伪，离开人云亦云的表面平和状态。当人能够发出自己的独特声音，便有振聋发聩之能量，"其声出而天下昭苏，力或伟于天物，震人间世，使之瞿然"。心声之间的互相激荡，亦不是儒家传统的"圣人所感无不正，进而制礼作乐教化民众"之自上而下的礼教，而是通过自我的表达激发每个人找到本真，各自成为自己，"盖惟声发自心，朕归于我，而人始自有己；人各有己，而群之大觉近矣"，如果所有人都能成为独立自觉的个体，就能达成群体的、

---

① 鲁迅：《摩罗诗力说》，载《鲁迅全集.1》，人民文学出版社 2005 年版，第 70 页。

社会的自觉。从这里，我们亦不难看到鲁迅与章太炎"依自不依他"的哲学思想之间的渊源关系。

沿着这一思路，鲁迅在肯定"言志"的同时，对"思无邪"等儒家诗学观念予以激烈批评：

> 惟诗究不可灭尽，则又设范以囚之。如中国之诗，舜云言志；而后贤立说，乃云持人性情，三百之旨，无邪所蔽。夫既言志矣，何持之云？强以无邪，即非人志。①

鲁迅认为，"言志"这一行为，不管是兴于外物的"感—志"层面，还是发而为文的"志—言"层面，始终应以个人主体为中心，既不为外物所扰随波逐流，也不为任何礼教规范所束缚，传统的"思无邪"论为了打压个人主体之诗，强行在"言志"之上加上"持人性情"，使得个人情感的自由抒发永远蒙着一层道德阴影。鲁迅谈到《诗经》时说："其民厚重，故虽直抒胸臆，犹能止乎礼义，忿而不戾，怨而不怒，哀而不伤，乐而不淫，虽诗歌，亦教训也。然此特后儒之言，实则激楚之言，奔放之词，《风》《雅》中亦常有，而孔子则曰：

---

① 鲁迅：《摩罗诗力说》，载《鲁迅全集.1》，人民文学出版社2005年版，第70页。

《诗》三百,一言以蔽之,曰:思无邪.'"①鲁迅认为"思无邪"观念导致了中国文学创作的无生气:"试稽自有文字以至今日,凡诗宗词客,能宣彼妙音,传其灵觉,以美善吾人之性情,崇大吾人之思理者,果几何人?上下求索,几无有矣。"②在《摩罗诗力说》中,鲁迅对传统诗学理论有进一步总结:

> 顾有据群学见地以观诗者,其为说复异:要在文章与道德之相关。谓诗有主分,曰观念之诚。其诚奈何?则曰为诗人之思想感情,与人类普遍观念之一致。得诚奈何?则曰在据极溥博之经验。故所据之人群经验愈溥博,则诗之溥博视之。所谓道德,不外人类普遍观念所形成。故诗与道德之相关,缘盖出于造化。诗与道德合,即为观念之诚,生命在是,不朽在是。非如是者,必与群法僢驰。以背群法故,必反人类之普遍观念;以反普遍观念故,必不得观念之诚。观念之诚失,其诗宜亡。故诗之亡也,恒以反道德故。然诗有反道德而竟存

---

① 鲁迅:《汉文学史纲要》,载《鲁迅全集.9》,人民文学出版社2005年版,第366页。
② 鲁迅:《摩罗诗力说》,载《鲁迅全集.1》,人民文学出版社2005年版,第71页。

者奈何?则曰,暂耳。无邪之说,实与此契。①

从这段文字来看,鲁迅对于传统诗学中"言志"和"载道"统一之逻辑,以及"感—志—言—文"的文艺发生论,都有深刻认识,"诗人之思想感情,与人类普遍观念之一致"之论,是对传统诗学"情理合一"的精到总结,而"诗与道德之相关,缘盖出于造化","生命在是,不朽在是",亦触及"天人合一"理论之要义。但是,鲁迅要针对现状而"立人",就要推翻固有的"普遍道德",打破"人群经验"对个体的泯灭,他选择了否定"观念之诚"而树立"己心之诚"。这样,传统"诗言志"的理论架构也就在鲁迅这里发生了根本的转向。

三、"情"和"抒情传统"的重新阐释

在鲁迅标举个人主体,将"文章"与"道德"分开之后,"五四"学者大都延续这一思路,标举"言志",反对"载道"。但之后的学者鲜少如鲁迅般从原初理论框架深入分析"言志论",大都直接将"言志"视为个人情感的自由抒发,而将

---

① 鲁迅:《摩罗诗力说》,载《鲁迅全集.1》,人民文学出版社 2005 年版,第 74—75 页。

"载道"视为传统礼法体制对于情感自由的抑制。

如郑振铎批评中国传统"载道"的文学观:"他们认为文非有关世道不作……作者以教导哲理,宣传主义,为他的目的,读者以取得教训,取得思想为他的目的,则文学也要有加上桎梏的危险了。"[①]他认为"载道"的文学观使文学陷于教训的桎梏而干枯,而文学的真义应该是"真挚的情绪"的自然流露。陈独秀批评"文以载道":"抄袭孔孟以来极肤浅极空泛之门面语而已。"[②]刘半农认为"文以载道"是堆砌各种道德教训。[③]周作人说:"夫文而欲其载道,那末便迹近乎宗教上的宣传。"[④]

沿着这样的思路,"五四"文学史对于《诗经》的理解,虽然依然说着"诗言志",内在逻辑却已和林传甲、龚道耕等不同。与文学研究上的"言志—载道"二元对立论相对应,诗经学也逐渐发展出"文学—经学"的基本叙事模式,即认为《诗经》的价值就在于抒发个人情性,而经过汉代学者政治化的解读和阐释,沦为封建道德教化的帮凶,"五四"终于推翻

[①] 郑振铎:《新文学观的建设》,载《郑振铎全集》第三卷,花山文艺出版社1998年版,第434—436页。
[②] 陈独秀:《文学革命论》,载胡适编选《中国新文学大系:建设理论集》,上海良友图书印刷公司1935年版,第45页。
[③] 参见刘半农《我之文学改良观》,载胡适编选《中国新文学大系:建设理论集》,上海良友图书印刷公司1935年版,第63页。
[④] 周作人:《文学的贵族性》,载钟叔河编订《周作人散文全集》第五册,广西师范大学出版社2021年版,第416页。

重重瓦砾，恢复了"诗言志"的真相。正如胡适所说：

> 这一部《诗经》已经被前人闹得乌烟瘴气，莫名其妙了。诗是人的性情的自然表现，心有所感，要怎样写就怎样写，所谓"诗言志"是。[1]

尤为突出的转向在于对《诗经》中情诗的处理，周作人在1922年说：

> 这所谓情，当然是指两性间的恋慕。古人论诗本来也不抹杀情字，有所谓"发乎情止乎礼义"之说……我的意见以为只应"发乎情，止乎情"，就是以恋爱之自然的范围为范围；在这个范围以内我承认一切的情诗。[2]

周作人把"止乎礼义"改为"止乎情"，也就将情诗的内容限定在了男女两性的恋爱情感上，肯定个人的情欲，瓦解了传统诗论强调以礼匡正男女两性之情的维度。从而，学者们对

---

[1] 胡适：《谈谈〈诗经〉》，载顾颉刚编《古史辨》第三册，海南出版社2005年版，第387页。
[2] 周作人：《情诗》，载钟叔河编订《周作人散文全集》第二册，广西师范大学出版社2021年版，第581页。

《诗经》的赞美往往基于个人情感的大胆张扬,顾颉刚在《〈诗经情诗今译〉序》中提出,"一切的诗歌的出发点是性爱",《诗经》中的情诗是"忠实于情感的产品"。秦汉以降,随着家族制度的确立,男女之间被筑起交往的"障壁",表现恋爱的情歌才大大地减少了。① 郑振铎说:

> 这些恋歌真是词美而婉,情真而迫切,在中国的一切文学中,它们可占到极高的地位。②

郑宾于亦有类似表述:

> 大抵十五的《国风》之中,前人以为是"淫诗"的,用我们今日的眼光看起来,都是最能表现社会上一般男女们真实性情的作物。③

胡云翼道:

> 他们这些情诗的作者,能够大胆地真实地写出自己

---

① 参见陈漱琴编译《诗经情诗今译》,女子书店1932年版,序一,第1页。
② 郑振铎:《文学大纲》,商务印书馆国际有限公司2015年版,第137页。
③ 郑宾于:《中国文学流变史(上册)》,北新书局1930年版,第33页。

热烈的恋情,他们能肆无忌惮地写出男女间的相悦相慕,甚至于把两性间的幽欢欲感,也全无遮饰地抒写出来,给我们遗下这许多永远不朽的好诗。①

同时,文学史也从"言志"和"载道"的对立出发,反复申明中国文学之大病就在于道德观念对于个人性灵的压制。如胡云翼认为中国文学的问题在于:"以文学为装置道德的皮袋,削减文学本身的作用,使文学成为道德的附庸。幸而有一般有魄力的作者,他们偏不相信道德的文学观念,硬把文学从道里面拉出来,完复文学的独立性,拿来发挥人类的性情,抒写个人的灵感。"②蒋鑑璋认为:"吾国人对于文学观念,每多因袭旧说,非强文学以明理;即命文学以载道;夫所谓理,所谓道,果何所指乎?儒氏所言'仁义礼智信',道也;然此论理学也,非文学也。"③陈冠同认为:"我们不相信'发乎情止乎礼',是文学的正路,所以'载道'不'载道',是没有关系的,只要动人就够了。"④

学者们进而挖掘出"言志"和"载道"此消彼长的路径,

---

① 胡云翼:《新著中国文学史》,北新书局1933年版,第6页。
② 胡云翼:《中国文学概论(上编)》,启智书局1928年版,第16—17页。
③ 蒋鑑璋编著:《中国文学史纲》,亚细亚书局1933年版,第1—2页。
④ 陈冠同编著:《中国文学史大纲》,民智书局1931年版,第2页。

也就是"情感挣脱礼教"和"礼教束缚情感"两种潮流的升降。魏晋"为文且须放荡""礼岂为我辈设"和晚明李贽、袁枚之"唯情论",就在这样的思路下被凸显。例如傅斯年对于中国文学升降的分析:《诗》《骚》全本性情——汉代政教失而学术息,章句兴而性灵蔽——建安风骨革新文学——六朝骈俪走向文学僵化——李杜元白韩柳文学革新——明清复古再次遮蔽性情——今日文学革命乃时势要求。[①] 傅斯年将中国文学的发展脉络描述成"情"与"礼教"的消长。周作人将中国文学分为"言志"和"载道"两途,认为古往今来真正优秀的文学作品都是"言志派"的文学,一统王朝思想定于一尊,文学往往被束缚和限制,围绕着圣贤道理发挥,多模拟而少个性,而分裂时代思想自由,文学家往往能够自由表达内心的感情,产生真正有个性的好作品,新文学运动就是"言志派"的又一次革命。[②]

学者们从传统"言志论"出发,构建出全新的、以"情"为中心的文学谱系。在《诗经》的解读上,强调"诗言志"为个人情感之自由表达,重视爱情诗。在文学史的重释上,发掘情感张扬、离经叛道的作品,高呼"文学自觉""人的觉醒"

[①] 参见傅斯年《文学革新申议》,载胡适编选《中国新文学大系:建设理论集》,上海良友图书印刷公司1935年版,第111—120页。
[②] 参见周作人《中国新文学的源流》,华东师范大学出版社1995年版,第17—28页。

等口号。这一解读模式与传统诗学最大的不同,就在于传统中的情与理、志与道始终是有张力地统一在一起,而"五四"的情与理、志与道却天然两分,属于个体的"情"被大加歌颂,而属于社会群体的"理"被弃如敝屣。

"五四"学者之所以标举这一与"载道"判然两途的"抒情"传统,是为了反对旧道德,把个人从传统伦理关系中解放出来,成为独立自觉的"国民",因此,学者们对既有文明秩序大加批评,周作人疾呼"人的文学,当以人的道德为本"[①]——两性的关系应是男女平等基础上的恋爱婚姻,亲子的关系应是父母子女平等基础上的互相亲爱,这是"文"得以成立的道德基础。

但是,中国传统中的"人"一直是在伦理关系中得以安立,个人主义在中国并没有自然滋生的土壤和发展的谱系,更进一步而言,"个人"的发现与"民族国家"的建立有着千丝万缕的联系。学者们之所以要把个人从既有的社会关系、家庭关系中解放出来,一个重要的动因就是要让每一个个体直接面对现代民族国家,从而形成新的社会组织形式,更好地凝聚社

---

① 周作人:《人的文学》,载胡适编选《中国新文学大系:建设理论集》,上海良友图书印刷公司1935年版,第197页。

会力量。①正如高力克所指出:"中国由民族危机所导引的启蒙运动,匮缺欧洲文艺复兴和启蒙运动之'个人的发展'的人文历史语境,因而其模拟西方启蒙的自由主义伦理革命,不能不具有'爱国的个人主义'的取向,这是中国启蒙的一个基本的价值矛盾。"②既然"五四"的个人主义始终要由每个个体之精神觉醒导向民族的富强,那么它就难以推导出变革传统的深层价值动因,"五四"先贤在剧烈反对传统礼教伦理的同时,却保持着对传统文化中生命价值和人生信仰的深刻认同,最后还是走回"载道"的老路而拥抱传统,但是,固有的家庭伦理已被推翻,传统的情理内核亦遭解构,人既孤立无援,情亦无所凭依。这也成为后来学者以各种方式尝试突破的理论困境。

---

① 参见李杨《文学史写作中的现代性问题》,山西教育出版社2006年版,第198页。
② 高力克:《五四启蒙的困境:在历史与价值之间》,《浙江学刊》1999年第2期。

第三节　民间取向：大众与精英的本位倒转

一、传统诗教观念：上达政制，下通民众

传统诗教观念是一套彻上彻下的礼乐系统，它包括"作诗—采诗—编诗—用诗"等多个实施环节与义理层面。这套文艺功用论正是基于上文讨论的"言志"与"载道"一体的结构，"思无邪""温柔敦厚""六义""兴观群怨"等概念都与上达政制、下通民众的诗教理论有密不可分的联系。

（一）作诗：言以足志

《诗经》作者的定位似乎一直矛盾重重，《国语·周语上》《汉书·艺文志》记载了民间献诗、采诗的制度，《国风》中的许多诗却被明确地判定为贵族所作，诗中大量名物也明显出自社会上层。司马迁说："《诗》三百篇，大抵贤圣发愤之所为作也。"[①]那么，这些诗作的作者身份应该如何定位？这一矛盾或许仍可从章学诚所明辨之"言公"传统出发思考。章学诚认为战国以前，"古人之言，所以为公也，未尝矜于文辞，而私据为己有也"[②]。这一分析对于我们理解早期文本的写作与传播状态意义甚大——上古之时并未建立如今天般严谨的作者观念，《诗经》之采自民间者，未必尽是匹夫匹妇所作，而是泛指流行于民众间的歌曲，这些歌曲有些有明确的关于作者的传说，甚至衍生出多种版本，有些就是广为传唱的小调。诗篇的作者极为复杂，所谓本事难以确考。

那么，所谓的"诗本义"或者"作诗之义"到底是什么呢？这依然要联系前文提到的"志—言—文"结构，孔子曰：

[①]（汉）司马迁：《史记》，中华书局1982年版，第3300页。
[②]（清）章学诚：《文史通义校注》，叶瑛校注，中华书局1985年版，第169页。

"言以足志，文以足言。"①孟子曰："不以文害辞，不以辞害志。"②此皆传统论文之要义所在。作者之创作乃是以情思志意托文墨而见于外，自应以"足"为限，辞达而已，不应文过其质。而读者逆求作者之义，亦应由文见志，不应拘于文辞而以己意妄断曲解，所谓"望文生义"。

总而言之，关于"诗本义"，第一，应以情志为主，不泥于文辞。以读者之情志体察作者之情志，所得自然为其"本义"，文本的涵义是开放的，每个读者都可以从自己的角度解读，所谓"诗无达诂"。第二，不宜将"事""志"混为一谈，所谓作诗之本事，时代久远往往阙闻，传闻诸多亦难信据，且作者情思所致，本人尚难明辨其所以然，又或者诗文本身即是主文而谲谏之作，言近旨远，种种因素都加深了强求本事的困难。

（二）采诗：普遍情感

采诗者，所以便于王者观风俗而体察民情，所谓"不出牖户，尽知天下所苦，不下堂，而知四方"③。那么，这些诗作就

---

① （清）阮元校刻：《十三经注疏》，中华书局1980年版，第1985页。
② （清）阮元校刻：《十三经注疏》，中华书局1980年版，第2735页。
③ （清）阮元校刻：《十三经注疏》，中华书局1980年版，第2287页。

必然是受到社会普遍认可的作品,它们之所以能够流行,就在于作者个人的情志符合于人群之普遍情感,民有安乐困苦则欲发于声歌,而诗之所能贴合其情感者,则能一传十、十传百,饥者以之歌其食,劳者以之歌其事。执政者观诗则能体察民间风俗,亦能知时政之善恶。

(三)编诗:寓情于理

《诗经》成书并非偶然,而是与周朝的礼乐制度密切相关。不管是周代结集《诗》文本,还是司马迁记载的孔子"去其重,取可施于礼义"①,都有明确的政治取向。从传世和出土文献来看,早期诗篇目远超三百首,作品版本不一、异文迭出,说明这三百多首诗一定是经历过统一的、有目的的编排,才成为我们今天看到的面貌。编诗这一行为,就是基于既有的、受到社会广泛认同的作品,观人群普遍之情志,进而"因情制礼",挖掘出人情中的伦理向度。礼既是对情的节制,使其乐而不至于淫,哀而不至于伤,发而皆中节,也是对情的规范和引导,将多样的情感引入"正"的框架中。

从"风雅颂"的编排来说,早期诗论着眼于其政教属性,

---

① (汉)司马迁:《史记》,中华书局1982年版,第1936页。

《诗大序》言:"一国之事,系一人之本,谓之风。言天下之事,形四方之风,谓之雅……颂者,美盛德之形容,以其成功,告于神明者也。"孔疏:"风、雅、颂同为政称,而事有积渐,教化之道,必先讽动之,物情既悟,然后教化,使之齐正。言其风动之初,则名之曰风。指其齐正之后,则名之曰雅。风俗既齐,然后德能容物,故功成乃谓之颂。"① 既然"雅"是"形四方之风","颂"是"风俗既齐"之称美,那么,"风雅颂"就在"风教"的层面达成进阶之统一,"风"强调情之发动,"雅"强调外在的正道约束,"颂"为大同盛世之告天地制乐之作。由此,通过《诗经》的编排,普遍的情就归于共同的政教伦理。

(四)用诗:公共伦理

《诗经》在政治生活中的作用,是基于其所指向的公共伦理,经过选择、解释后的文本再度进入礼乐之中,就形成了一个政教循环系统,正如孔疏所说:

《礼记·问丧》称:"礼者,非从天降,非从地出,

---

① (清)阮元校刻:《十三经注疏》,中华书局1980年版,第271—272页。

人情而已矣。"是礼之本意出于民也。《乐记》又曰:"凡音之起,由人心生也。乐者,乐其所自生。"是乐之本意出于民也。《乐记》又曰:"夫物之感人无穷,而人之好恶无节,则是物至而人化物也。人化物也者,则灭天理而穷人欲者也。于是有悖逆诈伪之心,有淫佚作乱之事。故先王制礼作乐为之节。"是王者采民情制礼乐之意。礼乐本出于民,还以教民,与夫云出于山,复雨其山;火生于木,反焚其木,复何异哉!①

礼乐本出自人情、人心,又复归于教化民众,"正得失,动天地,感鬼神,莫近于诗。先王以是经夫妇,成孝敬,厚人伦,美教化,移风俗"②。因此,孔子曰:"小子何莫学夫诗?诗可以兴,可以观,可以群,可以怨,迩之事父,远之事君,多识于鸟兽草木之名。"③诗之所以可以用来感发志意,观风俗之盛衰,维系共同体情感,导怨诽之情于不乱,就在于其公共的伦理向度。

"多识于鸟兽草木之名"亦不仅仅在于学习基础性知识,更在于对意象与情感的伦理引导,由雎鸠而兴夫妇,由甘棠而

---

① (清)阮元校刻:《十三经注疏》,中华书局1980年版,第270页。
② (清)阮元校刻:《十三经注疏》,中华书局1980年版,第270页。
③ (清)阮元校刻:《十三经注疏》,中华书局1980年版,第2525页。

思君子，阐释的效果在于通过伦理化的解读形成解释的定势，从而形成相似联想的内在规定性，规训情感的生发和表达。①这与"兴感论"有内在一致性，作者感于外物而兴己之情志，经伦理化固定之后又可规范读者之"兴"。王逸在《楚辞章句》中分析道：

> 《离骚》之文，依《诗》取兴，引类譬喻，故善鸟香草，以配忠贞；恶禽臭物，以比谗佞；灵修美人，以媲于君；宓妃佚女，以譬贤臣；虬龙鸾凤，以托君子；飘风云霓，以为小人。②

《诗经》中的大量鸟兽草木意象，通过经典化阐释固定下来之后，对中国文学创作产生了巨大影响。

二、"五四"重释《诗经》之民间取向

一个文本之所以能够成为经典，就在于其有丰富的阐释空

---

① 参见郝积意《使用与阐释：先秦至汉代〈诗经〉学的理论描述——中国古典阐释学研究之一》，《浙江学刊》2000年第5期。
② （宋）洪兴祖：《楚辞补注》，白化文、许德楠、李如鸾、方进点校，中华书局1983年版，第2—3页。

间，就《诗经》而言，每个人都可以"以意逆志"，直面诗的文本而得到"原义"。但是，《诗经》之所以成为经，在于其经过编辑、选择而重新施于礼乐教化，它的编选删削已经带有极大的政教色彩。也就是说，"风雅颂"的编排、每一首诗的选择和修改，每一个字的选定和阐释，都已经有意识地在挖掘作为教化范本的诗的面向。因此，传统注家显然都将圣人笔削之义看作《诗经》阐释最重要的维度，也只有基于这个维度，经典体系内的互证才得以成立。"五四"淡化了伦理维度，否定了儒家诗学义理，就需要对传统诗学的所有命题予以重释。因此，顾颉刚、郑振铎、张寿林等学者淡化或否定了采诗、编诗、用诗之义，强化了诗歌作为民间歌谣之"本义"。其主流观点大致如下：

第一，采诗。诗分两种：一种是平民为发泄情感而唱出的徒歌，被采来入乐后应用；一种是贵族为专门应用而作的乐歌。传闻中的"太史采诗"并不可靠，因为如果有采诗专职的话，不可能六七百年间只记载了三百多首诗，亦不可能不将《左传》记载的徒歌编入《诗经》，因此，即使有采诗之事，也应是偶尔的政治事件，而非固定的制度。[①]

[①] 参见顾颉刚《〈诗经〉在春秋战国间的地位》，载顾颉刚编《古史辨》第三册，海南出版社2005年版，第210页。

第二,编诗。"五四"学者掀起了"否定孔子删诗"的运动,学者们认为,"当孔子的时代,古诗便只有三百多篇存在了"①。《诗经》文本的形成,是长时期自然选择和淘汰的结果,并未经历有意删削。

第三,用诗。政治情境中的赋诗、引诗完全是不顾诗人作诗的本义,"为自己享用的态度;要怎么用就怎么用"。所谓的"赋诗言志",就是"自己要对人说的话借了赋诗说出来。所赋的诗,只要达出赋诗的人的志,不希望合于作诗的人的志"。②

第四,早期阐释。战国以后古诗之音乐渐渐失落,导致其在社会生活中的实用功能慢慢减弱,因此后世儒者只能从意义的角度重建诗学,从孟子提出"以意逆志"开始,诗的阐释就从伦理和历史的角度随意比附了,而汉代的阐释更加是从政治盛衰、道德优劣、时代早晚、篇第先后角度所作的全面曲解。③

由此,《诗经》编辑背后的政治目的,赋诗、引诗、释诗所包含的公共伦理就被一概否定了,采诗、编诗、用诗的情理维度被彻底消解,古典诗学的政教功能也被归于错误和歪

---

① 张寿林:《〈诗经〉是不是孔子所删定的?——呈正顾颉刚先生》,载顾颉刚编《古史辨》第三册,海南出版社 2005 年版,第 236 页。
② 顾颉刚:《〈诗经〉在春秋战国间的地位》,载顾颉刚编《古史辨》第三册,海南出版社 2005 年版,第 205—210 页。
③ 参见顾颉刚《〈诗经〉在春秋战国间的地位》,载顾颉刚编《古史辨》第三册,海南出版社 2005 年版,第 215—224 页。

曲。于是，《诗经》原本的"风雅颂"结构也就不能在政教层面达成统一，而仅能从作者身份阶层的角度予以解读。学者们往往倾向于将《国风》判定为民众文学，《雅》《颂》判定为贵族文学，平民和贵族两个维度是针锋相对的。顾颉刚提出："《国风》的大部分，都是采取平民的歌谣。"[1]李维说："《三百篇》为中国纯文学之祖，学者无不知之，其中之十五国风，盖纯粹的平民文学也。"[2]陈钟凡亦以《风》为民众文学，《雅》为朝廷文学，《颂》为庙堂文学，"作者地位不同，作风因之迥别"[3]。进而在身份区分的基础上按题材进一步细分，如民间歌谣还可分为恋歌、结婚歌、悼歌及颂贺歌、农歌等，贵族乐歌还可分为宗庙乐歌、颂神乐歌或祷歌、宴会歌、田猎歌、战事歌等。

在政治伦理消解之后，学者们对于《诗经》民间维度的理解，体现出两个特点：

第一，抬高"民众文学"的价值。学者们普遍重视作为"民众文学"的《国风》，贬低作为"贵族文学"的《雅》《颂》。曹聚仁提出："论列平民文学，首当推《诗经》中之《国风》。"[4]

---

[1] 顾颉刚：《〈诗经〉在春秋战国间的地位》，载顾颉刚编《古史辨》第三册，海南出版社2005年版，第196页。
[2] 李维编著：《诗史》，石棱精舍1928年版，第6页。
[3] 陈钟凡：《中国韵文通论》，中华书局·上海书店1989年版，第9—10页。
[4] 曹聚仁编著：《中国平民文学概论》，新文化书社1935年版，第2页。

胡云翼认为:"《诗三百篇》只有百六十篇国风算好作品,其余雅颂都是贵族底死文学。"[1]胡怀琛亦有此论:"风是从民间采录来的歌谣,相当于现在的民歌,比较的最有价值。雅是当时候知识阶级中人作的,相当于现在的文人诗,中间也有很好的。颂是当时候宗庙的乐歌,相当于现在的国歌、校歌之类,太庄重了,可以说没有甚么文学的意味。"[2]

第二,恢复"民间歌谣"的真相。"五四"学者重释《诗经》时往往采用当时的民谣作为比较分析的对象。顾颉刚认为,"风雅颂"只是粗略分类,《诗经》中的民谣主要是平民徒歌经整理配乐而成,乐工整理的痕迹就在于重奏复沓,应从诗作文本出发,以时下的民谣作为比较材料,按照作品的意义重新整理。[3]同时,学者们从民歌形制出发理解"赋""比""兴",认为"兴"是作者一时所见,随口拿来起头,是"歌谣上与本意没有干系的趁声"[4]。

总之,从"五四"开始,对于《诗经》民间取向的理解已经发生了根本的变化。简单来说,传统的民间取向是精英本位

---

[1] 胡云翼:《中国文学概论(上编)》,启智书局1928年版,第68页。
[2] 胡怀琛编纂:《中国文学史概要》,商务印书馆1933年版,第22—23页。
[3] 参见顾颉刚《从〈诗经〉中整理出歌谣的意见》,载顾颉刚编《古史辨》第三册,海南出版社2005年版,第391—392页。
[4] 何定生:《关于诗的起兴》,载顾颉刚编《古史辨》第三册,海南出版社2005年版,第463页。

的,强调自上而下之政教伦理;而"五四"之民间取向却是民众本位的,强调民间创作胜于文人传统。

三、"民间传统"的挖掘和阐释

"五四"先贤致力于建立民族国家,打破原本的政治格局,启蒙民众成为独立的国民。因此,学者们呼吁建立全体民众都能够理解的浅白国语,对抗艰深的士大夫文学,发展出"贵族文学—民众文学"的二元叙事,这种叙事又和"提倡言志、反对载道"的思潮合流。可以说,"五四"学者对于中国文学的基本认知模式,就是认为原本的贵族文学是复古的、模拟的、没有生命力的,不符合时代要求,而中国的民众文学一直清新刚健,情感真挚,是真正有活力的文学传统。

陈独秀 1917 年发表《文学革命论》,提出三点主张:"推倒雕琢的阿谀的贵族文学,建设平易的抒情的国民文学";"推倒陈腐的铺张的古典文学,建设新鲜的立诚的写实文学";"推倒迂晦的艰涩的山林文学,建设明了的通俗的社会文学"。[①] 从二元对立的认识出发,文学史也发展出了全新脉络,最有代表

---

① 陈独秀:《文学革命论》,载胡适编选《中国新文学大系:建设理论集》,上海良友图书印刷公司 1935 年版,第 44 页。

性的就是胡适《白话文学史》和《国语文学史》,他将中国文学分成白话文学和贵族文学两类,并提出中国文学凡是有生命力的都是白话文学。胡适认为,每一时代的文学都有两条演进脉络,一条是直线的、因袭前代的古典文学,另一条是自民间开出的岔路,是表达民间匹夫匹妇情感的创造的白话文学,这才是真正的"一时代的文学"。当这种新文学被文人吸收模仿,逐渐上层化而走向僵死,便会有新的岔路自民间开出,出现一种新的、更加自由和解放的文学形式,来取代已经僵死的、不足以表达情感的文学形式,这便是文学的进化。[①]

但是,"五四"所发掘之"贵族文学—民众文学"二元叙事,也有其内在问题:

第一,对《诗经》的阐释失之平面化、碎片化。如果仅仅将《诗经》当作歌谣集,视为发乎个人性情的创作,那就难以理解《诗经》作为经国大典的权威性来源。如果《诗》真的只是当时流行的三百首歌诗,它不会在礼乐政治中扮演如此重要的地位,外交场合的"赋诗言志"如果仅止于"余取所求"[②],听者和赋者如何在深层意义上达成交流和沟通?战国以降的著述中屡屡称引《诗》《书》,秦始皇为了巩固统治而焚灭《诗》

[①] 参见胡适《〈国语文学史〉大要》,载欧阳哲生编《胡适文集(8)》,北京大学出版社1998年版,第133—134页。

[②] (清)阮元校刻:《十三经注疏》,中华书局1980年版,第2000页。

《书》,仅从歌谣集角度都无法解释。在割裂义理世界之后谈《诗经》,采诗、编诗、用诗都成了无逻辑、无目的的断章和曲解,诗义就只剩下作诗时的"原初本义"这一层维度。这样,对于诗义的理解就大大平面化了。

"五四"以来的《诗经》研究较少关注"风雅颂"在风教层面的统一,而倾向于从"风雅颂"文本出发,根据音乐曲调和作者阶层理解其分类,进而从文本角度分出"贵族创作"和"民间创作",这就导致诗篇的解读存在随意性。许多被划入"民歌"的作品,其中的名物、礼仪、制度也都被从民谣角度加以重释,形成一波"猜谜"热潮。"五四"时期掀起的关于《野有死麕》《静女》的大讨论,正是这一潮流的产物。学者们从民谣角度理解传统诗学的诸多概念,亦容易流于偏颇。从歌唱和文学创作手法的角度理解"比兴",却对于传统诗学的"兴感论""立象尽意"分析不足。朱东润《国风出于民间论质疑》从《国风》中名物、称谓、有记载之作者等出发,提出"既知《国风》之未必出于民间,则一切文学出于民间之论,即无从建立"[1],是对这一风潮的有力反驳,但囿于时代思潮和认知定势而未根本扭转认识。直到今天,"《国风》出于民间说"仍是一个聚讼纷纭的话题。

---

[1] 朱东润:《诗三百篇探故》,云南人民出版社2007年版,第44页。

第二，对中国文学传统的定位失之偏颇。中国文学史中存在政治性上层文学和社会性下层文学的分野，钱穆指出，"发展上则以前者为先，亦以前者占优势"[①]。的确，早期文化相对集中于政治性上层，而随着市民生活的发展和文学载体的不断变化，社会性下层文学呈现不断壮大之势，但是占主导的一直是文人传统。"五四"学者要在中国文学中梳理出不间断的"民间传统"，并确立民间文学的绝对优势地位，主要的问题在于两个方面：

一方面，分类标准随意。《国风》《九歌》归入民歌，中国的整个诗歌传统就被视为从民间发展而来。而实际上，包括汉乐府在内的这些早期诗歌作品，内容都非常复杂，仅从文本出发随意裁断往往造成误读。另外，对于《三国演义》《水浒传》一类作品，学者也往往倾向于将其解读为世代累积的集体创作，认为这些小说是由素材积累、逐渐加工而最后形成较高质量小说文本。但对于杰出文人个人的、独特的创造性劳动往往以"写定"带过，缺乏足够关注。

另一方面，价值判断偏颇。"五四"将古典文学定为贵族的、复古的、僵化的、没有生命力的文学，导致了对士大夫传

[①] 钱穆：《中国文学史概观》，载《中国文学论丛》，生活·读书·新知三联书店2016年版，第53页。

统的有意忽略和对民间传统的过高估价。这样一来，在士大夫传统和民间传统之间就形成了先入为主的价值判断，从而在文学史研究中过分重视口传和民间取向，以致对于正统的、主流的文学创作以及传统文艺理论的制度层面关注不够。

在"五四"时期，就有学者反思对于民间文学的过高估计，如周作人1922年说："关于文艺上贵族的与平民的精神这个问题，已经有许多人讨论过，大都以为平民的最好，贵族的是全坏的。我自己以前也是这样想，现在却觉得有点怀疑。""拿了社会阶级上的贵族与平民这两个称号，照着本义移用到文学上来，想划分两种阶级的作品，当然是不可能的事。"[①] 在1930年作《重刊〈霓裳续谱〉序》中，周作人亦表示自己从前"对于民歌的价值是极端的信仰与尊重"，此时却已经动摇了。他提出《霓裳续谱》被判定为民众文学并不严谨，"这类民歌不真是民众的创作，她的次序不是在文学史之首而是其末"。[②] 不过，周作人的这些议论并未占据主流，而之后的政治思潮反而更加强了民众路线之思考倾向，对文学史叙事产生了深远的影响。

---

① 周作人：《贵族的与平民的》，载钟叔河编订《周作人散文全集》第二册，广西师范大学出版社2021年版，第518—519页。
② 周作人：《重刊〈霓裳续谱〉序》，载钟叔河编订《周作人散文全集》第五册，广西师范大学出版社2021年版，第699、704页。

事实上，传统诗学的民间维度基于教化，礼乐本自人情、人心，又复用以化民成俗。这一"上通政治，下达民众"的观念是"风雅"传统的重要精神内核，它深刻地影响了两千年来中国文人的基本精神——关心现实，重公理而轻私情，心系家国安危、生民休戚。这种思想其实被"五四"知识分子有意无意地带入了现代启蒙文学观之中，"五四"呼吁的"为人生而艺术""现实主义"正是对风雅精神的深层响应。这形成了"五四"以降文学观念中的一重深度张力。

第四节 "兴"义走向平面化

一、从"美刺比兴"到"山歌好唱起头难"

根据前文的分析,"五四"新文学观很大程度上是在借鉴传统诗学观念的基础上建构起来的。学者们根据"诗言志"的文艺发生论梳理出中国文学的抒情传统,根据诗教传统的民间取向树立民间文艺的绝对地位。不过在这个"创造性转化"的过程中,同样作为古典诗学重要部分的"兴"概念,却被剔除出了新文学观念的视野。

在《诗经》"赋比兴"三义中,"赋"为直书其事,"比"为比方,意义都相对清晰,而"兴"义较为抽象,涉及层面更多,历来聚讼纷纭,成为诗经学上的一个重要问题。顾颉刚主编的《古史辨》第三册收录了51篇新派学者关于《诗经》的讨论文章，其中就有 6 篇集中讨论"兴"义。学者们一致将传统与政教美刺息息相关的"兴"，重释为与诗义毫无关系的凑韵。这是"兴"义阐释由传统走向现代的重要转折点。

目前学界对"五四"之"兴"义阐释多持折中态度，一方面肯定学者们大胆突破经师藩篱，另一方面批评其想法太过简单化。不过，"五四"之"兴"义重释的思想意义，并不是简单的折中之论可以概括的，我们应该跳出单纯的正误判断，重新思考这些观点背后的时代意识。那么，我们的目光就从"五四"之"兴"义阐释的成就与不足转向以下问题：为什么"五四"学者对"兴"表现出如此浓厚的兴趣？他们又为什么以如此极端的方式改造了"兴"？传统"兴"义和新文学观念存在什么根本冲突？

在"比兴"问题上较早发难的是顾颉刚。他于 1925 年 6 月在《歌谣周刊》发表《起兴》一文，从《诗集传》"兴"说入手，批评朱熹对兴诗的判定和说解自相矛盾，例如《关雎》虽被判为"兴"，却被解释为诗人用雎鸠比喻君子淑女，那么就与"比"相混，《桃夭》被说解为桃花开时嫁女，那就应该是"赋"而不是"兴"。在批评传统"兴"解常常与"比""赋"相混之后，顾颉刚利用江苏民谣材料提出己见，他认为，民谣中常常出现起首一句和承接一句没有关系的情况，例如"阳山头上花小篮，新做媳妇多许难"，之所以用到"花小篮",仅仅出于凑韵需要而随口拿来起个头,因此诗人以"关关雎鸠,在河之洲"兴起"窈窕淑女,君子好逑",也只在于"洲"和"逑"的协韵。对于此类情况他以另一首民谣总结道:"山歌好唱起头难,起仔头来便不难。"①

顾颉刚采取民谣材料作比较,可能受到了胡适的影响,早在1922年4月,胡适就在日记中写道:

> (研究《诗经》)须用歌谣做比较的材料,可得许多暗示。如向来"比兴"的问题,若用歌谣来比较,便毫不困难了。如"荠菜花,满地铺";"槐树槐,槐树底下搭戏台",与古时的"孔雀东南飞,五里一徘徊",都可作比较。这是形式与方法上的比较。②

不过胡适只提出了方法上的意见,并未给出具体新解。而顾颉刚系统地使用歌谣比较的方法,得出了大胆的结论。虽然朱熹也曾说"诗之兴,全无巴鼻"③,但那主要是针对前代经师坐实美刺而言,强调"兴"义背后之事理难以明言,"不可以

---

① 顾颉刚:《起兴》,载顾颉刚编《古史辨》第三册,海南出版社2005年版,第441—444页。
② 《胡适日记全编3》,曹伯言整理,安徽教育出版社2001年版,第643页。
③ (宋)黎靖德编:《朱子语类》,王星贤点校,中华书局1986年版,第2070页。

事类推，不可以理义求"①，如顾颉刚般大胆宣判"兴"全部是凑韵，是前所未有的。

  之后钟敬文、朱自清等学者纷纷致信与顾颉刚探讨。钟敬文指出，凑韵起兴和双关语是古今民歌中特有的价值极大的表现法，因为民间歌者是出于感兴而创作，且以口头为主，因此往往随手拈来，诗义的逻辑性没有那么强。②朱自清认为初民思想简单，"于是乎从当前习见习闻的事指指点点地说起，这便是'起兴'。又因为初民心理简单，不重思想的联万而重感觉的联系，所以'起兴'的句子与下文常是意义不相属，即是没有论理的联系，却在音韵上相关连着"③。刘大白说："兴就是起一个头，借着合诗人底眼耳鼻舌身意相接构的色声香味触法起一个头……这个借来起头的事物是诗人底一个实感而曾经打动诗人底心灵的。"④何定生也用童谣材料分析，说明儿歌总是以无关的事物起句，因此"兴""完全是声的关系。为要使念

---

① （宋）郑樵：《六经奥论》，载《文渊阁四库全书》，台湾商务印书馆1986年影印本，184册，第13页。
② 参见钟敬文《谈谈兴诗》，载顾颉刚编《古史辨》第三册，海南出版社2005年版，第445—447页。
③ 朱自清：《关于兴诗的意见》，载顾颉刚编《古史辨》第三册，海南出版社2005年版，第449页。疑原书有误，"联万"或为"联系"，供读者参考。
④ 刘大白：《六义》，载顾颉刚编《古史辨》第三册，海南出版社2005年版，第451页。

起来和谐，所以把不必有关系的事物凑音节，使她和谐了"①，他认为"兴"就是歌谣中与本意无关的"趁声"。黎锦熙甚至说："现在只须到民间去调查歌谣，便知'兴'义。"②

顾颉刚等学者采取民谣作为比较材料重释"兴"义，得出"兴"仅为押韵的新解。针对传统注家热衷挖掘其背后的伦理蕴涵，乃至将其与美刺政治联系起来的做法，"五四"学者采取最为极端的方式，借助对宋代疑经学说的有意误置和窄化，将"兴"完全理解为初民简单思维的表现，彻底否定了取象和诗义的逻辑联系，也否定了其背后可能有的伦理指向。甚至在"兴"被改造后，"比"义也随之调整，被从民谣简单思维的角度加以理解，黎锦熙说："搜采谚语，便知'比'义。"③

二、传统"比兴"论：政治—教化—审美

"五四"学者为什么要将"美刺比兴"平面化为"山歌好唱起头难"？首先，我们来回顾传统诗学中的"比兴"，虽然"比兴"是一个复杂的概念，不过对其生成模式和运作机制，

---

① 何定生：《〈诗经〉之在今日》，载顾颉刚编《古史辨》第三册，海南出版社2005年版，第455页。
② 黎锦熙：《修辞学比兴篇》，商务印书馆1936年版，第84页。
③ 黎锦熙：《修辞学比兴篇》，商务印书馆1936年版，第84页。

历代学者还是有相对稳定的理解,主要有三个面向:

第一是政治层面。《周礼·春官·太师》记载太师"教六诗:曰风,曰赋,曰比,曰兴,曰雅,曰颂"。明确"比兴"很早就已成为贵族教育的一个部分,不过并未指明其具体涵义。郑玄注:"比,见今之失,不敢斥言,取比类以言之。兴,见今之美,嫌于媚谀,取善事以喻劝之。"① 诗人对政治的看法不会明言,而是取一些相类似的意象来委婉地表达。郑注将"比兴"作为一组对应概念进行阐释,引向了政治美刺。《诗大序》曰:"故诗有六义焉:一曰风,二曰赋,三曰比,四曰兴,五曰雅,六曰颂。"孔疏引郑玄《周礼》注并加按语:"'比'云'见今之失,取比类以言之',谓刺诗之比也。'兴'云'见今之美,取善事以劝之',谓美诗之兴也。其实美、刺俱有比、兴者也……于比、兴云'不敢斥言''嫌于媚谀'者,据其辞不指斥,若有嫌惧之意。其实作文之体,理自当然,非有所嫌惧也。"② 孔疏在郑注基础上进一步申说了"比兴"的政治意涵。其一,孔疏揭示出了"兴"和美、"比"和刺之间有互文关系而非绝对对应,美刺俱有"比兴"。其二,"比兴"的使用乃是"作文之体,理自当然",也就是说,诗人对政治的赞美和讽刺

---

① (清)阮元校刻:《十三经注疏》,中华书局1980年版,第796页。
② (清)阮元校刻:《十三经注疏》,中华书局1980年版,第271页。

表达于物象歌咏之中,并非出于畏惧或避嫌的心理,而是艺术创作的自然规律。由此,孔疏将《周礼》的"六诗"和《诗大序》的"六义"统合在了一起。

第二是教化层面。与政治层面对应的还有伦理教化层面,情与理始终是一体的。"兴"的发生是一种"物感",外物变化引起内心情感摇荡,因此,情志生发的背后有深层次的伦理结构,针对物象而发的情感背后有理性思维的支撑,以"关关雎鸠"咏君子淑女,背后就是对夫妇之道的伦理认同,这种思维方式体现了中国传统天人相应、万物一体、民胞物与的观念。传统阐释者极力挖掘这些意象背后的伦理意涵,而将固定下来的理解路径施用于自上而下的教化,便能规训民众的情感生发与表达。王应麟言:"格物之学,莫近于《诗》。"[①]《诗大序》曰:"上以风化下,下以风刺上,主文而谲谏,言之者无罪,闻之者足以戒。"郑笺:"风化、风刺,皆谓譬喻,不斥言也。主文,主与乐之宫商相应也。谲谏,咏歌依违,不直谏。"[②] 不管是下对上的政治美刺,还是上对下的伦理教化,都不是以直白浅露的方式,而是通过譬喻委婉表达,这体现了儒家思想温和中正的特点。读者随诗感兴,也会养成持中性情,此种教化

---

① (宋)王应麟:《困学纪闻:全校本》,(清)翁元圻等注,栾保群、田松青、吕宗力点校,上海古籍出版社2008年版,第429页。
② (清)阮元校刻:《十三经注疏》,中华书局1980年版,第271页。

的效果就是形成温厚和柔、怨而不怒的社会风气。《礼记·经解》云:"温柔敦厚,诗教也。"孔疏:"温,谓颜色温润;柔,谓情性和柔。《诗》依违讽谏,不指切事情,故云'温柔敦厚',是诗教也。"①温柔敦厚的诗教讲究中和之美,读诗能正人、正物、协调秩序,成为千百年来人们的普遍认识。孔子曰:"诗三百,一言以蔽之,曰思无邪。"②"温柔敦厚"和"思无邪"的诗教观念,既给予生民以情感发泄的渠道,也将其限定在礼法允许的范围内,《文心雕龙·宗经》也将"比兴"与"温柔敦厚"联系起来:"诗主言志,诂训同书,摛风裁兴,藻辞谲喻,温柔在诵,故最附深衷矣。"③

第三是审美层面。《诗经》中"比兴"的使用形成了含蓄深婉的审美标准,作为艺术手法的"比兴"在传统诗文创作中意义非凡。诗人不质言其事而托物寄兴,将难以明言的事理借助物象隐微地传达出来,语意的多重性使得诗义在虚实之间显得更为丰富有趣,曲折之中别有韵致。同样的物象在作者的不同心境下能触发不同的感情,读者之理解则各以情遇。传统艺术赏鉴历来强调曲、深、婉、温厚、冲淡、余味、言近旨远等

---

① (清)阮元校刻:《十三经注疏》,中华书局1980年版,第1609页。
② (清)阮元校刻:《十三经注疏》,中华书局1980年版,第2461页。
③ (南朝梁)刘勰:《增订文心雕龙校注》,黄叔琳注,李详补注,杨明照校注拾遗,中华书局2000年版,第26页。

风格，反对径直讦露，也与"比兴"原则有莫大关系。

总的来说，在传统的阐释体系中，"比兴"既被纳入了道德伦理体系，也是审美的艺术创作原则。"赋比兴"从诗之三用，到中国诗学之基本精神和理论标杆，其政教意义和文学意义一直是相辅相成的。为什么在"五四"学者这里，"比兴"这个丰富的概念会被平面化为"民谣中无意义的凑韵"呢？

解读这一转变的深层动因，依然要回到诗学背后的伦理维度。现代学者将"诗言志"改造成以个体情感为中心的抒情传统。针对情志生发是由于感物而动的说法，"五四"学者强调人作为有主观意志的独立个体，不应随波逐流；针对个体情感与社会伦理合一、人情与天道本为一体的传统观念，学者们则强调情感的抒发应是个体冲破群体的礼教规范，发出独立自觉之声音。这样，传统天人感应、情理合一的世界观就被颠覆了。那么，"情志生发背后是社会普遍的伦理，通过诗人兴感表现在对物象的歌咏之中"，这一带有强烈传统思维色彩的阐释路径不复成立，离开传统世界观的基础，"比兴"的政教维度在新文学观念中难以圆融。同时，传统诗教观念在"五四"时期被改造成民间传统，学者们反对温柔敦厚的旧道德，强调民主自由的新道德。而经师们所致力挖掘的"比兴"意象背后的伦理含义，也正是新文化运动所致力于颠覆的旧道德。在"比兴"被改造为民间套语之后，学者们在"比兴"背后挖掘的不再是群体的伦理意涵，而是生殖崇拜、性暗示等赤裸裸的原始思维，这也是为新文化运动呼吁个人冲破传统人伦的束缚服务的。

因此，传统的含蓄审美风格在新文学中没有了立足之地。出于启蒙大众的需求，这一时期新文学创作的普遍倾向是通俗和浅白化，随着白话文运动的展开，传统占据主流的含蓄蕴藉的审美标准就被新风尚取代。在顾颉刚等学者的解释中，"比兴"只是一种山歌起头的方式，这就和含蓄蕴藉的审美标准越来越远。

总的来说，传统"比兴"论之所以被排除在新文学观之外，是由于"五四"学者致力于建立的新文学观念是以个体抒情为标杆，强调民间取向的。因此，当学者们从传统诗学理论中寻找理论支持时，他们选择了"诗言志"和"诗教"观念，而认为传统"比兴"论美刺时政的政治情怀、温柔敦厚的教化之旨、含蓄蕴藉的审美标准都不符合现代文学观的需求。因此，"五四"学者选择将其平面化，彻底否定其背后意涵，改造后的"比兴"仅作为一种民间歌谣的朴拙手法而存在，其传统的政教和审美涵义都被扭转了。

"五四"的"兴"义阐释在当时只是一股极端趋新的思潮，实际上，民初的大部分报刊文章、诗话中对"赋比兴"的论述，很大程度上仍然接续着传统文论的思路，但这股新思潮却不断发展，逐渐扭转了"兴"义阐释的方向。例如，朱自清《"诗言志"辨》分析"比兴"阐释史，认为其原义是民歌无意义的发端，但是毛传根据先秦"赋诗断章"的任意解读，将这种用诗方法误解成为解诗方法，在朱自清抽丝剥茧地探讨"比兴"的层累误读背后，他根本上还是服膺"兴无意义"之说。而闻一多从民俗学、考古学发掘"兴"的原始质素，分析《诗经》中的"鱼""饥"等意象都是性暗示，将其当作民歌中无意识的表达，挖掘背后的原始思维逻辑。乃至后来陈世骧等学者将"兴"联系到原始仪式和宗教根源，进而分析中国诗学的源头性思维特征。从本质上看，此类研究都是在"五四"基础上的继续生发。

在今天所见的文学史中，"比兴"概念依然以"风雅比兴"的面貌，作为中国古典文学基本精神的重要特质，占据着古典文学叙事的主流视野。追根溯源，这主要是因为，在"五四"的改造之后，20世纪50年代的学者又针对"比兴"开展了另一轮重塑。其最主要的表现在于，将传统"风雅比兴"概念与现实主义精神结合起来，从而梳理出以《诗经》、楚辞、汉乐府、陈子昂、李白、杜甫、白居易、明清俗文学为代表的现实主义文学叙事脉络。可以说，20世纪50年代在"五四"时期的基础上，完成了对固有资源的另一轮创造性转化，学者们一面延续和改造着"五四"学者选择出的"抒情传统"和"民间传统",另一面又从古典诗学中选择出"风雅比兴"概念,将其纳入了现实主义的阐释框架。"五四"和20世纪50年代的这两个传统的合力作用,很大程度上造就了"比兴"呈现于今天的面貌。

第五节 小　结

"五四"时期的文学史书写，发生了"以六经为典范"到"以《诗经》为典范"的转变，转变的背后是"五四"先驱对传统诗学观念的创造性转化，学者们从古典诗学的核心概念出发构建起了现代"文学"观念。

第一，以鲁迅为代表的"五四"先贤通过改造传统"诗言志"论，为建立以情感为中心的启蒙文学观念提供理论依据。他们一方面反对"感物而动"，强调人作为有主观意志的独立个体，不应随波逐流；另一方面反对"志道合一"，强调情感的抒发应是个体冲破群体的礼教规范，发出独立自觉之声音。个体的"情"和普遍的"理"由此被分离为两端。

第二，"五四"先驱将传统以上情下达、兴观群怨为中心的"诗教"观念转化为民间文学传统，以贴合从民间文艺建立民族形式的需要。在这种思路的指导下，学者们将《诗经》中不一定来自民间的作品解释为俚俗歌谣，抬高民间创作并将其与长期以来的士大夫传统对抗，形成了新的文学史叙事模式。

第三，对于同属传统诗学核心概念的"兴"，"五四"学者将其平面化为无意义的凑韵。因为传统"比兴"论美刺时政的政治情怀、温柔敦厚的教化之旨、含蓄蕴藉的审美标准都不符合现代文学观的需求，因此"五四"学者选择将其平面化，彻底否定其背后意涵，扭转了传统"兴"义阐释的政教和审美涵义。

总的来说，"古代文论的现代转换"甫一开始，就是在以全新逻辑重新阐释古典文学谱系，《诗经》之所以在这个过程中得到格外重视，是因为现代文学革命背后的逻辑很大程度上借助了传统诗学理论，学者们将"诗言志""诗教"等概念进行改造，对于不适宜改造的理论如"兴"义则予以平面化阐释。《诗经》与文学学科的对接，反映了"五四"先贤在时代危局中寻找文化出路的努力。但是，"五四"发展出的中国文化和文学的认知型范，尽管启发了无数新知，也面临着理论的困难。

"五四"先贤以叛逆者的姿态回溯历史，虽然他们并未从根本上脱离传统的深层价值，却改造了传统诗学的基本结构。将"载道"与"言志"的一体之张力，阐释为"个人之志"与

第三章 《诗》学理论与"文学"建构：从古典诗学到现代文学观念

"群体之道"的冲突对抗，将"上达情志，下陈讽喻"的政教传统，阐释为"腐朽文人传统"与"有活力的民间传统"之此消彼长。

这些调整在一定程度上造成了古典与现代文论的"断裂"，也造成学术研究对于文化传统的疏离与隔膜，引起了几代学人的文化焦虑——"五四"以来，西方文学理论在中国学界轮番登场，而传统文论中庞大的理论资源则仿佛失去了生命力，仅有研究价值而缺乏应用价值。这正像数代人积攒了无数钱币的富翁家族，由于改朝换代，一夜之间旧币变成了废纸。[①] 在强烈的责任感和文化焦虑感的驱使下，"古代文论的现代转换"这一口号被当代学者一再重提。当然，某种意义上，"现代转换"在百年前已经开始，我们今天要激活传统的生命力，就应该与"五四"先贤进行一场有张力的对话。

---

① 参见李春青《当前古文论研究中的困惑及可能的对策——对一种恰当的阐释态度的探寻》，《三峡大学学报（人文社会科学版）》2002年第1期。胡晓明也强调"重建文论的共同价值"，并认为"现代转换"与"失语症"讨论是"时代焦虑的投射及其出路的寻求"，参见胡晓明《略论后五四时代建设性的中国文论》，《文学遗产》2014年第2期。

第 四 章

《诗经》阐释与"中国"身份：从天下叙事到民族国家

晚清到民国，是建立在文明认同的传统华夏文明体逐渐发展为植根于政治认同的现代民族国家的时代。传统中国概念意味着"天下之中"，它是一个从华夏中心向外辐射的文明圈，在中国周边的不是均质化的其他国家，而是一些"化外之邦"。华夷之辨的核心要义是文明秩序，随着一些四邻蛮夷主动学习华夏礼乐，并能在文教体系内部与华夏民族进行交流对话，他们也就逐渐被纳入文明圈内，所谓"诸侯用夷礼，则夷之；进于中国，则中国之"[①]。

到了晚清，传统文明秩序被西方的坚船利炮打破，学者们突然发现，在"中国"之外已经形成了一套"现代"的世界体系，全新的社会制度、行政体系有效地凝聚了社会力量，推动着工业文明的高速发展，也有力地支持着列强扩张的步伐。在

[①] （唐）韩愈：《韩昌黎文集校注》，马其昶校注，马茂元整理，上海古籍出版社1986年版，第17页。

此时的大部分中国学者看来,要想摆脱落后挨打局面,首要任务就是完成民族国家的建构,对内,这意味着唤醒所有人的国民意识,最大限度地团结民众;对外,这意味着中国能以国家身份在世界格局中寻求平等对话和公平竞争的机会。

在 1905 年的小学教科书中已有这样的课文:

> 辟天下之谬——我们中国人,往往把国家叫做天下,岂知中国之外,还有好多国图①,我们不过在亚洲东边一个国图,怎么就可以算天下呢?

紧接着的课文便是:

> 爱国心团力——有国然后有家,所以不论男女,总要有爱国心,有团结力,没有国,那里能够有家,没有结团力,那里还成个国呢?②

这一时期,学者们已经放弃了"天下之中"的中国,选择了"亚洲之东"的中国,也承认了中国之外还有许多和自己一

---

① 此处并非"国土"之谬,乃"国家版图"之缩写。
② 谢允燮:《女子修身教科书》,中国教育改良会 1906 年版,第 49—50 页。

样的主权国家,认同"国家"的建立要求个体的"爱国心"和集体的"团结力"。到1912年的小学课本,这种自我定位已经更加清晰:

中华民国,居亚洲之东,为世界上一大国,人民开化最早,为他国所不能及,有美丽之山河,有精良之物产,可爱哉,我中华民国!①

本尼迪克特·安德森有一个经典论断:民族国家是一个"想象的共同体"②,这一观点在中国学界激起巨大反响。回顾晚清以降的历史进程,在中国走向民族国家的进程中,也需要建立一个完整的"中国"概念,让它作为纽带联结所有国民,激发所有人的身份认同和情感共鸣。按照杜赞奇的说法,通过历史,既有的文明被系统整合成"一个同一的、从远古进化到现代性的未来的共同体"③。这种实际需要落实于学术层面,带来了众多专门史的写作,其中文学史的写作在这一时期蔚为大

---

① 刘永昌编:《中华民国初等小学修身课本》第七册,中国图书公司1912年版,第1—2页。
② 〔美〕本尼迪克特·安德森:《想象的共同体:民族主义的起源与散布》,吴叡人译,上海人民出版社2016年版。
③ 〔美〕杜赞奇:《从民族国家拯救历史:民族主义话语与中国现代史研究》,王宪明译,社会科学文献出版社2003年版,第3页。

观。众多文学史为民族国家的凝聚提供了完整的叙事链条，它们以感性、审美的方式编织民族文化的共同记忆，从而使抽象的政治认同变得鲜活亲切、有血有肉。文学史的这一重要特点，使得它在国民教育中获得了不可或缺的地位，并在整个20世纪活跃于历史舞台。[①]

考察中华文明从天下到民族国家的叙事转变，《诗经》的重新经典化是一个绝佳切入口。《诗经》在传统叙事中作为六经之一，被尊奉为"万世不易之法典"，伦理道德、政治制度等都被认为是从经典中生发出来。直到晚清时期的众多教科书中，《诗经》还作为"经训教科书"和"修身教科书"中的重要内容，承担着传达家庭、社会伦理的作用。而到民国以后，《诗经》作为教化经典的地位逐渐淡化，它改头换面，在文学史的叙事中被重新经典化。

本章所关注的，就是《诗经》在早期文学史中被重新经典化的过程。既然中国文学史的写作与民族国家的建立同步发生，是构建民族认同的重要手段，那么，这一时代主题是如何体现于《诗经》的重新阐释和定位中的？下文将从两个方面予以展开。一方面是中国文学的自我整合。民族国家叙事要求从传统中整合出一条空间上具有同一性、时间上具有连续性的连

[①] 参见戴燕《文学史的权力》，北京大学出版社2002年版，前言，第2页。

贯叙事。新文学的创建需要"古代文学"作为参照物。另一方面是中国文学的自我定位。作为民族国家的"中国"的自我定位从一开始就建立在以西方作为参照的基础之上,只有以西方知识体系作为生产标准,才能使中国文学汇入"世界"。这两方面要求共同作用,生产出《诗经》的"民族身份",也将作为"文学史源头"的《诗经》与民族国家叙事紧密联系起来。

第一节 以今度古:"中国文学"的系统整合

新文化运动主将之一郑振铎于1923年这样为《诗经》定性:

> 《诗经》大约是公元前第三四世纪至公元前第六世纪的中国北部的民间诗歌的总集。①

这一说法很有代表性,许多文学史都以类似定义作为《诗经》部分的开篇。陈冠同也说:

---

① 郑振铎:《文学大纲》,商务印书馆国际有限公司2015年版,第130页。

第四章 《诗经》阐释与"中国"身份：从天下叙事到民族国家

《诗经》是古代最伟大最可信的文学作品，大约是公元前第三、四世纪至公元前第六世纪北部民间诗歌的总集。①

以上表述中出现了两个关键定位信息：一是时间——公元前第三四世纪至公元前第六世纪，大概对应到东周时期；二是空间——中国北部。正是这两个关键信息的出现，为《诗经》在整个中国文学史的坐标轴中找到了属于它的那一点。与此相应的是先秦文学史的另一核心——楚辞，它被郑振铎定性为"公元前第三世纪至第一世纪的中国南部的作品的总集"②。

尽管具体的时代认定上有所争议，这一定性方式却通过诸种文学史的认证，逐渐成为我们的常识。不过，这种看似不证自明的判断，实际却是新文化运动的产物，我们可以比较龚道耕作于1912年前后的文学史中的《诗经》部分，其开篇这样写道：

诗之兴也，谅不于上皇之世，葛天八阕，未足信征，经传言诗，莫先《尧典》，自商暨周，《雅》《颂》

---

① 陈冠同编著：《中国文学史大纲》，民智书局1931年版，第9页。
② 郑振铎：《文学大纲》，商务印书馆国际有限公司2015年版，第130页。

圆备，四始彪炳，六义环生，后世骚赋歌诗，举莫能出其规范。①

这里对《诗经》的时间认定来自郑玄《〈诗谱〉序》中的经典表述，《诗经》的产生、发展、应用被与三代政教紧密联系起来，作为先王累积的文教经典，《诗经》的时间定位是在帝王世系的追溯中完成的。而关于《诗经》的具体地域，这本文学史并未提及。

《诗经》获得的这个明确的时空定位到底意味着什么？

一、《诗经》与"中国"的地域边界

（一）从"诗骚源流"到"诗骚南北"

《诗经》和楚辞并称"诗骚"，作为诗赋之宗祖，历来受到尊崇。这一"言志抒情"的古典诗学传统，是现代"纯文学"

---

① 龚道耕：《中国文学史略论》，成都镂梨斋1929年版，第2页。

观念的重要理论基础。① 传统论述中,《诗经》为六经之一,楚辞为集部之首,诗骚被表述为源与流的关系。诗骚并非天然得以并称,相较《诗经》这样一个"原生型典范",产生于战国的楚辞则是"次生型典范"。汉代至南朝,对二者关系的讨论,贯穿了楚辞的经典化历程。《史记》引《离骚传》言:

> 《国风》好色而不淫,《小雅》怨诽而不乱。若《离骚》者,可谓兼之矣……其文约,其辞微,其志洁,其行廉,其称文小而其指极大,举类迩而见义远。②

这段话从"辞""义"两方面肯定了诗骚间的继承关系,奠定了日后楚辞评论的主流基调。不过,此论以《诗经》为标杆肯定了楚辞的价值,却无意暗示楚辞在整个学术体系中具有"别子为宗"的性质。而《汉书·艺文志》言:

> 春秋之后,周道浸坏,聘问歌咏不行于列国,学

---

① 传统论"文"的进路主要有二,一是法度层面的文章、文体论,一是发生层面的"诗言志"理论。后者所代表的古典诗学传统,指涉的并非文体分类中狭义的"诗歌",而是关乎人如何表达内心情志的基本文艺原理。古典诗学传统是近代以来以审美精神建构启蒙主体的重要理论资源,本节所讨论的传统文学也主要基于这一诗学进路。
② (汉)司马迁:《史记》,中华书局1982年版,第2482页。

《诗》之士逸在布衣,而贤人失志之赋作矣。大儒孙卿及楚臣屈原离谗忧国,皆作赋以风,咸有恻隐古诗之义。其后宋玉、唐勒,汉兴枚乘、司马相如,下及扬子云,竞为侈丽闳衍之词,没其风谕之义。是以扬子悔之,曰:"诗人之赋丽以则,辞人之赋丽以淫。"[1]

在《汉志》描摹的"赋诗言志—诗人之赋—辞人之赋"学术史语境中,屈原上承周代"称诗谕志"之公共表达传统,在私人著述中仍不乏"风谕之义";下启战国至两汉追求"侈丽闳衍"之辞赋创作,却与其后的"丽以淫"形成鲜明对比。如果说《史记》以《诗经》为标杆揭示了楚辞的意义,那么《汉志》则让楚辞在《诗经》这个既有典范的基础上,引领"丽"这一审美品格,将文艺创作原则进一步丰满。这是诗骚传统得以成立的理论基础。

从《史记》到《汉书》,学者们借由诗骚关系的探讨,意在提炼绳墨一切文艺创作的普遍性原则。不过,确保《诗经》的源头、主导地位是"同祖风、骚"[2]的前提,典范背后的价值标准从根本上是一元的。当然,"诗骚源流"并不意味着楚辞

---

[1](汉)班固:《汉书》,中华书局1962年版,第1756页。
[2](南朝梁)沈约:《宋书》,中华书局1974年版,1778页。

完全被刻板地压制在宗经的樊笼之内,其"弘博丽雅"[①]的特色仍被古人推崇。但推崇有其章法,楚辞之"文胜"的价值及限度须以《诗经》为标杆才能被理解与定位。《诗经》为"大宗",楚辞为"小宗"。因此,虽然楚辞毫无疑问受到楚地"江山之助"[②],因"书楚语,作楚声,纪楚地,名楚物"[③]而带有强烈地方特征,传统文论中亦多有以地理论诗骚者,但相较于关注"普遍性"的创作论来说,着眼"特殊性"的地域风格论则是次一等的问题。《文心雕龙》前五篇《原道》《征圣》《宗经》《正纬》《辨骚》,被刘勰视为"文之枢纽"。《辨骚》将楚辞总结为"虽取熔经意,亦自铸伟辞"[④]。《物色》谈及楚辞的地域色彩:"然屈平所以能洞监风骚之情者,抑亦江山之助乎!"[⑤] 这说明刘勰注意到了楚辞形成的地理因素,但未将其视作最关键的文艺原理问题。

而近代以来,诗骚作为南北两大地域传统之代表,被树立

---

① (宋)洪兴祖:《楚辞补注》,白化文、许德楠、李如鸾、方进点校,中华书局1983年版,第50页。
② (南朝梁)刘勰:《增订文心雕龙校注》,黄叔琳注,李详补注,杨明照校注拾遗,中华书局2000年版,第567页。
③ (宋)黄伯思:《校订楚词序》,载曾枣庄、刘琳主编《全宋文》第一五六册,上海辞书出版社2006年版,第166页。
④ (南朝梁)刘勰:《增订文心雕龙校注》,黄叔琳注,李详补注,杨明照校注拾遗,中华书局2000年版,第51页。
⑤ (南朝梁)刘勰:《增订文心雕龙校注》,黄叔琳注,李详补注,杨明照校注拾遗,中华书局2000年版,第567页。

为中国文学的基础性典范。综观20世纪文学研究，围绕诗骚关系衍生出"质实与虚无""现实主义与浪漫主义""理性与情感"等理论维度，并借由溯源式探讨辐射至整体文学史的理论建构。而这些话语体系之发轫，皆依托于南北分野所天然框定的二元格局。对文学宗祖的追溯与定位，寻找的并非最古老的"时间源头"，而是塑造中国文学核心气质的"精神典范"。因此，从"同祖风骚"到"诗骚南北"论，从一元的宗经辨骚到二元的分庭抗礼，不仅仅是对两部文学经典的重新定位，更是关乎中国文学史本源叙事的重要范式转型。

（二）刘师培与诗骚传统的古今之变

在中国现代学术界，最早系统论述南北文学二元格局者当属刘师培。《南北文学不同论》发表于1905年，是"南北学派不同论"系列文章之一。[1] 在这组文章中，刘师培以黄河流域为北方，"山国之地，地土墝瘠，阻于交通"，民尚实际；长江流域为南方，"泽国之地，土壤膏腴，便于交通"，民尚虚无。南北学术之别皆由地理环境引发的民性差异而来。具体到文

---

[1] 参见刘光汉《南北学派不同论》，《国粹学报》1905年第2、6、7、9期。《南北学派不同论》包括总论、诸子学、经学、理学、考证学、文学六个部分，本节所引刘师培言论皆出自此篇，为行文简练，不再一一注释。

学,则北方之文质实平易,"不外记事析理二端",南方之文虚无骋辞,"或为言志抒情之体"。诗骚也被置于南北格局中予以观照,被赋予"北方之文""南方之文"的身份:

> 雅、颂之诗,起于岐丰,而《国风》十五,太师所采,亦得之河、济之间。故讽咏遗篇,大抵治世之诗,从容揄扬;衰世之诗,悲哀刚劲;记事之什,雅近典谟。北方之文,莫之或先矣。

> 屈平之文,音涉哀思,矢耿介,慕灵修,芳草美人,托词喻物,志洁行芳,符于二《南》之比兴。而叙事纪游,遗尘超物,荒唐谲怪,复与庄、列相同。南方之文,此其选矣。

《南北文学不同论》的早期文学史叙事,在时间和逻辑线索上遵循了"群经—诸子"的叙述框架,以"中国古籍,以六艺为最先"和"春秋以降,诸子并兴"分别领起一时代之文学。这也是较早一批文学史共同采取的叙事模式。但是,在刘师培搭建的南北文学叙事脉络中,诗骚从"群经—诸子"式的叙事框架中脱颖而出,成为早期南北文学之代表。《诗经》主体部分呈现的质实风格,为北方文学之高峰,而楚辞"以虚词喻实义",代表早期南方最高水平。虽然刘师培并未直接提出"诗骚南北"论,但其从地理出发区分诗骚引领的不同风格流派,已颠覆传统诗骚论的立论基础。作为早期南北文学代表的《诗经》和楚辞,不再是超越时间、空间,具备普遍性和一体性的文学典范,而是由特定地域、特定国民精神生发出的特殊文学现象。从地理环境决定论出发,一元的宗经辨骚转化为各自为政的二元传统,是这一推论的自然走向。

传统论述中,孔子删述六经是对三代政教的总结,六经作为最早的经典文本,承载着华夏文明的精神旨归和价值根基。六经之中,《诗》以言志,"诗"非指狭义的体裁形式,而是关乎人的内在情志应该如何表达的基本命题和普遍原理。楚辞作为"发愤抒情"之作,其评价自然要汇聚到"诗言志"这一基础坐标。《史记》将楚辞语言风格总结为"文约辞微",烘托其委婉劝讽的诗教精神,而对其辞藻华丽之审美特色关注较少。而《汉书·艺文志》点出楚辞"丽"之特性,一方面,楚辞弘博丽雅堪当辞赋宗祖;另一方面,内在的"风谕之义"始终约束着外在文辞的"丽"。两者结合而成的"丽以则",正是楚辞继承《诗经》而别开生面之处。在诗骚的对照与互动中,楚辞之"丽"被凸显出来,从古诗中获得"则"的约束力量,从而被肯定、提升为抽象的审美维度。不过,"丽以则"仍在"诗言志"之内展开,辞赋创作传统也无法脱离原初的诗学传统,

"诗人之赋丽以则"和"赋者,古诗之流"①不是单纯针对两类体裁或两个文本的源流分判,它意味着从一种普遍性原理中生发出了更丰富、宽广的理论层次,并借由诗骚获得了具体的文本形象。

而当刘师培借助地理视角,将北方之文总结为"记事析理",南方之文总结为"抒情言志",再以《诗经》和楚辞分别作为南北代表,《诗经》就不再是作为整体的《诗经》,而是主要产生于中国北方的"诗三百",楚辞的意义自然不再需要来自《诗经》,它是中国南方地理环境的产物。楚辞驰骋文辞的语言风格,托物譬喻的艺术手法,在传统文论中被提炼为"丽"与"深",②它们经由《诗经》这个价值坐标的校准,上升为公共性的文论标准。但在《南北文学不同论》中,楚辞"以虚词喻实义"被归于"虚无"的风格判断,由泽国交通孕育的虚无民性所奠定。"南方之地,水势浩洋,民生其际,多尚虚无"与"北方之地,土厚水深,民生其间,多尚实际"天然分属两个阵营。环境差异造就的两种地域特性,贯穿了从古到今

---

① (南朝梁)萧统编:《文选》,(唐)李善注,上海古籍出版社2019年版,第2页。
② 对于楚辞审美风格的总结,"丽"出自《汉书·艺文志》,主要关注其骋辞铺叙、辞藻华丽的语言特点。而"深"出自扬雄:"赋莫深于《离骚》。"主要关乎其托物譬喻、委婉曲折所形成的深远之致。参见(汉)班固《汉书》,中华书局1962年版,第3583页。

的文学发展脉络。看起来,"质实"和"虚无"作为两种"客观"描述,取消了原本"诗骚源流"格局中的价值层级,但实际上,地理决定论的话语模式中仍隐含着价值立场:每种特殊的文学现象,都必须置于它所产生的特定时间、空间中才能被理解与定位。在对诗骚这一源头性典范的重塑中,二元空间结构"架空"了一元精神坐标。地理决定论作为更高的普遍性,取代了"诗言志"这一普遍价值原理。

南北文学论古已有之,从中国历史的长期演进来看,长江流域和黄河流域由于气候、环境、政治等原因,在文化上确实表现出诸多差异。《北史·文苑传》提出"南文北质"之说:"江左宫商发越,贵于清绮;河朔词义贞刚,重乎气质。"[1]这形成了后世讨论南北文学的重要理论模式。但在文明论视野下,要将南北方多元的文化识别为一个内在凝聚的整体,它们就必须有一个共同的价值核心。这个"精神源头"超越于地理的南北分野,它保证了不管在演进中产生了多么丰富多元的形态,华夏文明仍然是一个文化共同体。因此,《北史》中的南北文学格局限定于对某一特定历史时期的描述,南北之优劣判断取决于谁更好地接续了文化正统的精神,二元空间格局仍由

---

[1] (唐)李延寿:《北史》,中华书局1974年版,第2781—2782页。

一元的源流关系所收摄。①这样的南北文学论不可能上通《诗经》与楚辞。在这个意义上,刘师培通贯古今的南北文学架构,最根本、也最具颠覆性的一环,就是针对文学史源头部分的改造。当群经与诸子在南北结构中各归各位,就意味着一元的"精神源头"不复存在。当《诗经》和楚辞分别成为早期南北文学的代表,由"诗言志"维系的价值坐标也宣告瓦解,中国文学被描述为从始至终的二元演进线索。

从地理决定论出发区判中国文学的南北二元演进传统,此种理论视角并非刘师培独创,彼时日本学界曾一度流行"中国南北不同论"。1893年冈仓天心来华旅行,回国后发文专论中国南北文化之区别,提出中国"没有一定的通性",和欧洲一样是多元政治的合体。他由地理差异出发,以中国南方为"江边"文化,北方为"河边"文化,具体到文学上,北方平原旷野之文学规模宏大,却缺乏南方泽国的情致幽远:

《诗经》中没有楚诗,没有吴诗。而楚辞的幽怨,开始抒发江民们楚云湘水的南情,与河诗的趣旨不同,这不应该归为时代的差异。②

---

① 参见吴键《"文质"与"南北":刘师培〈南北文学不同论〉探析》,《文艺理论研究》2015 年第 6 期。
② [日]冈仓天心:《天心全集》,日本美术院 1922 年版,第 53—58 页。

冈仓天心已论及诗骚地域分判，但止于只言片语，理论结构尚不明确。1897年，藤田丰八的《先秦文学》系统搭建了南北文学框架，他认为中国北方严酷单调的地理环境造就了务实、崇古的国民性，南方优裕的环境孕育了理想性的文化。文学上，以六经为代表的三代文学兴起于北方，周末则出现了以孔子为代表的北方文学和以老子为代表的南方文学。在对屈原的定位上，藤田丰八反对"赋者，古诗之流"之说，认为以楚辞为代表的辞赋是南方产物：

> 古代的诗是和音乐一起歌咏的，南音的调未必和北音的调相合，北方古代的诗没有楚风就是这个原因……但赋为六义之一，人们认为《诗经》应是所有诗的本源，所以会陷入南方的赋发源于北方的诗这样的误谬。①

藤田丰八从地理决定论出发搭建起先秦文学的基础框架，将楚辞从《诗经》的解释框架中独立出来，与南方的地理环境和学术传统相关联。不过，《先秦文学》中的南北架构主要围绕"孔北老南"展开，在"地理—民性—学派"的论述模式下，北方儒学与南方道家所造就的文化心理之差异，被

---

① ［日］藤田丰八：《先秦文学》，东华堂1897年版，第150页。

视为形成南北不同文风的基础。三代以下，北方文学的代表是孔子、孟子、荀子，而南方文学的代表是老子、庄子、列子、屈原。"学"对"文"的笼罩，使得楚辞在文学史中较为边缘，诗骚亦非"先秦文学"的讨论重心。"孔北老南"之说清晰简易，被日本众多"中国文学史"沿用，成为一时潮流。

作为一种理论视角的"南北地理论"很快引起中国学界关注。梁启超从1902年起发表《中国地理大势论》等文章，以南北二元架构分析中国文化发展变迁。而刘师培"南北学派不同论"系列文章，将南北视角贯彻于诸子学、经学、理学、考据学、文学发展脉络，在"文""学"分离的视域下，"孔北老南"的学理差异被归入《南北诸子学不同论》一篇，《南北文学不同论》则专注讨论南北文学风格、体式、流派之不同。此文向学界全面推介了以南北地理剖析文学发展脉络的研究方式。沿着这一理论线索，《诗经》和楚辞的意义从早期文学史中凸显出来，作为南北文学之代表，推动了"诗骚南北"话语模式的成型。

在刘师培以前，明治时期的日本学者受到欧洲国别文学史影响，尝试搭建中国南北文学的理论架构，其中笹川种郎之著于1903年出版中译本。但从刘氏自述及其这一时期的论著来看，他似乎并未直接参考日本学者之中国文学史著的理论成果。就对南北地域风格的具体论述而言，冈仓天心以北方为平原、南方为泽国,藤田丰八认为北方环境严酷、南方自然条件优裕,这与刘师培"北方山国,南方泽国"的理论架构颇有差异。

刘师培自述其关于地理决定论的认知方法渊源自德国学者那特硁(Karl Rathgen)的《政治学》。刘氏将南北地理差异总结为"山国"与"泽国"之区别:"山国之地,地土墝瘠,阻于交通,故民之生其间者,崇尚实际,修身力行,有坚忍不拔之风。泽国之地,土壤膏腴,便于交通,故民之生其间者,崇尚虚无,活泼进取,有遗世特立之风。"此论贯穿《南北学派不同论》诸篇,为刘师培南北论之枢纽,其自注称:"此说本之那特硁《政治学》诸书。"《政治学》是那氏1882到1890年受聘于东京大学时的讲义,1902年广智书局和商务印书馆各自发行中译本,其中广智书局版由章太炎为其润色。《政治学》首章分析国家产生之"自然要素",指出不同地形会塑造不同的国民性质:

> 夫高山峻岭,屹立云表,旷陵绝谷,吞吐风云,则其民皆有高尚扩达之势,加之山间生计较平野为艰难,其筋骨愈劳者,身体愈壮,气力愈强,遂能组合村落为一社会,俨然成一独立国……生山谷者,其自由之精神

坚忍而不拔；生海滨者，其自由之精神锐进而易化。①

刘师培所论应本于此。不过其将"山谷"和"海滨"化为"山国"与"泽国"，并分别引领"蹈实"与"蹈虚"两种品质，则与那氏之论异趣，应参考了传统说法。清王鸣盛言："北人沈潜笃实，南人虚夸诞妄。"②江藩言："北人质直好义，身体力行；南人习尚浮夸，好腾口说，其弊流于释、老，甚至援儒入佛，较之陆、王之说，变本加厉矣。"③江藩诸人从学风层面论"南虚北实"，一些表述为刘师培所沿用。例如《南北理学不同论》言："南方之学术皆老释之别派……岂非南方之地民习浮夸好腾口说，固与北人之身体力行者殊哉？"明显承袭江藩之说。

此外值得注意的是，1904年章太炎《訄书》重订本出版，新增《方言》篇从音声出发勾勒了南北语音发展变迁、优势消长的历史脉络。比较章、刘南北论，不难发现二者在南北音声差异、交通地位变迁诸论上的承袭与呼应之处。例如，章太炎

---

① 〔德〕那特硁：《政治学（上）》，冯自由译，广智书局1903年版，第4—5页。
② （清）王鸣盛：《蛾术编》，载陈文和主编《嘉定王鸣盛全集》第七册，中华书局2010年版，第35页。
③ （清）江藩：《汉学师承记 宋学渊源记》，上海书店1983年版，第164页。

以音声为基础讨论南北差异，认为宋以后北方水道淤塞，南方交通地位凸显，从而南方文化崛起。[①] 同时，刘师培明确驳斥章氏"楚音为夏音"之论，这正是章氏论证南音正统性的关键环节，二者隐然呈现针锋相对之势。目前学界多关注梁启超、刘师培、王国维在南北文论中的先导之功，对于章太炎关注较少。章、刘南北论之比较，当是我们把握现代南北论发轫的重要理论关节。章氏《方言》篇中南北论的基本思路，是从语音角度论证南音的正统性，从而强调近代以来"北强于南"只是表象，并凸显南方汉民族文化的优势地位。而刘师培则引入地理决定论，从地理角度论证北方文化的正统性，继而强调永嘉南渡以来"南强于北"只是表象，作为汉民族兴起之地的北学才是中国文化的根脉所在。虽然二人一宗南，一宗北，但立场与论证结构却有相似性。

　　刘师培较早引进域外理论资源，并发展了相关传统理论表述，系统搭建出中国文学的南北叙事，在这一话题领域有先驱意义。"诗骚南北"论迅速被文学史著接受，形成一种被广泛接受的公共认知模式。在林传甲于1904年为京师大学堂国文课程编著的讲义中，诗骚尚被归于群经到诸子的演进脉络。而

[①] 参见章太炎《方言》，载《章太炎全集·第一辑·訄书（重订本）》，上海人民出版社2014年版，第204—208页。

第四章 《诗经》阐释与"中国"身份：从天下叙事到民族国家

在 20 世纪二三十年代文学史著中，"诗骚南北"论已取代"诗骚源流"论，成为中国文学源头部分的主流叙事。如郑振铎言："我们现在所能得到的中国古代的伟大的文学作品只有两部：一部是《诗经》，一部是《楚辞》。""《诗经》所选录的都是北方的诗歌，《楚辞》所选录的则都是南方的诗歌。"① 胡怀琛说："《国风》为北方之诗派，而《楚辞》则南方之诗派也。"② 胡云翼说："《诗》是以黄河为中心，代表北方民族性的文学；《楚辞》是以长江为中心，代表南方民族性的文学。"③ 谢无量将诗骚数百年的时间差模糊处理为"较早"和"较迟"，从而把二者拉到同一层面比较："中国学术，在春秋战国之时，隐隐就有南北两派。文学上也是一样。不过北方文学，发达较早，南方文学，发达较迟。"④ 他激烈批判"诗骚源流"论："诗经和楚词是不同的，南方文学的思想，和北方文学的思想是不同的。他们各有他们的历史，各有他们的环境，是不能并为一谈的。后来批评注释楚词的人，或者用北方的思想来解释他。或者用诗经的精神来范围他。岂不错了。"⑤

---

① 郑振铎：《文学大纲》，商务印书馆国际有限公司 2015 年版，第 130、144 页。
② 胡怀琛编纂：《中国文学史略》，梁溪图书馆 1924 年版，第 19 页。
③ 胡云翼：《中国文学概论（上编）》，启智书局 1928 年版，第 68 页。
④ 谢无量：《楚词新论》，商务印书馆 1923 年版，第 1 页。
⑤ 谢无量：《楚词新论》，商务印书馆 1923 年版，第 11 页。

随着学理视角的转换，围绕"诗骚南北"论的一系列理论建设也随之展开，学者们从句式、用字、篇幅、风格、内容、情感倾向等方面，比较《诗经》和楚辞的差异之处，并从早期文献中搜寻楚地歌谣的蛛丝马迹，搭建起楚辞的楚地渊源谱系，以丰满两种不同的地域文学传统。谭正璧认为"《楚辞》的来源决不能归之《三百篇》……她的来源自然是楚国自己的古歌谣"。[1] 朱谦之认为："大概如刘向《说苑》所载约公历前六五〇年后的一首《子文歌》，一首《楚人歌》，这两首很幼稚的和三百篇体裁也很相近的诗歌，实在就是楚声文学的起源了。"[2] 郑宾于认为："《二南》所录，《老子》之书，吴楚之歌，皆是南方文学之源。所以，如欲知道《楚辞》之所以为《楚辞》，必须察于《楚辞》以前的民间歌谣之成绩。"[3] 胡云翼认为，从《吕氏春秋》的南音，到《诗经》中的二《南》，到楚地《凤兮》《沧浪》等歌曲，可编织出楚辞产生的文化渊源。[4] 游国恩在 1929 年至 1931 年执教武汉大学时期编写的讲义中提出，老子之韵文"极似骚体文之先驱。特其兮字之位置微有不同。遂觉音节稍促耳"，而《越人歌》"词旨委婉。音韵悠扬。

---

[1] 谭正璧编：《中国文学进化史》，光明书局 1929 年版，第 30 页。
[2] 朱谦之：《中国音乐文学史》，商务印书馆 1935 年版，第 110 页。
[3] 郑宾于：《中国文学流变史（上册）》，北新书局 1930 年版，第 117 页。
[4] 参见胡云翼《新著中国文学史》，北新书局 1933 年版，第 14 页。

若就形式观之。骚体文之成立固远在屈宋之先矣"。① 这样，通过典籍中种种楚地歌谣的记载，楚辞的文化渊源被重新构建起来。

"诗骚南北"论作为诗骚二元结构的理论基础，衍生出丰富的理论维度，在20世纪文学史叙事中一直以各种"变体"的形态，活跃于文学史源头叙事。20世纪60年代，游国恩等主编《中国文学史》中说："《诗经》和楚辞所开辟的现实主义和浪漫主义的创作道路，二千年来一直为我国优秀的作家所继承和发扬。"②20世纪80年代，李泽厚谈道，"当理性精神在北中国节节胜利"，南方"仍然弥漫在一片奇异想像和炽烈情感的图腾"，这就是以屈原为代表的楚文化。③从各时期的代表性话语模式中，我们都可以隐隐找到"诗骚南北"论的影子。

（三）"宗北"与刘师培理论的复杂性

当《诗经》和楚辞被赋予"中国北方"和"中国南方"的身份，诗骚传统也就从一元的价值典范分离为二元的"地方性

---

① 游国恩：《游国恩中国文学史讲义》，天津古籍出版社2005年版，第95页。
② 游国恩等主编：《中国文学史（一）》，人民文学出版社2002年版，第108页。
③ 李泽厚：《美的历程》，生活·读书·新知三联书店2009年版，第69页。

知识",这是诗骚现代转型的关节所在,它从根源上改变了文学史脉络的组织方式。这背后折射的是文明意义上的"中国"转向民族国家意义上的"中国",成为我们认识自身的新方式。作为六经之一的《诗经》走下神坛,其所维系的儒家诗学传统也丧失了普遍文艺原理的地位。传统围绕"诗言志"的理论建设,寻求的是解释、约束一切情感生发活动的普遍性,人同此心,心同此理,它不是作为一种喜好或倾向被提出,而是作为一个价值准则被树立起来。而当中国成为一个民族国家,"诗言志"的普遍性效力就被大大削弱了,它需要以他者为标尺,阐发自身作为一个特殊文艺主张的"特殊性"所在。

在民族国家的视野之下,通过文学史的叙事脉络,激发人们对于祖国的认同,是"文学"在这一历史时期承担的重要任务。此时的"中国文学"与塑造国族想象密切相关,"故言民族之精神,则以知民族之历史与其土地之关系为第一义,而后可以进而言生存竞争之理"①。《诗经》和楚辞作为南北两大地域文学传统的代表,呼唤起人们对于中国文学多元的"本土特色"的想象与体认。诗骚代表的两种性格要素相结合,便凝聚为中国文学区别于世界其他民族文学的特质。从诗骚传统重新出发,文学史成为回答"什么是中国"的重要方式,20世纪

---

① 《民族精神论》,《江苏》1903 年第 7 期。

二三十年代文学史著的大量创作正是这一时代思潮的产物。

但问题也随之而来,《诗经》代表的北方传统和楚辞引领的南方传统是什么关系？各自生成、各具特色的二元传统如何被识别为一个足为中国文学范式的"整体"？仅以"互补""拼合"何以诠释中国文学传统的基本精神？郑振铎以《诗经》和楚辞对标希腊神话、印度史诗等，认为《诗经》是"民间的歌谣与征夫或忧时者及关心当时政治与社会的扰乱者的叹声与愤歌"，而楚辞"是诗人的创作，是诗人的理想的产品"[①]。由此形成中国为抒情诗传统，西方为史诗或戏剧传统的认识模式。这一认识模式在20世纪诸多文学史著中延续，由《诗经》探讨"民间文学"与"集体创作"，由楚辞分析"诗人创作"和"浪漫想象"，成为文学史的惯常写作思路。1971年陈世骧在演讲中将中国文学总结为"抒情传统"：

> 歌——或曰：言词乐章（word-music）所具备的形式结构，以及在内容或意向上表现出来的主体性和自抒胸臆（self-expression），是定义抒情诗的两大基本要素。《诗经》和《楚辞》，作为中国文学传统的源头，把这两项要素结合起来，只是两要素之主从位置或有差异。自

[①] 郑振铎：《文学大纲》，商务印书馆国际有限公司2015年版，第157页。

此，中国文学创作的主要航道确定下来了，尽管往后这个传统不断发展与扩张。可以这样说，从此以后，中国文学注定要以抒情为主导。抒情精神（lyricism）成就了中国文学的荣耀，也造成它的局限。①

陈世骧将音乐性的形式结构（word-music）和自我表达的内容意向（self-expression）作为抒情诗的两大要素，以"和音乐密不可分，兼且个人化语调充盈其间"的《诗经》，和"艺术家以与自我直接关涉的方式呈示意象"从而"代表了抒情的另一个主要方向"的楚辞作为源头代表，并将这个"东方抒情传统"与"欧西史诗及戏剧传统"相互映照而突显。② 但他并没有说明抒情诗两大要素之间的关系。陈氏此论提出之后，于海内外学界嗣响不绝，批评其"以西律中"者亦不在少数。以"抒情"拨动"诗言志"这一传统诗学的核心命题，从而激活中国古代文论传统，这一问题意识继承了近代以来以审美主体塑造国民精神的启蒙言路，是其论切中时代脉搏之处。但诗骚关系的内在逻辑仍是这个"抒情传统"难以回答的问题。一个

---

① 〔美〕陈世骧：《中国文学的抒情传统：陈世骧古典文学论集》，张晖编，生活·读书·新知三联书店 2015 年版，第 5 页。
② 〔美〕陈世骧：《中国文学的抒情传统：陈世骧古典文学论集》，张晖编，生活·读书·新知三联书店 2015 年版，第 4—6 页。

由双重特质叠加、拼合而成的"抒情传统",可以构成对外的"身份名片",却难以凝聚起对内的"自我认知"。对此我们只能说,它在某种意义上更像是一个外在于自我的自我想象。

由现代诗骚传统展开的思考,促使我们再次回到学术转型期的关键人物刘师培。刘师培较早引入以南北二元视角审视、重构中国文学传统,是诗骚传统转型中的先驱人物。但在"分南北"的同时,他却更偏向《诗经》所代表的北方传统,"宗北"倾向贯穿于"南北学派不同论"系列文章,似是其理论中"保守"的一面。但也正是以"宗北"的方式,刘师培保证了北方作为华夏文明起源之地的正统性,从而在二元结构中保留了一元的价值标准。这提示我们,作为一个接受了完整旧学教育的学者,刘师培对自身文化传统抱有深切感情,相较"五四"一代学者,其态度更多呈现出新旧间的复杂性,也恰恰是这种复杂性中蕴含了转型期思想更丰富的可能性。若仅以"进步"与"局限"裁割其理论的各个面向,未免陷于成见而难以窥见刘师培此论背后的时代关怀,亦失去真正理解和激活其思想资源的机会。

刘师培于1903年改名"光汉",《攘书》《中国民族志》《南北学派不同论》等都作于这一时期。按照学界对刘师培"民族主义—无政府主义—保守主义"的阶段划分,此时正值"民族主义"阶段。其时他最重要的思想关切,在于面对传统价值秩序受到冲击的时代变局，灵活利用各种文化资源，整顿文明的发展线索，重新回答"什么是中国"这个问题。而《南北文学不同论》即这一问题在"文学"层面的回答。从地理环境对国民个性的影响出发，《南北文学不同论》描摹了一个因地域差异而表现出多元特色的中国文学传统，"北方质实"与"南方虚无"的地域特质贯彻古今，在"中国"的地理坐标内展开了关于"文学"的空间想象。沿此理路，诗骚间的源流关系被颠覆，中国文学的南北框架逐渐聚焦于作为源头性典范的《诗经》和楚辞，开启了"诗骚南北"的理论走向。

但刘师培的南北文学论中还蕴含另一重关键的理论维度——"宗北"，这包括"应然"与"实然"两个方面。

"应然"层面，北方山国之地孕育的质实风格，从根本上优于南方泽国之地的蹈虚风格。地域与文风紧密绑定，奠定了北方天然的优势地位。《南北文学不同论》开篇褒扬从六经到北方诸子的质实风格，而南方则以老、庄、屈、宋为"荒唐谲怪"，纵横家为"喜腾口说""以诡辩相高"，墨家为"浅察以衒词，纤巧以弄思"。从文学史源头处奠定"宗北"基调。欧阳修、曾巩之文取法韩愈，但其身为南人无法习得北方之神韵，不免平弱之讥："岂非昌黎之文，固非南人所能效哉？"江西诗派以北人杜甫为宗，但雄浑气概远远不及："虽遒峭坚凝，一洗凡艳，然雄厚之气，远逊杜、韩。岂非杜、韩之诗，亦非南人所克效欤？"质实雄健的风格只能产生于北方地理环境，非南人学习所能致，此论颇有"橘生淮南则为橘，生于淮北则为枳"之意味。在《南北理学不同论》中，刘师培批评南方"空谈心性"之学："岂非南方之地，民习浮夸，好腾口说，固与北人之身体力行者殊哉？"又认为近世南方学者多主蹈虚之学，"惟徽、歙处万山之间，异于东南之泽国"，故其学仍有可观者，不同于南方泽国的主流气象，"与空谈心性者迥别"。在《南北考证学不同论》中，刘师培以"皖南多山"为由，将自己服膺的皖南学派从长江流域划归北学："皖南多山，失交通之益，与江南殊，故所学亦与江南迥异。"在"宗北"的价值理想之下，皖南学派只有作为一种"北学"，才有资格列为学术正统。

"实然"层面，北方文学虽有天然优势特质，但由于政治原因，汉族南迁后质实文风逐渐无人继承，导致北方创作实践反而落后于南方。在《南北学派不同论》总论中，刘师培开宗明义地谈到，自己思考南北框架的出发点在于二者优势地位的转变："三代之时，学术兴于北方，而大江以南无学。魏晋以后，南方之地学术日昌，致北方学者，反瞠乎其后。其何故哉？"他认为转变的原因是永嘉南渡后北方"民习于夷"，汉室南迁，"流风所被，文化日滋"。《南北文学不同论》勾勒了北方质实文风的"失坠"过程，将关键节点定于魏晋："魏、晋之际，文体变迁，而北方之士，侈效南文……北方文体，至此始淆。"北方之士竞相学习南方文风，导致文坛被轻绮纤弱风气笼罩，只有刘琨、郭璞持守清刚、挺拔之声，"北方之文，赖以不堕"。至隋炀帝"一洗浮荡之言"，唐初诗文尽革"卑靡之音"，晚唐却再度"诗趋纤巧，拾六代之唾余"。而金元时期北方更是文风凋敝，仅赖元好问远宗杜甫，继承中州法度："金、元宅夏，文藻黯然。惟遗山之诗，则法少陵，存中州之正声。"经历了沦落、重振、再度沦落的历史进程，最终全文结束于对清季以降北方文脉断绝的慨叹："然雄健之作，概乎其未闻也。故观乎人文，亦可以察时变矣。"刘师培在《南北经学不同论》文末也对北方经学的湮没痛心疾首："及贞观定《五经义疏》，南学盛行而北学遂湮没不彰矣，悲夫！"

古代"北胜于南"，现在却"南胜于北"；应该"北胜于南"，实际则"南胜于北"。"古/今"与"应然/实然"两重矛盾交织，使得刘师培既在分南北的同时保持了内部"一元"的价值标准，又从这个价值标准生发出与"攘夷"的民族主义主张密切相关的强烈现实指向。在刘师培的语境中，"分南北"并不意味着中国是一个南北"互补""拼合"的中国，南北分野中已经天然地包含了内在秩序。地理上的南北格局只是由特定的历史形势所造就，而从文明角度，与其说北方与南方，毋宁说是中原与南方。刘师培多次以"中原""中国""中州"

指代北方,如"并、青、雍、豫,古称中原","陈良北学中国",又言"金、元宅夏"之时,北方仅有元好问"存中州之正声"。"宗北"意味着中国文学的主体和关键在于北方,这一判断与"北方之地,乃学术发源之区也"互为因果——北方地理环境必然造就优质文化,而这些优秀特质正是中国文化的固有属性。从这个意义上,中国文学的故事不论"时间源头"还是"精神正统",都应从北方的六经讲起,"中国古籍,以六艺为最先"。而六经之中,《诗经》代表了北方文学成就的巅峰,"北方之文,莫之或先矣"。透过理论的层层聚焦,最终落点还是汇聚到了《诗经》。由此,刘师培在南北二元格局中依然试图保留《诗经》这个一元的精神典范。

对"分南北"与"宗北"两重维度的勾勒,使我们得窥刘师培南北论的复杂性所在。如果说诗骚传统的成立,从某种层面上反映了传统学术体系内部的自我凝聚与理论深化,那么诗骚传统的现代转型,则是文明面对危机之时的理论调整。不论刘师培还是"五四"一代学者,他们引入域外理论资源皆非单纯为了摄取新知,而旨在立足自身文化立场应对现实问题。刘师培的意义,一方面在于他是最早以新的理论视角审视诗骚传统的中国学者,另一方面则在于他意识到"分南北"背后的二元逻辑可能造成的一元价值失守,并试图以"宗北"的方式解决这个问题。

（四）刘师培"南北论"背后的时代关怀

刘师培之后，"诗骚南北"论逐渐成型并被广泛接受，凝固为文学史叙事中的二元格局，而"宗北"的时代思考却未得到足够重视。刘师培以"宗北"方式，在民族国家的意义框架内保持文明论意义上的一元正统，在以"文学"编织民族国家的时空想象时保留某种价值秩序。其背后的问题意识仍然值得我们深思。"南北学派不同论"系列文章包括了文学、诸子学、经学、理学等等，这反映了刘师培考虑"中国"问题的统一性。"文学"是作为"中国"的一个面向出现的。那么，刘师培为何构建这样一个南北格局作为思考"中国"的基本框架？结合与两种"南北论"的比较，我们能体察其时代关怀所在。

第一种是"地理"意义上的南北论。以冈仓天心、藤田丰八为代表的日本学者，提出与地理决定论密切相关的"中国南北不同论"。其论有两个重要指向：一是拆解中华文明的整体性，将中国的多元文化差异放到世界范围内予以类比和定位，以"世界"为理解中国提供尺度。冈仓天心认为中国和欧洲一样表现出多元特性，"日耳曼人种生活于高原风雪之地，勇敢刚直，接近中国北方；"拉丁人种生活在地中海温暖地带，风流潇洒",接近中国南方。① 藤田丰八将北方"务实""主情"看作中国文明固有性质,南方"务虚""主智"则近似西方雅利安人种的特点,从而"东西"与"南北"交错,构成文学史叙事的两条线索。② 二是"重南轻北",其实质是对作为华夏文明之大宗的儒学的否定。冈仓天心认为道家和禅宗体现南方"个人主义倾向",与北方儒家集体主义形成鲜明对比。屈原的理想主义和北方"乏味的道德伦理观念大相径庭"③。藤田丰八认为中国文化发源于北方汉人种间,特质为家长制、排他、崇古、重视血缘等等,"南方文学兴起,佛教传入,才补足文学中理想的欠缺"④。北方儒学被贴上众多否定性标签,南方则被视为异质性、疗救性的因素。⑤

石川祯浩指出,其时地理决定论之所以在中国学界迅速被接受,盖因其满足了学界对"普遍性"的渴望,从中"不仅理解了各国的地名或风俗,而且发现了存在于地理与历史、地理

---

① 〔日〕冈仓天心:《天心全集》,日本美术院1922年版,第53页。
② 参见陆胤《明治日本的汉学论与近代"中国文学"学科之发端》,《中华文史论丛》2011年第2期。
③ 〔日〕冈仓天心:《茶之书》,尤海燕译,北京出版社2010年版,第31页。
④ 〔日〕藤田丰八:《先秦文学》,东华堂1897年版,第8页。
⑤ 陈广宏指出,笹川种郎继承藤田丰八"重北轻南"的理论架构,并将其进一步推扩至整个中国文学史的脉络。参见陈广宏《中国文学史之成立》,上海古籍出版社2016年版,第102页。

与文明之间的人类历史'公例'"[①]。从纬度、地形出发比较中国和其他文明,也是刘师培南北论的一个重要视角。例如,刘师培在《南北理学不同论》中以纬度解释中国与印度学术之关系:"中国南方之地,在赤道北二十度至三十度之间。印度北部亦然。故学术相近。"地理决定论蕴含的普遍性构成了回答"什么是中国"的外在尺度,由此出发,理解文明内部多元性的标尺被寄托于中国之外的"世界"。但与冈仓天心等人"重南轻北"的态度截然相反,刘师培却"宗北轻南",这反映了他所秉持的文化立场。对于刘师培而言,引入西方理论的根本目的在于为中华文明的内部调整提供理论资源,他仍坚定地视"学术发源之区"的北方为正统。

第二种是"文明"意义上的南北论,传统区判"南北"的历史论述尽管随时代发展经历了理论形态的内部调整,但在文明论视域下,文教"正统"始终作为价值尺度凌驾于南北格局之上。罗志田指出,传统"夷夏之辨"有封闭性与开放性两面,开放一面主要以文明区判夷夏,而封闭一面主要以产地疆域区分夷夏,这两种趋势依时代政治形势的发展而变化,而开

[①] [日]石川祯浩:《中国近代历史的表与里》,袁广泉译,北京大学出版社 2015 年版,第 139 页。

放一面始终占据主流。① 王夫之言："吴、楚、闽、越，汉以前夷也，而今为文教之薮。齐、晋、燕、赵，唐、隋以前之中夏也，而今之椎钝骜戾者，十九而抱禽心矣。"② 南方由夷狄成为文教之薮，北方由文教正统变成禽兽之地，文教中心可以迁移消长，一元的价值原则支配着地理上的空间秩序，以此出发可以鉴别华夷、内外，判断文明发展程度的差异。刘师培在《南北学派不同论》开篇提出永嘉南渡以来的汉族迁徙是造成文化中心转移的关键因素，这一话语模式与王夫之非常相似。由这样一个华夷、文野对立的南北格局出发，可以树立中国内部汉民族的主体地位，呼应刘师培这一时期"攘夷""排满"的民族主张，这构成了回答"什么是中国"的内部尺度。

但是，王、刘仍有关键差异。对王夫之而言，文化中心可以随汉室南渡转移到南方，确立文教正统的关键在"人"而不在"地"。但在刘师培从地理决定论出发的理解模式内，"人""地"两重因素缺一不可。文化中心被牢牢限定于北方，地域特质不会改变，文化特质也不会改变，山国之质实天然优于泽国之蹈虚。永嘉南渡以来的南北消长，不是文化中心迁移

---

① 参见罗志田《民族主义与近代中国思想》，东大图书股份有限公司1998年版，第68—69页。
② （清）王夫之：《思问录 俟解 黄书 噩梦》，王伯祥点校，中华书局2009年版，第74页。

到了南方，而是一方面，北方优势文化因为"民习于夷"而无人继承，走向沦落，另一方面，汉人南迁之后受南方风土影响逐渐丧失北学特质，"冠带之民萃居江表，流风所被，文化日滋"。因此，要想振兴华夏文明，在树立民族主体性的同时，还必须扎根土地，维系住中国的地理版图。

1894年内藤湖南发表《地势臆说》，由赵翼、顾祖禹等人的地理论进入，提出中国文化中心自宋以后逐渐南移的观点，进而得出日本将取代中国成为新的坤舆文明之中心的结论。这提示我们，在传统南北二元的正统之争中，"文化中心迁移说"虽可以较好地用以自我身份识别，但在晚清列强环伺的复杂竞争态势下有其危险性。反观刘师培将文教正统限定于"北学"，否认了迁移的随意性，正是对这一问题的学理回应。可以说，从"文明体"的中国收缩凝聚为作为"民族国家"的中国，意味着一种文明面对危机时的"守势"，同时，以"民族国家"场域持守旧秩序失据后的关键价值，也体现了华夏文明的灵活性、坚韧性与独立性。

刘师培南北论在"地理"与"文明"间独辟蹊径，蕴含了与时代危机意识密切相关的深重关怀。他由此观照中国文学，推动了从"诗骚源流"到"诗骚南北"的现代转型。自此，《诗经》获得了"中国北方"的新身份，这一变化影响了百年文学史写作。而暗藏于"分南北"之下的"宗北"倾向，展示了刘师培的深层次思考：如何在二元格局中凝聚起中国文学传统内部的价值秩序？如何在现代民族国家的叙事场域中兼容中华文明的内在整体性？从这个意义上，我们仍值得回顾刘师培的思索轨迹，从诗骚转型的"问题源头"再度出发。

二、《诗经》与"中国"的时间脉络

除了空间的同一性之外，民族国家叙事的另一要点是时间的连贯性。体现在文学史上就是全新历史观的引入。梁启超于1902年发表《新史学》，从三个层面界定了新史学："历史者，叙述进化之现象也"；"历史者，叙述人群进化之现象也"；"历史者，叙述人群进化之现象，而求得其公理公例者也"。[①] 在他看来，历史有起点、有方向、有分期，它的关键要素有三：进化、人群、公理公例，它不是传统一家一姓循环往复的时间序列，而是要寻求人类发展进化的根本规律。

新历史观在文学上的体现，便是文学史被整合成了一条由旧到新、由原始到现代的发展脉络，这鲜明地体现在《诗经》阐释之中。在传统阐释中，《诗经》从未拥有"西周到春秋"

---

① 梁启超:《新史学》，载《饮冰室合集》第四册，中华书局2015年版，第7—10页。

或者"公元前三、四世纪到前六世纪"的时间定位,早期经典阐释中《诗经》的时间追溯是与三代帝王世系紧密联系在一起的,最完整经典的表述来自郑玄《〈诗谱〉序》:

诗之兴也,谅不于上皇之世。大庭、轩辕逮于高辛,其时有亡,载籍亦蔑云焉。《虞书》曰:"诗言志,歌永言,声依永,律和声。"然则诗之道放于此乎!

有夏承之,篇章泯弃,靡有孑遗。迄及商王,不风不雅。何者?论功颂德,所以将顺其美;刺过讥失,所以匡救其恶,各于其党,则为法者彰显,为戒者著明。

周自后稷,播种百谷,黎民阻饥,兹时乃粒,自传于此名也。陶唐之末,中叶公刘,亦世修其业,以明民共财。至于大王、王季,克堪顾天。文、武之德,光熙前绪,以集大命于厥身,遂为天下父母,使民有政有居。其时诗,风有《周南》、《召南》,雅有《鹿鸣》、《文王》之属。及成王、周公致大平,制礼作乐,而有颂声兴焉,盛之至也。本之,由此风、雅而来,故皆录之,谓之《诗》之正经。

后王稍更陵迟,懿王始受谮,亨齐哀公。夷身失礼之后,邶不尊贤。自是而下,厉也幽也,政教尤衰,周室大坏,《十月之交》、《民劳》、《板》、《荡》勃尔俱作。众国纷然,刺怨相寻。

五霸之末,上无天子,下无方伯,善者谁赏?恶者谁罚?纪纲绝矣。故孔子录懿王、夷王时诗,讫于陈灵公淫乱之事,谓之变风、变雅。以为勤民恤功,昭事上帝,则受颂声,弘福如彼。若违而弗用,则被劫杀,大祸如此。吉凶之所由,忧娱之萌渐,昭昭在斯,足作后王之鉴,于是止矣。[1]

这段经典论述体现出鲜明的政教意识,其开宗明义地指出"诗之兴""诗之道"是在礼乐体系内展开的,上皇时期未有礼义之教,刑罚之威,因此无诗之记载,后世制礼作乐,诗为颂美刺过之具,也就有了王官之学的意义。《诗经》的典范意义包括两个层面:第一,它记载了三代治乱之迹,在礼乐有序的时代,诗作美刺皆合于正道,善者彰显,恶者著明,故录之以为万世之法。第二,它出自先圣孔子的编选,春秋之后礼崩乐坏,诗道不行,故孔子删录后王时诗以为后世之戒。总的来说,《诗经》的时间定位是和历代王化政教紧密联系的,其中的每一首诗都被认为反映了一个特定时代的社会状态,而它的

---

[1] 冯浩菲:《郑氏诗谱订考》,上海古籍出版社2008年版,第12—13页。

编选排列本身也带有极强的礼乐意识。《诗谱》确立的时间线索的意义,是以一个历史框架落实兴废正变的价值原则。可以说,在古典的时间观中,诗作不需要纯粹的时间点定位,每一首诗的时间序列必须服从于《诗经》这个整体,从而共同构成一个能为后世师法的礼乐范本。而六经在礼乐政教上的共同属性,使得它们成为一个义理体系,更成为"万世不易之法典"。尽管中国文学如黄侃语"尾大如扬子江"[1],但它的精神源头始终是六经,正如《文心雕龙·宗经》所说,"根柢槃深,枝叶峻茂","百家腾跃,终入环内"。[2]

新的时间意识引入之后,"黄金古代"不复存在,《诗经》和楚辞被归于线性的公元纪年,进而融入了进化的历史脉络,传统文学史叙事模式就此更改。较早的体现是王国维作于1906年的《屈子文学之精神》,其中有这样两段话:

> 夫儿童想像力之活泼,此人人公认之事实也。国民文化发达之初期亦然,古代印度及希腊之壮丽之神话,皆此等想像之产物。以我中国论,则南方之文化发达较后于北方,则南人之富于想像,亦自然之势也。此南方

---

[1] 段凌辰:《中国文学概论》,河南大学出版社2013年版,序,第1页。
[2] (南朝梁)刘勰:《增订文心雕龙校注》,黄叔琳注,李详补注,杨明照校注拾遗,中华书局2000年版,第27页。

文学中之诗歌的特质之优于北方文学者也。①

《天问》《远游》凿空之谈,求女谬悠之语,庄语之不足,而继之以谐,于是思想之游戏更为自由矣。变三百篇之体而为长句,变短什而为长篇,于是感情之发表更为宛转矣。此皆古代北方文学之所未有,而其端自屈子开之。②

在第一段中王国维提出,楚辞的想象力是国民文化发达初期的表现,这和人类儿童时期想象力丰富是一个道理,这已经略有进化思想的影子:人的一生是从童蒙到成熟,一个地方的文化也是由原始向文明发展的。而第二段中,王国维认为楚辞比《诗经》体裁更为自由,短句变为长句,短篇变成长篇,因此感情的抒发也更加婉转。虽然他并没有明确地将此种表述与进化观念结合起来,但是这种明确异于传统而富有现代因素的论调,已经为胡适等学者的相关研究开了先河,被之后的学者大加发挥。

---

① 王国维:《屈子文学之精神》,载谢维扬、房鑫亮主编《王国维全集》第14卷,浙江教育出版社 2009 年版,第 99 页。
② 王国维:《屈子文学之精神》,载谢维扬、房鑫亮主编《王国维全集》第14卷,浙江教育出版社 2009 年版,第 101 页。

胡适对中国文学研究的最大贡献，就是促进了历史的、进化的观念在文学研究中全面开展。他说：

> 文学者，随时代而变迁者也。一时代有一时代之文学：周、秦有周、秦之文学，汉、魏有汉、魏之文学，唐、宋、元、明有唐、宋、元、明之文学。此非吾一人之私言，乃文明进化之公理也。①

他还提出：

> 古人已造古人之文学，今人当造今人之文学。②

这一说法最有影响力的蓝本来自王国维《宋元戏曲史》："凡一代有一代之文学。楚之骚，汉之赋，六代之骈语，唐之诗，宋之词，元之曲，皆所谓一代之文学，而后世莫能继焉者也。"③ 胡适对其进行了创造性发挥，"一代之文学"被与二元对

---

① 胡适：《文学改良刍议》，载欧阳哲生编《胡适文集（2）》，北京大学出版社1998年版，第7页。
② 胡适：《历史的文学观念论》，载欧阳哲生编《胡适文集（2）》，北京大学出版社1998年版，第27页。
③ 王国维：《宋元戏曲史》，载谢维扬、房鑫亮主编《王国维全集》第3卷，浙江教育出版社2009年版，第3页。

立的文学观念结合起来,成为文学史展开的基本架构:

> 而真正的文学却在民间……因而在无论那个时代,都是一方面因袭着前一代一条直线的演进,同时一方面又有一个不同的曲线的进化。于是由古乐府变为词为曲,又因曲太短不能发挥深长的情感,遂又产出套数。由套数变为戏曲,南曲,北曲。再进而有宋元明的小说。所谓真正的文学,却是要拿这条岔路来代表的。①

胡适将中国文学分成平民的、新鲜的、白话的和贵族的、僵死的、文言的两类,他认为每个时代的文学都有两个层面的演进,一个是因袭前代的古典文学,一个是自民间开出的进化新路,这些新文学就是"一代之文学"。从诗到骚到汉赋、唐诗、宋词、元曲的路径,就是每个时代各自产生出的符合时代要求的、较前代更为自由和解放的文体,只有这些文学才值得进入中国文学史的讲述。"一代之文学"的更替脉络符合文学进化由粗到精、由简到繁的基本规律,胡适以此编织起了一条线性的进化史观。于是,《诗经》在这一进化序

---

① 胡适:《〈国语文学史〉大要》,载欧阳哲生编《胡适文集(8)》,北京大学出版社1998年版,第133页。

列中就有了两方面的意义：

首先，《诗经》被视为原始时代的产物，它是初民时代最重要的作品，在文学由低级向高级的发展过程中，它是相对简单粗疏的。郑振铎说："从殷商到春秋时代；这是一个原始的时代。伟大的著作，只有一部《诗经》。"[1]胡云翼说："在两千五百年前的古代，最初一部筚路蓝缕的文学创作，已经有《诗经》这样美满的成绩，真令我们弥觉珍贵了。"[2]既然黄金古代不复存在，那么《诗经》在历史进化中就理所当然地成为简单、朴拙的作品，它属于混沌初开的先民，是他们在最质朴的状态下的自我表达，也就顺理成章地和原始的口头文学联系起来。

其次，《诗经》作为周代的"一代之文学"，是文学进化的一环，从《诗经》到楚辞是一种语言更加成熟、风格更加自由多变的进化。胡适在《谈新诗》中以历史进化的眼光看中国诗的变迁，文中这样描述从《诗经》到楚辞的变化：

> 我们若用历史进化的眼光来看中国诗的变迁，方可看出自《三百篇》到现在，诗的进化没有一回不是跟着

---

[1] 郑振铎：《插图本中国文学史》，载《郑振铎全集》第八卷，花山文艺出版社1998年版，第15页。
[2] 胡云翼：《新著中国文学史》，北新书局1933年版，第11页。

诗体的进化来的。《三百篇》中虽然也有几篇组织很好的诗如"氓之蚩蚩"、"七月流火"之类;又有几篇很好的长短句,如"坎坎发檀兮"、"园有桃"之类;但是《三百篇》究竟还不曾完全脱去"风谣体"(Ballad)的简单组织。直到南方的骚赋文学发生,方才有伟大的长篇韵文。这是一次解放。①

胡适认为,《诗经》篇幅大多短小,这是因为初民思想尚不发达,语言组织能力亦有限。随着时代发展,《三百篇》的简单组织不足以表达更为复杂的情感,因此产生了第一次诗体解放,即《三百篇》变为楚辞。其后骚赋体到五七言、词、曲,都是由于文体形式不适应更加复杂的内容而产生的革新,而第四次诗体革新就是"五四"新文学之新诗:"不拘格律,不拘平仄,不拘长短;有什么题目,做什么诗;诗该怎样做,就怎样做。这是第四次的诗体大解放。"②随着诗体的一次次革命性发展,诗歌的表现形式也更加自由开放,这便是《三百篇》以来中国的诗歌体裁发展的自然趋势。

---

① 胡适:《谈新诗》,载欧阳哲生编《胡适文集(2)》,北京大学出版社1998年版,第137页。原书引文为"坎坎发檀兮",疑有误,应为"坎坎伐檀兮"。
② 胡适:《谈新诗》,载欧阳哲生编《胡适文集(2)》,北京大学出版社1998年版,第138页。

胡适此说影响甚大，许多学者接受了他的进化理论，将楚辞视为比《诗经》更自由、更能表达情感的文体。如游国恩以骚体为"革新文学"，以屈原为从事"文体解放"之诗人：

> 夫四言之形式至简也，其用易穷也。穷则变，变则通。故屈原起而从事于文体之解放，变束缚为驰骤，去规矩为参差，由是骚体之文以立。骚体者，战国时崛起于南方之革新文学也。①

又如胡云翼从形式、组织、篇幅比较《诗》《骚》：

> 继续着《诗经》之后，不久就产生《楚辞》，实在是文学史上的奇迹。这是很显明的一种进步：《诗经》只是简短的歌谣，到了《楚辞》便衍为每篇起码数百字，长至数千字一篇的韵文。②

胡怀琛认为"《诗经》中的诗是很拘谨的，《离骚》就放纵无拘束了"③。谢无量以楚辞为"顺应时代精神自然的产

---

① 游国恩：《游国恩中国文学史讲义》，天津古籍出版社2005年版，第11页。
② 胡云翼：《新著中国文学史》，北新书局1933年版，第13页。
③ 胡怀琛编纂：《中国文学史概要》，商务印书馆1933年版，第31页。

儿"①。刘麟生认为楚辞之"句法参差不齐，极文章变幻之能事，那是《诗经》所不及了。《楚辞》实在是文学演进上一个重要关头"②。

"一代之文学"叙事格局的引入，将中国文学创造性地描述成了一种同一的、从远古进化到现代，还将沿着明确的方向向未来发展的实体。它贴合了民族国家的想象，为"中国文学"划定了一个前所未有的坐标轴，每个作家作品都被与所处的时代紧密捆绑起来。而更进一步地，学者们褒扬白话的文学为创造的文学，批评古文的文学都是模拟的，白话文由此被确立为文学正宗。正如胡适一再强调的："我要人人都知道国语文学乃是一千几百年历史进化的产儿。"③那么，国语文学是历史发展的必然，而文学革命仅仅是在历史演化必然趋势下加上人为推动力，使其能有更快的成效。

总的说来，在文明叙事体系内，六经代表的政教意义是塑造文化认同的核心，它不需要地域边界，也不需要演进脉络，只需要把握源和流、根和枝叶的关系。而民族国家叙事的建立需要对传统进行重新整合。这鲜明地体现在《诗经》的阐释转

---

① 谢无量：《楚词新论》，商务印书馆1923年版，第8页。
② 刘麟生编著：《中国文学史》，世界书局1932年版，第34页。
③ 胡适：《白话文学史》，载欧阳哲生编《胡适文集（8）》，北京大学出版社1998年版，第149页。

变之中。在传统叙事里,《诗经》的典范意义毋庸置疑,其他文本尤其是诗歌类文体往往要追溯到《诗经》才能论证自身的合法性。但在民族国家叙事中,《诗经》的无上地位不复存在,它只是一部普通的诗歌总集,需要在中国文学的坐标轴中重新找寻自己的定位,它和楚辞的关系由源和流变成了北方和南方、低级和高级。而通过将《诗经》塑造成最早的白话文学,它又论证了国语文学是历史发展的必然趋势。经过重新阐释后的《诗经》,在找到自己准确时空定位的同时,也获得了自己的"中国文学"身份。

第二节 以西律中："中国文学"的世界定位

中国文学在将自己整合成时间上有连贯性、空间上有同一性的整体叙事之后，需要做的另一件事就是将作为民族国家的"中国文学"汇入想象中的"世界文学"。"正如江河与大海的关系一样，中国的文学是世界的支流，而世界的文学也如中国的文学一样的是许多支流的总汇"[①]。对世界的渴望，促使学者们将中国文学变成一种"地方性知识"。这种行为的背后是强烈的自我定位的需求。正如萨义德在《东方学》中提出，"东方"和"西方"概念都不具备本体论意义上的稳定性，它们在

[①] 王森然编：《文学新论》，光华书局1930年版，第59页。

一定意义上都是殖民主义的产物。[①] 在民族国家的世界格局之内，西方需要东方作为"他者"，中国也迫不得已地接受了这种新的自我定位。由于丧失自信心，中国学者甚至主动将西方设想为一个完备体，以西方作为尺子量度自身，主动迎合西方的"普遍主义"。这意味着学者看待世界的出发点变化了，以前我们是从自己出发去看待世界，而这一时期的大部分学者是在以西方的眼光看待世界，定位自己。这种时代特性鲜明地投射在《诗经》阐释之中。

这一时期的中国文学论述体现了融"中国"入"世界"的努力，最直接的表现就是以欧美文学史的基本模式去套中国的情况，寻找对应的文类演进脉络、水平相当的作家作品。在这个过程中，《诗经》扮演了重要角色。在中国传统文学观念中，文体皆备于六经，一切体裁都被认为是从经典源头发展而来，但在"五四"一代的文学史观中，《诗经》成了中国文学的源头，学者们需要以《诗经》为开端，重新编织起中国文学的演进序列，追本溯源地奠定相应的文学传统。

[①] 参见〔美〕萨义德《东方学》，王宇根译，生活·读书·新知三联书店2007年版，序言，第3页。

一、"讴谣—韵文—散文"的文体演进脉络

这一时期的学者普遍相信西方文学史的基本发展脉络是从"韵文"到"散文",并努力寻求中西文学演进上的一致性。章太炎曾言及:

> 世言希腊文学,自然发达,观其秩序,如一岁气候,梅华先发,次及樱华;桃实先成,次及柿实;故韵文完具而后有笔语,史诗功善而后有舞诗。韵文先史诗,次乐诗,后舞诗;笔语先历史、哲学,后演说。[1]

他认为"征之吾党,秩序亦同"[2],中国的殷商誓、诰亦为有韵之史,而后又有二《雅》等借歌陈政,春秋以降,散文才逐渐发展起来,中西方的情况可以说是同波异澜,各为派别。

1905年刘师培亦有此论:

> 昔罗马文学之兴也,韵文完备,乃有散文;史诗既

---

[1] 章太炎:《正名杂义》,载《章太炎全集·第一辑·訄书(重订本)》,上海人民出版社2014年版,第228页。
[2] 章太炎:《正名杂义》,载《章太炎全集·第一辑·訄书(重订本)》,上海人民出版社2014年版,第228页。

工,乃生戏曲。而中土文学之秩序适与相符,乃事物进化之公例,亦文体必经之阶级也。①

章、刘二人都谈到,其论出自日本学者涩江保《希腊罗马文学史》。章太炎所言"韵文""笔语"和刘师培之"韵文""散文"意思相近,希腊罗马文学是欧美文学的源头,其表现为韵文发达在散文之先。章、刘认为中国的情况与其相符,说明这是"事物进化之公例",全人类的文学现象都符合这一基本规律。

章太炎和刘师培的中西对应论述已表现出某些现代因子。不过其持论还比较笼统,亦近于传统的学术观念,如以《尚书》等为早期韵文的表现,对《诗经》只言及二《雅》,也并没有就中西对应现象做更多阐发。而章、刘所引文献又是日本学者转译之西方文学史,在中国并无译介,因此并未产生太大影响。新文化运动兴起之后,学者们一方面更大范围地翻译了西方文论和文学史著,另一方面则以新的文学性标准重新确立中国文学的领域,并将《诗经》确立为中国文学的源头,那么,中西文学的对应论述也就需要更清晰、准确的描述。

1923年第14卷第1期《小说月报》刊登郑振铎《关于文

---

① 刘光汉:《文章源始》,《国粹学报》1905年第1卷第1号。

学原理的重要书籍介绍》，此文介绍了西方诗学、文论、文学原理、文学史著一共五十本，其中莫尔顿《文学之近代研究》和《文学进化论》由傅东华译出，于1926年和1927年分别连载于《小说月报》，这两本书是《小说月报》译介的重要理论著作。莫书从西方基本文体元素出发，试图厘清文学的演进脉络，总结文体进化的基本规律，完成世界文学的统一研究。莫尔顿以谣舞（ballad dance）为最原始的文体质素，其语词、音乐和动作（speech、music、action）三方面因素进一步演化出其他文体，包括诗（poetry）和散文（prose）两大类。具体而言，诗类包括史诗（epic）、抒情诗（lyric）、剧诗（drama）三种文体质素，散文类包括历史（history）、哲学（philosophy）、演说（oratory）三类。[1] 莫尔顿的分类与章太炎所引《希腊罗马文学史》一致，此种区分方式在西方文学史论中应该较为普遍。而莫书被译出、连载之后，很快成为中国学者竞相引据的西方理论著作。

1927年，郭绍虞发表《中国文学演进之趋势》，用莫尔顿文体框架解释中国文体演进。他认为从世界范围内看，风谣是最古的文学，包括音乐、语言、动作三方面因素。而古籍

---

[1] 参见〔美〕莫尔顿《文学之近代研究（一）》，傅东华译，《小说月报》1926年第17卷第1号。

记载说明中国的情况也是如此：第一，《左传·襄公十六年》谓"歌诗必类"[1]。第二，《吕氏春秋·古乐》曰："昔葛天氏之乐，三人操牛尾投足以歌八阙。"[2]可以据此推想先民风谣的形态。第三，《诗大序》论诗之起源："言之不足，故嗟叹之，嗟叹之不足，故永歌之，永歌之不足，不知手之舞之足之蹈之也。"[3]郭绍虞认为，这三处记载共同说明了早期文学诗歌、音乐、舞蹈一体的形态，因此，风谣作为原始文学形态是符合人类发展的一般规律的。郭绍虞又提出，风谣进一步发展便成为诗。风谣与诗的区别有二，从内容而言，诗比风谣成熟；从表现工具而言，风谣以语言为工具，而诗以文字为工具。[4]

郭绍虞参照莫尔顿理论分析中国文学的演进脉络，此论被收入《小说月报》第17卷号外《中国文学研究》，影响很大。"五四"时期从新的文学观念出发，以情感、语体等标准勾勒了中国传统以《诗经》为起源的纯文学叙述脉络。而郭绍虞将这一脉络与西方文学框架进行了印证，这是他的理论贡献。具体包括两方面：首先，中国也以歌乐舞一体的风谣为文学的原始形态，即《诗经》早期不成熟的口头形态。其次，中国文学

---

[1]（清）阮元校刻：《十三经注疏》，中华书局1980年版，第1963页。
[2] 许维遹：《吕氏春秋集释》，梁运华整理，中华书局2009年版，第118页。
[3]（清）阮元校刻：《十三经注疏》，中华书局1980年版，第270页。
[4] 参见郭绍虞《中国文学演进之趋势》，《小说月报》1927年第17卷号外《中国文学研究》上册。

的发展也是韵文早于散文。风谣由幼稚走向成熟、由口头走向文本就成了诗,《诗经》文本所代表的就是中国文学的"韵文时代"。所以《诗经》实际上涵盖了文学史初期从口头到文本的两个阶段。如此一来,以《诗经》为代表的中国早期文学传统成功地完成了和世界文学的接轨。

郭绍虞之后,许多文学研究者都以《诗经》代表中国文学的"风谣时代"和"韵文时代"。陈钟凡1922年作《中国文学演进之趋势》,虽然采用莫尔顿框架谈中国文学,但所论完全没有提及《诗经》,到1927年作《中国韵文通论》,却俨然将《诗经》当作中国早期由讴谣到诗歌这一进程的代表:"世界各国文学演进之历程,莫不始于讴谣,进为诗歌,后有散文⋯⋯古代诗歌之流传至今,足以供人考信者,其惟孔子所手订之三百五篇《诗经》欤?"① 陈钟凡的转变透露出学界已经接受了中西文学的对照范式。《诗经》在"讴谣—韵文—散文"演进脉络中的定位,逐渐成为文学史的主流意见。

刘麟生说:

> 无论何国,韵文的发达,较早于散文,中国也是如此。尧时《康衢》《击壤》之歌,舜的《卿云歌》,都

---

① 陈钟凡:《中国韵文通论》,中华书局·上海书店1989年版,第1页。

可以代表咧。但是一部最早最可靠的诗选或诗集，只有《诗经》了!《诗经》要算中国纯文学中第一本应读之书。①

胡云翼谈道：

世界各民族文学的诞生，有一条共同的公例，就是韵文的发达总是较早于散文；而诗歌又为韵文中之最先发达者。中国也是如此，最初的文学是诗歌……严格说起来，我们现在可以夸耀于世界文学之林的最古的文学，只有一部《诗经》。②

龚群钰也谈道：

文学的演进，由讴谣进而为诗歌；由诗歌进而为散文，此东西各国所同也。中国文学，起自歌曲。太古蒙昧之世，葛天氏之民，投足以歌八阕。吴越春秋。载古孝子断竹之歌。而尧时有击壤之歌。诗三百篇，亦大抵

---

① 刘麟生：《中国文学 ABC》，世界书局 1929 年版，第 30 页。
② 胡云翼：《新著中国文学史》，北新书局 1933 年版，第 1—2 页。

第四章 《诗经》阐释与"中国"身份：从天下叙事到民族国家

皆闾里歌谣之什。盖人生而有感觉：有感觉，斯有好恶。或感快，或感不快；快不快感于心，发于口，为语言，为诗歌。诗歌者。中国文学之开山祖也。孔子删诗，得三百五篇，分为风，雅，颂三类。后世文学，即渊源于此。①

直到今天，"诗、乐、舞三位一体"和"原始歌谣发展成《诗经》"等表述，仍然活跃于主流文学史的先秦章节。

总的来说，这一时期的文学史论著普遍受到了西方理论的影响，很多学者在著作中明确提到所论本于莫尔顿，而他们的论述方式及引据文献则大多不出郭绍虞文章的范围。不过我们注意到，从章太炎的"韵文—笔语"到郭绍虞的"诗歌—散文"，学者们采取了各种各样不同的翻译。例如莫尔顿所说的歌乐舞一体的原始形式"ballad dance"，翻译就有"谣舞""讴谣""风谣""歌谣""歌曲"……而"poetry-prose"的二分也有"诗歌—散文""韵文—散文"等翻译方式，尽管也有学者注意到这些翻译可能产生的歧义，尝试对它们进行辨析，但是众口不一，各有指向，其间发生的语意转变值得进一步辨析。

首先是"ballad dance"。莫尔顿是这样说的："谣舞是韵语

---

① 龚群钰：《中国文学变迁概论》，《湖南教育》1931年第24期。

和音乐及跳舞拼合而成的。但这里所谓跳舞,意思并不跟近代人所谓跳舞完全一样;这里所谓跳舞,乃是一种摹仿的暗示的动作,如今演说家所用的姿势庶乎近之。文学当最初自然产出的时候,其形式大都将一个题目或一段故事化为韵语,同时以音乐和之,又以动作暗示之。"他所举"ballad dance"的例子,是以色列人在红海得胜的时候,米利暗"手里拿鼓,众女子也拿鼓随从她,跳舞着出来",又如大卫在耶路撒冷举行开幕典礼,"在主面前极力跳舞"。①那么作为希腊罗马原始文学形态的"ballad dance",不管从词根、解释,还是例证来看,最重要的因素都是跳舞。张世禄也提道:"民歌(ballad)一字,乃从古法文动词(baller)转变而来,即跳舞之意也。"②因此,傅东华将其译为"谣舞"应是比较贴合原文语境的理解,表示一种载歌载舞的文艺形态。舞蹈蕴含的身体动作和韵律感,是"ballad dance"的基础性意涵,言辞维度是次之的。

不过,当郭绍虞运用"诗乐舞三位一体"理论解释中国文艺现象时,他将"ballad dance"译为了"风谣"。"风"作为一个早期概念与《诗经》十五国风关系紧密,而"风谣"暗示的是民间广泛传播的歌谣,这无形中把"诗乐舞一体"的"诗"

---

① [美]莫尔顿:《文学之近代研究(一)》,傅东华译,《小说月报》1926年第17卷第1号。
② 张世禄:《中国文艺变迁论》,商务印书馆1933年版,第16页。

放在了第一位。而"风谣"的定义也理所当然地成为"以文学为主体而以音乐舞蹈为其附庸;以诗歌为最先发生的艺术,而其他都较为后起"①。可以说,从"ballad dance"到"风谣",语词的意义重心已经发生了偏转——言辞跃升为最关键因素,舞蹈代表的身体韵律只是附庸而已。

郭绍虞的认识基于《诗大序》:"诗者,志之所之也,在心为志,发言为诗,情动于中,而形于言,言之不足,故嗟叹之,嗟叹之不足,故永歌之,永歌之不足,不知手之舞之足之蹈之也。"②在他看来,从"发言"到"永歌"到"手舞足蹈"就代表了"诗乐舞"三位一体的状态。从《诗大序》的文本理路出发,我们可以理解为什么郭绍虞如此强调"诗"在"舞"先。事实上,在《诗大序》讨论的"诗乐舞"中,诗代表的言辞维度占据着毫无疑问的先发位置。当人内心有了情感便会以语言表达,语言不足以表达所以嗟叹,嗟叹不足以表达所以歌咏,歌咏不足以表达就会手舞足蹈。"在心为志,发言为诗",由内心之志到言辞之外发是思虑介入的表达过程,这是诗的生发机制的起点。"诗人感而后思,思而后积,积而后满,满而

---

① 郭绍虞:《中国文学演进之趋势》,《小说月报》1927 年第 17 卷号外《中国文学研究》上册。
② (清)阮元校刻:《十三经注疏》,中华书局 1980 年版,第 269—270 页。

后作"①，诗是生命情感的运动机制，它生发于外在因素的激荡感动，触发内心的思虑，积累为强大的情感驱动力量，这种表达冲动仅以文辞不足以宣泄，而会难以抑制地走向更贴近本真状态的生命体验，由语言层层递进为咨嗟咏叹、咏歌依违甚至是手舞足蹈。所以，诗的起点就是"言志"，作为基础因素的言辞反映人的内在思虑和定向情感，而曲调和舞蹈所加持的是音律节奏带来的生命本真状态和强大感动力量。

郭绍虞的翻译明显受到《诗大序》"以诗统乐"的影响。而郭绍虞奠定这一翻译基调之后，学者们采取"讴谣""歌谣""歌曲"等翻译，都延续了这一思路，"谣舞"一说则并未流行。"风谣"代表的"诗乐舞"与"ballad dance"代表的"舞乐诗"，反映了中西方文艺思想的一些根本差异，这里面的张力是值得进一步思考的问题。

其次是"poetry"，这个名词主要有两种翻译，一为"诗歌"，一为"韵文"，都与"散文"对应。章太炎和刘师培将其译为"韵文"，一直到20世纪20年代，"韵文发展先于散文"这一判断仍然频繁出现在文学论著中，陈钟凡著作名为《中国韵文通论》，龙沐勋著作名为《中国韵文史》，这些学者都把

---

① 〔日〕安居香山、中村璋八辑：《纬书集成》，河北人民出版社1994年版，第544页。

"poetry"译为韵文,而龚群钰等学者将"poetry"译为诗歌,郭绍虞则干脆含混言之:"诗亦可以该括一切创作的文学。本来由于各体文学发生的程序而言,韵文常先于散文,所以由风谣更进一步的文学,实在可以'诗'作为代表。"[1] 这段话基本翻译自莫尔顿,但是郭绍虞采取了"韵文"和"诗"两种译法分别对应两句话中的"poetry"。胡云翼也采取了这种含混的方式:"韵文的发达总是较早于散文;而诗歌又为韵文中之最先发达者。"[2] 郭绍虞和胡云翼试图以此带过"韵文"和"诗"之间的矛盾,将二者都对应"poetry"。

为什么会产生这样的含混?我们依然要回到英文语境。有趣的是,莫尔顿书中提到,在英文语境中也常常出现"诗"(poetry)和"韵文"(verse)含混的情况,为此他专门辨析了这两个名词。在他看来,作为文体基本元素的"poetry"不能被混用为"verse",虽然它们都可以和"散文"(prose)相对而言,但表达的意思完全不同。"verse-prose"作为一组对应概念时,其区别仅仅在于表层的韵律:

这是一种节奏上的区别。盖一切文学的文字都是有

---

[1] 郭绍虞:《中国文学演进之趋势》,《小说月报》1927年第17卷号外《中国文学研究》上册。
[2] 胡云翼:《新著中国文学史》,北新书局1933年版,第1页。

节奏的，不过有个区别：韵文的节奏是"反复的节奏"（recurrent rhythms），是自己会逼着我们去注意它的；散文的节奏是"潜伏的节奏"（veiled rhythms）。韵文的节奏或由脚韵及音节的数目确定之。

而散文和诗的区别更为复杂：

> 已深涉文学的主要意义和实质。"诗人"（poet）一字，本是希腊语，原义作凡"造作"或"创造"的人解……上帝是宇宙的至高造作者及创造者，我们是上帝所创造所造作的东西，故诗人是一种想像的宇宙的创造者，他又把想像的人物和事情充实这个想像的宇宙……所谓散文的文学，便没有这种创造的作用；散文只以讨论已经存在的东西为限。①

这样看来，"verse"译为"韵文"还是比较贴合的。但是"poetry"却难以与中文的"诗"画上等号，"poet"代表"制作者"这一意义植根于希腊文化的土壤，"poet"的活动意味

---

① ［美］莫尔顿：《文学之近代研究（一）》，傅东华译，《小说月报》1926年第17卷第1号。

着对世界的意义填充，这与中国的"在心为志，发言为诗"的根本出发点就不一样。所以学者们在"poetry"对译上一直显得犹豫不决。很明显，当郭绍虞说"诗亦可以该括一切创作的文学"的时候，他只是照搬了莫尔顿的原文，而并不打算继续"诗"和"创造"的关系探讨，也并未辨析莫尔顿所说的"poetry"和"create"之间那些复杂的语意层次，所以只好在后面加上"由于各体文学发生的程序而言，韵文常先于散文"，将"诗"与"散文"含混言之。

陆侃如、冯沅君作《中国诗史》后，浦江清批评了"诗史"概念：

> 名为"诗史"，何以叙述到词和曲呢？原来陆、冯两先生所用的这个"诗"字，显然不是个中国字，而是西洋Poetry这一个字的对译。我们中国有"诗"、"赋"、"词"、"曲"那些不同的玩意儿，而在西洋却囫囵地只有Poetry一个字；这个字实在很难译，说它是"韵文"罢，说"拜伦的韵文"，"雪莱的韵文"，似乎不甚顺口，而且西洋诗倒有一半是无韵的，"韵"，曾经被弥尔顿骂做野蛮时期的东西。没有法子，只能用"诗"或"诗歌"去译它。无意识地，我们便扩大了"诗"的概念。所以渗

透了印度欧罗巴系思想的现代学者，就是讨论中国的文学，觉得非把"诗"、"赋"、"词"、"曲"一起都打通了，不很舒服。①

浦江清从"poetry"和"诗"代表的不同概念外延和层次出发，探讨转译产生的问题。但从莫尔顿的理论出发，我们能更清晰地感受到，"poetry"和"诗"都是深深植根于各自文化土壤的核心概念，尽管它们在各自的土壤中不断延伸，生发出了多种层面，在某些表象上似乎可以共通，但从各自概念的"核"上，它们是难以通约的。这个内在的深层张力本该是学者们用力挖掘的重心，遗憾的是，学者们此时的关注点并不在此，留下了尚待讨论的问题。

通过以上两个语词的辨析，我们可以得出一些基本认识：在西方舶来的演进脉络被简化成"讴谣—韵文/诗歌—散文"的过程中，许多学者并未对原文进行过多辨析，也并未深究西方文体质素产生的文化土壤，而是根据相应翻译在中国寻找对应内容，甚至仅仅通过二手或三手文献就开展了自己的中西对应论述。不过，不管怎样，"讴谣—韵文/诗歌—散文"还

---

① 浦江清：《评陆侃如、冯沅君的〈中国诗史〉》，载浦汉明编《浦江清文史杂文集》，清华大学出版社 1993 年版，第 100 页。

是作为一条人类文明发展的通例，被较为成功地投射在了以《诗经》为源头的中国文学史叙述脉络之中。但在进一步细分的过程中，这种"跨语际"的概念投射就显得不那么顺利了。

二、"史诗—抒情诗—剧诗"的诗体分类

在莫尔顿的理论中，诗类下细分出史诗（epic）、抒情诗（lyric）、剧诗（drama），郭绍虞认为《诗经》之"风雅颂"正可对应这三类：

> （风谣）由语言的质素以演成史诗（即叙事诗），由音乐的质素以演成抒情诗，更由动作的质素以演成剧诗。旧时把《诗经》分成"风""雅""颂"三类，我们若从大体上观察，则"雅"可以当史诗，"风"可以当抒情诗，而"颂"字训容，恰可以当剧诗。[①]

值得注意的是，这一层面的对应远没有"讴谣—诗歌—散文"来得轻松。由于抒情诗从字面上即可与中国强大的"情

---

① 郭绍虞：《中国文学演进之趋势》，《小说月报》1927年第17卷号外《中国文学研究》上册。

志"传统对接,而"五四"时期针对中国文学抒情性的辨析正可与此合流,郭绍虞并没有针对"风"和"抒情诗"的对应进行过多论证。但史诗和剧诗与中国文类传统难以对接,西方早期文学传统中最重要的、以神话为主体、拥有庞大叙事的史诗和表演性质的剧诗,在中国甚至找不到相应的作品,为了弥合种种矛盾和缝隙,郭绍虞进行了一系列努力。

针对"剧诗",郭绍虞引用刘师培《原戏》的观点,说明"颂"就是戏剧的雏形:"戏虽小道,发源甚古。遐稽史籍,歌舞并言。歌舞本于诗,故歌诗以节舞;以歌传声,复以舞象容。孔子删诗列《周颂》《鲁颂》《商颂》于篇末;颂列于诗,犹戏曲列于诗词中也。"[1] 他认为《诗大序》言"颂者,美盛德之形容"[2],表示"颂"为舞容,因此"颂"就有戏剧的成分,虽然这与近代的戏曲有所不同,但"颂"依然可以成为讨论中国戏曲的起点。

较难处理的是西方强大的史诗传统,荷马史诗等宏大的英雄题材作品令人称羡,但此类作品在中国传统文献中难以找到对应,于是郭绍虞将史诗扩大为"叙事诗",并根据扩大化的标准找到了中国的叙事诗——《诗经》中的二《雅》。他认为

---

[1] 郭绍虞:《中国文学演进之趋势》,《小说月报》1927年第17卷号外《中国文学研究》上册。
[2] (清)阮元校刻:《十三经注疏》,中华书局1980年版,第272页。

这些诗作重在言当时政事之得失,与史诗相近。那么,中西方就有各自的叙事诗传统,只是发展轨迹不同。由于种种原因,中国的叙事诗并不发达,也没能产生西方那样以神话传说中神人英雄之动作为其述作对象的史诗,而多偏于叙述史事。针对这种例外于世界通例的情况,郭绍虞提出了两方面原因试图解释:

(1)古代的民族心理,早已重在质实,不喜欢神话传说种种荒唐的故事,于是叙事诗之量的方面既不会多,质的方面又不会好,遂没有永久的价值而不能流传到后世。

(2)或者由于后世儒家偏重实际的影响。以"子不语:怪力乱神"之故,所以经孔子删定的《诗》《书》,遂亦没有偏于神怪的地方,而古来的叙事诗亦遂以失传。[①]

郭绍虞的分析透露出两个重要的倾向:
第一,他承认史诗、抒情诗、剧诗是人类文学演进必经的

---

① 郭绍虞:《中国文学演进之趋势》,《小说月报》1927年第17卷号外《中国文学研究》上册。

文体阶段，任何民族都不能例外。为了将相应文体概念投射到中国早期文献，他将史诗扩大为叙事诗来说明《雅》就是"epic"，又将"颂者，美盛德之形容"对应为萌芽状态的戏剧诗，"抒情诗"则直接对应于《国风》中的言情达志之作。这样，史诗、抒情诗、剧诗这三种"诗歌时代"的文体就全都投射于中国文学的源头巨著——《诗经》。郭绍虞是在认可西方文体演进脉络为"世界公例"的普遍主义立场上展开论述的。这一过程中出现了明显的概念置换：史诗和叙事诗当然不能等同，西方的"lyric"也不同于《诗经》的"情动于中，而形于言"，亚里士多德所谓的完整模仿一个动作的"drama"，跟"颂，美盛德之形容"当然也不是一回事。但不管怎么样，它们总算与《诗经》代表的中国传统完成了对接。

其后许多学者继承了郭绍虞的说法，由于剧诗和"颂"的对应比较牵强，学者们主要讨论的还是抒情诗和叙事诗两大类，陈钟凡《中国韵文通论》将"风雅颂"分别对应于抒情诗、记事兼抒情、赞美诗，[①]龙沐勋认为"后来之抒情诗与叙事诗，咸由风雅导其先路"[②]，穆济波甚至认为："中国之有史诗，自《大雅》始。其壮丽宏肆迥绝百代者亦莫如《大雅》……自

[①] 参见陈钟凡《中国韵文通论》，中华书局·上海书店1989年版，第9—10页。
[②] 龙沐勋编著：《中国韵文史》，商务印书馆1934年版，第6页。

诗有《大雅》，而后中国古代史始由神话传说时代，进而为史诗时代。"①相关论述都一定程度上继承了郭绍虞的观点。

第二，郭绍虞认为从叙事诗到抒情诗到剧诗是人类文体发展的通例，但是中国的情况出现了两点"反常"和"例外"：一是抒情诗比叙事诗早而发达；二是西方的叙事诗以神话传说为中心，但中国的叙事诗很少讲述荒诞故事。对于这种不符合世界文学发展"通例"的现象必须给出合理解释。郭绍虞将之归结为民族心理和儒家精神，这并非其首创，而是当时学者的普遍认识。

鲁迅认为："中国神话之所以仅存零星者，说者谓有二故：一者华土之民，先居黄河流域，颇乏天惠，其生也勤，故重实际而黜玄想，不更能集古传以成大文。二者孔子出，以修身齐家治国平天下等实用为教，不欲言鬼神，太古荒唐之说，俱为儒者所不道，故其后不特无所光大，而又有散亡。"②张世禄认为中国史诗不发达的原因，一是地理因素造成民族心理以发挥实践为主，没有丰富想象，又没有多神观念，二是孔孟之徒"大都趋重于实际上之政治问题，社会问题；而忽视初民文学资料之保存。以其神渺怪诞，无益经典，而遂轻视之；致使其

---

① 穆济波编著：《中国文学史（上册）》，乐群书店1930年版，第42页。
② 鲁迅：《中国小说史略》，载《鲁迅全集.9》，人民文学出版社2005年版，第23—24页。

不能形成为伟大之组织"①。郑振铎认为中国古代一定产生过叙述英雄事迹的简短民歌,但是没有形成长篇史诗,一方面是因为没有产生伟大的诗人,另一方面则是因为大学者"孔丘、墨翟之流,仅知汲汲于救治当时的政治上社会上道德上的弊端,而完全忽略了国民的文学资料的保存的重要"②,导致民间传说散亡。胡适提出,中国古代有可以衍为史诗的英雄传说,却没有产生早期史诗,是因为"古代的中国民族是一种朴实而不富于想象力的民族。他们生在温带与寒带之间,天然的供给远没有南方民族的丰厚,他们须要时时对天然奋斗,不能像热带民族那样懒洋洋地睡在棕榈树下白日见鬼,白昼做梦。所以《三百篇》里竟没有神话的遗迹。"③

这一时期学者们的看法主要有几种思路:

第一,地理因素,即认为华夏民族生于温带与寒带之间的黄河流域,天然供给不够丰厚,需要务实而不重想象,这很明显受到当时流行的地理决定论思路的影响,把文艺问题归结于地理因素。事实上,许多产生史诗的地域并没有丰厚的地理条件可以让先民懒洋洋地"白日做梦"。

---

① 张世禄:《中国文艺变迁论》,商务印书馆1933年版,第20—21页。
② 郑振铎:《文学大纲》,商务印书馆国际有限公司2015年版,第130页。
③ 胡适:《白话文学史》,载欧阳哲生编《胡适文集(8)》,北京大学出版社1998年版,第188页。

第二，文化因素，即认为由于孔孟重视实际政治问题，儒者"不语怪力乱神"，使得神怪传说不能保存，也就难以产生组织精密的史诗。更为甚者，左斡臣提出，儒家思想重实际，但是神话还是一天天发展，因为这是人类社会的规律，①把"儒家重实际"和"人类社会的规律"对立起来。不过，不管是《山海经》还是楚辞中都出现了大量神怪传说，这些传说已经形成了一定体系，但是中国早期文献中并没有出现荷马史诗那样的文体形态，因此，将没有史诗的原因归结为儒家精神，显然并非严谨推论。

总的来说，学者们都将中国史诗的不发达视为缺陷，试图寻找各种各样的原因解释这种现象，掀起了20世纪二三十年代关于"史诗"的大讨论。许多学者甚至带着遗憾，断言中国肯定有史诗，只是散佚了，为了证明自己的观点，他们积极地在古代文献中寻找那根本不存在的"史诗"踪迹。如胡云翼认为，中国"在周代以前，也许有数千年或竟是数万年的诗歌史，也许中国在远古时代早已产生过伟大的史诗，如西洋古代的《依里亚特》与《奥特赛》及印度古代的《马哈巴拉泰》与《拉马耶那》一样的杰作，但因为没有文字的记录，已经湮

---

① 参见左斡臣《中国文学小史》，《铭贤校刊》1930年第8卷第3期。

灭无传了。"①蒪思认为，从现有文献和"各民族文学进化的通例"来看，中国文学的进化历程一定有"缺环"，那就是史诗，"中国的文学史料里，已不留着一点史诗的痕迹，说中国存史诗，是很渺茫的。不过我们就汉赋看，很像是从史诗上演化而来的"。他进而提出，《诗经》"六义"为"赋比兴风雅颂"，其中"赋比兴"可能和"风雅颂"一样属于《诗经》中原有的类目，只是在历史发展过程中散亡了，这里面的"赋"就是史诗文体，将其加进来就可以补足中国文学的进化脉络。②谭正璧认为："中国虽似只有颂歌而少史诗，然既有传说，当时史诗或亦很多，不过因篇幅较长而致失传，所以我们现在无从考见。"③在他看来，中国传说中有许多和西方神话相似的内容，如中国有女娲补天神话，北欧有叔尔的女儿重整天宫的神话。中国传说中的钻木取火的燧人氏、教人结网罟以佃渔的伏羲氏、教民稼穑的神农氏和希腊传说中的"Hephaispos"（火神）、"Artemis"（佃猎之神）、"Demeter"（禾稼之神）不但取义相同，而且次序之先后亦相同。这说明中国很可能也有西方那样的史诗。郑振铎认为："有人说，中国没有史诗；弹词可真不能不

---

① 胡云翼：《新著中国文学史》，北新书局1933年版，第2页。
② 蒪思：《中国文学进化的缺环》，载《星洲日报周年纪念册》1930年。
③ 谭正璧编：《中国文学进化史》，光明书局1929年版，第22页。

算是中国的史诗。我们的史诗原来有那么多呢!"①

不管是问"中国为什么没有史诗",还是问"中国的史诗为什么没有保存下来",本质都是一样的,这个问题之所以被提出来,就是因为学者们接受了西方学者的普遍主义表达,把欧洲早期文体演进脉络当作人类历史的普遍规律,带着对荷马史诗的崇拜,无法接受中国没有类似文体的现实。

三、他者的眼光:抒情与叙事之二分

20世纪二三十年代的趋新学者,试图以西方为参照物来自我定位,对自身的文学乃至文化现象进行全新的体系建设,其努力包括几个层面:首先把西方的情况简化为核心概念和基本框架,继而在中国寻找对应的转译以进行语词间的通约和对接,最后在中国文献中寻找材料来搭建和丰富这一概念体系。

由于政治和军事的失利,学者们普遍对自身的文化失去了信心,而把西方文学美化成一个"完备体"。如王国维认为中国的抒情文学比较发达,而叙事文学尚在幼稚时代,但是他又提出:"抒情诗,国民幼稚时代之作,叙事诗,国民盛壮时代

---

① 郑振铎:《研究中国文学的新途径》,载《郑振铎全集》第五卷,花山文艺出版社1998年版,第300页。

之作也。"① 认为叙事文学比抒情文学要更加成熟，抒情诗不需要专门诗人即可创作，而叙事诗非有天才而不能，由此得出"以东方古文学之国，而最高之文学无一足以与西欧匹者，此则后此文学家之责矣"的结论。② 王国维是以一种自我贬损的文化心理来进行中西间的比较的，西方是完美的、成熟的，而中国是残缺的、幼稚的，他以"痛心疾首"的心态面对自己的"缺陷"。鲁迅盛赞西方神话传统之伟大，叹息中国"古民神思之穷，有足愧尔"③，这成为包括鲁迅在内的众多中国知识分子孜孜不倦地寻找中国的史诗、追问为什么中国没有西方式史诗的内在动力。胡适谈道："中国文学的方法实在不完备，不够作我们的模范。即以体裁而论，散文只有短篇，没有布置周密，论理精严，首尾不懈的长篇；韵文只有抒情诗，绝少纪事诗，长篇诗更不曾有过；戏本更在幼稚时代。"④ 西方成为我们认识自身、定位自身的一面镜子，更是一个挥之不去的梦魇。

不过，中国学者并不甘于彻底投向西方的普遍主义表达。

---

① 王国维：《人间词话手稿》，载谢维扬、房鑫亮主编《王国维全集》第1卷，浙江教育出版社2009年版，第494页。
② 王国维：《文学小言》，载谢维扬、房鑫亮主编《王国维全集》第14卷，浙江教育出版社2009年版，第96页。
③ 鲁迅：《破恶声论》，载《鲁迅全集.8》，人民文学出版社2005年版，第33页。
④ 胡适：《建设的文学革命论》，载欧阳哲生编《胡适文集（2）》，北京大学出版社1998年版，第55页。

莫尔顿区分了"万国文学"(universal literature)和"世界文学"(world literature)两个概念。在他看来，万国文学只是各民族文学的简单叠加，而世界文学是从一个"观察点"出发，对各民族文学进行整体观照。以绘画而论，万国文学只是将所有物体的尺寸进行精确测量和记载，世界文学则是从一个固定的点进行全局的观察，这样就能画出物体之间的远近和透视关系，使一幅画成为统一整体。"至以本书而论，那当然是以用英语诸国的文明为观察点的"①，莫尔顿毫不讳言自己英语文学的立场。郑振铎虽然一再推荐莫书作为研究文学理论的必备参考，也承认自己受到了莫尔顿的影响，却也毫不留情地对莫尔顿的西方中心主义提出了批评：

> 莫尔顿的这种见解实是极不彻底的；他既然承认文学有统一研究的必要，为什么仍然不把人类当做观察的出发点而以一国为观察的出发点呢？以一国为观察的出发点，那末，必如画风景图一样，要把一个极大的山峰，只画成一点，把一个极大的湖水，只画成一线，把一个不及四分之一亩的小池当做研究的中心了。如此，

---

① [美]莫尔顿：《文学之近代研究（四）》，傅东华译，《小说月报》1926年第17卷第5号。

仍然是部分的研究，不是全体的统一的研究了。如此怎么能讲得到以文学为一个整体，为一个独立的研究的对象呢？①

在郑振铎看来，真正的世界文学、统一文学应以文学为观察点，追求人类情感的普遍表达，这种普遍情感没有民族间的高下之分，而是全人类共通的审美的、道义的力量。陈西滢也批评莫尔顿的观点，认为莫尔顿等西方学者难以逾越自己国家的视角，因此现行的世界文学史主要是欧美一支，而对中国文学涉及很少，中国需要创作自己的世界文学史。②

郑振铎、陈西滢等学者对莫尔顿的不满，透露出中国知识分子的矛盾心态。一方面，学者们接受了莫尔顿等西方学者完全从自身情况出发搭建的文体框架，并积极地以此为参照物来印证自身的情况；另一方面，他们从情感上难以接受这种彻底西方中心的论调，希望能够找到全人类共同的普适价值，而不认同民族间天然的高下之分。在两种主要思路的共同作用下，学者们慢慢趋向另一种中西文学的比较言说方式，那就是以中国为抒情传统，西方为叙事传统，这种方式从王国维就已经采

---

① 郑振铎：《文学的统一观》，载《郑振铎全集》第十五卷，花山文艺出版社1998年版，第149页。
② 参见西滢《闲话》，《现代评论》1926年第3卷第77期。

用，郭绍虞也谈到中国抒情诗多佳构而叙事诗很少，但他们都没有就此点继续展开。

较早就抒情传统和叙事传统展开分析的学者是朱光潜，1926年他发表《中国文学之未开辟的领土》，开篇就提出，"中国文学演化的痕迹有许多反乎常轨的地方，第一就是抒情诗最早出现。世界各民族最早的文学作品都是叙事诗"。"反乎常轨"几乎是这一时期的学者的"时代焦虑"，但朱光潜提出的问题和其他人略有不同："长篇叙事诗何以在中国不发达呢？抒情诗何以最早出呢？"[1] 其他学者大都只问了第一个问题，而在朱光潜这里，"叙事诗的不发达"和"抒情诗的最早出"终于被同时提出了。这样，作为西洋文学渊源的荷马史诗和作为中国文学源头的《诗经》也就分别作为叙事诗和抒情诗的最高典范，被放在了同一层面进行讨论。在朱光潜的分析中，抒情和叙事只是中西各自的特色，没有天然的高下之分，产生它们的文化土壤也是各有优劣的。

朱光潜认为，这种情况的产生有两方面原因：第一，中国文学偏重主观"言志"，因此情感丰富而想象贫弱："文人大半把文学完全当作表现自己观感的器具。很少有人能跳出'我'

---

[1] 朱光潜：《中国文学之未开辟的领土》，《东方杂志》1926年第23卷第11号。

的范围以外,而纯用客观的方法去描写事物。《国风》不消说得是'言志'之作。"因此中国抒情文学的成就高于西方,但是"谈到想像,谈到用客观方位作的叙事诗,我们不能不汗颜了。因为缺乏客观想像,戏剧也因而不发达"。中国偏主观,因此抒情诗发达;西方偏客观,因此叙事诗和戏剧发达,这是不同的民族心理导致的。第二,中国文学"偏重人事而伦理的色彩太浓厚"。西方学者大多强调"为艺术而艺术",不用文学讨论是非道德问题,中国学者却主张"文以载道",总希望在文学中加入伦理道德,例如《诗经》一定要被说成"思无邪",人事伦理的内容太多,导致中国文学"神奇诙诡的成分很少",也没有深厚的超自然观念,因此神话等都不发达。①

朱光潜的发问透露出他已尝试走出"焦虑"。相比其他学者上穷碧落下黄泉地寻找中国的"史诗",朱光潜已经不再把早期叙事诗的不发达视为缺陷了,而是抬出抒情传统与之分庭抗礼,希望能有更为公允的中西对比视角。朱光潜的论述开启了在中西比较中将中国视为"抒情传统"的方向,闻一多说:

中国……在他开宗第一声歌里,便预告了他以后数

---

① 朱光潜:《中国文学之未开辟的领土》,《东方杂志》1926 年第 23 卷第 11 号。

千年间文学发展的路线。《三百篇》的时代,确乎是一个伟大的时代,我们的文化大体上是从这一刚开端的时期就定型了。文化定型了,文学也定型了,从此以后二千年间,诗——抒情诗,始终是我国文学的正统的类型。①

由朱光潜、闻一多等人开启的"抒情传统",与"五四"时期带有鲜明色彩的以"言志"对抗"载道"的时代思想合流,对于之后的中国文论研究产生了深远的影响,亦招致了"以西律中"的批评。从"诗言志"开始,"情""志"就是中国文艺思想中的核心概念,如何理解文艺与情感的关系,也可以说是古今、中西的一个关键碰撞点。

---

① 闻一多:《文学的历史动向》,载《闻一多全集》第十册,湖北人民出版社1993年版,第17页。

第三节　小　结

　　从天下叙事下的"六经"到民族国家叙事下的《诗经》，这一转变折射出一种文明叙事的艰难蜕变。这个过程中，学者们并不是在简单地接受、考订和阐释史料，而是在以巨大的主动性和创造力进行现代知识体系的再生产，这一知识制度的建立与民族国家的建构有密不可分的联系。它一方面意味着打破既有叙事模式和经典体系，将中华文明统合为固定空间版图之中、拥有明确时间脉络的漫长历史，另一方面则意味着将自我整合后的"中国文学"作为一种"地方性知识"汇入世界之中。

　　由于身处特殊的历史时期，学者们对自身传统充满爱恨交织的复杂心情。文化不自信带来的焦虑感，使得转型在某种意义上成为"挣脱自身传统，汇入世界公例"的过程，学者们主动放弃了中华文明长期运转的世界观，尝试重新搭建起一个历史演进的连续脉络，而这种搭建的背后逻辑正是"西方"或"现代"，这些尝试和努力开启了中西文艺思想最初的碰撞。

第五章

《诗经》研究与"科学方法":
历史考据中的启蒙价值

20世纪20年代是《诗经》研究走向学科化、专门化的关键时期，十年间发生了三次围绕《诗经》单篇作品的大讨论，分别是1922年到1924年的《卷耳》讨论，1925年的《野有死麕》讨论，1926年到1929年的《静女》讨论。围绕诗旨、字义的不同结论，三次讨论背后有一个共同的主题——不同方法论的尖锐交锋，交锋之中也隐含了学者们各自的问题意识、时代关怀和对古代文学学科建制的思考。

发生在1922年到1924年的《卷耳》讨论，起因是郭沫若创作的《卷耳集》，他在集中倡导《诗经》研究应该坚持以审美为本位，反对整理国故运动沉迷于历史考据，而不能从诗作中感受其生命。不过，以顾颉刚、郑振铎为代表的整理国故式研究者，虽然表面上倡导"文学的科学研究"，声称研究的目的仅为满足历史求知欲，实则有其潜在的时代思考，"科学方法"并不是"为考据而考据"，它一方面是打破传统阐释的武器，另一方面则是向诗作投射现代启蒙价值的工具。

在之后的《野有死麕》和《静女》讨论中，顾颉刚、胡适等学者的启蒙立场表现得更为明显，他们表面上在以历史考据的方式进行求真的研究，通过往来讨论向广大读者展示"科学方法"如何导向科学结论，但实际上，追求个性解放、恋爱自由等启蒙价值始终深植于这几次《诗经》阐释的实验之中。而由于历史考据在诗歌领域的适用性有限，顾颉刚等人"立足文本求原义"的思路最终导向了竞相"猜谜"的研究取向。

第一节 《卷耳》论争：历史考据还是审美本位？

1923年8月上海泰东图书局出版了《卷耳集》，该书收录了郭沫若完成于1922年的《诗经·国风》中四十首诗的今译，这些诗作曾以单篇形式连载于《创造日》。据郭沫若自述，集中所选皆为爱情诗，翻译风格"极其大胆自由"[1]。此书反响很大，唐弢称："《卷耳集》出版后，引起轩然大波，称赞之者，诋毁之者，遍及书报杂志。"[2] 从1923年9月到1924年2月，《创造日》《文学》《晨报副刊》等先后刊发多篇文章，针对诗旨、翻译风格等展开了系列探讨。

---

[1] 洪为法：《"读卷耳集"》，《创造日》1923年第76—78期。
[2] 唐弢：《晦庵书话》，生活·读书·新知三联书店1998年版，第226页。

涉及此次讨论的文章主要有：洪为法《我谈国风》(《创造日》1923年第7—8期)；洪为法《"读卷耳集"》(《创造日》1923年第76—78期)；俞平伯《葺芷缭衡室读诗杂记》(《文学》1923年第92期)；小民《十页卷耳集的赞词》(《文学》1923年第93期)；曹聚仁《读卷耳二则》(《民国日报·觉悟》1923年10月28—30日)；郭沫若《我对于"卷耳"一诗的解释》(《民国日报·觉悟》1923年11月1日)；郭沫若《说玄黄——答曹聚仁先生》(《民国日报·觉悟》1923年11月11日)；胡浩川《我对于"卷耳"的臆说：敬质俞平伯先生》(《文学》1923年第100期)；施蛰存《蘋华室诗见：周南，卷耳》(《文学》1923年第100期)；俞平伯《再论卷耳》(《文学》1923年第100期)；蒋钟泽《我也来谈"卷耳"》(《文学》1923年第102期)；梁绳祎《评郭著卷耳集》(《晨报副刊》1923年12月6—7日)；梁绳祎《评卷耳集的尾声》(《晨报副刊》1924年2月27—28日)；郭沫若《整理国故的评价》(《创造周报》1924年第36号)。

作为近代诗经学史上的重要事件，《卷耳集》及当时的相关讨论近年来引起一些学者关注，这些研究或从郭沫若的翻译风格入手，围绕古诗今译的话题展开；或以挖掘原义为旨归，借助前人分析提出对《卷耳》诗旨的新见。然而，该事件的一个重要面向却长期被忽略：在个人的创作研究之外，《卷耳集》

集中反映了郭沫若当时的古代文学观，而围绕该集的相关讨论则反映出创造社和文学研究会就"古代文学该如何研究、有什么价值"问题的不同思考。① 创造社与文学研究会的论争是现代文学史上的大事件，创造社从1921年登上文坛起，就与文学研究会围绕如何建设新文学、如何译介外国文学等问题笔战不辍。而这次争论则提示了双方隐藏的另一个交火点——在反传统的时代思潮中如何理解和定位古代文学。

回顾《卷耳》讨论，在创造社骨干郭沫若和洪为法的文章中，充斥着对胡适、顾颉刚、郑振铎等学者的《诗经》研究的批评。创造社一方面指责所谓的"科学方法"完全与文学研究无关，斥其误导青年学子；另一方面宣称《卷耳集》开辟了《诗经》研究的光明大道。而郑振铎、顾颉刚此时是文学研究会的中坚力量，其参与运营的会刊《文学》从1923年9月到12月刊发了六篇讨论《卷耳集》的文章，成为批评《卷耳集》的主战场。比如小民嘲讽郭沫若自诩"天才""创造"，其实译文完全不通，令人呕吐。② 郭沫若回应："前几天有人为《卷耳

---

① 王璞指出，郭沫若及创造社同人对于整理国故充满了鄙夷，郭沫若通过《卷耳》一诗翻译所主张的"抒情诗学"是当时非常独特的一派观点。参见王璞《郭沫若与古诗今译的革命系谱》，《文学评论》2016年第3期。
② 参见小民《十页卷耳集的赞词》，《文学》1923年第93期。

集》也很痛快地骂了我一场。"①文学研究会另一位骨干孙伏园主编的《晨报副刊》也分四期刊载梁绳祎的文章，集中炮轰《卷耳集》。可见，在对古典资源的态度上，创造社和文学研究会呈现为针锋相对的态度，其中折射出双方立场的深层张力。

一、"假想敌"的变化

郭沫若在《卷耳集》序言中说："所有一切古代的传统的解释，除略供参考之外，我是纯依我一人的直观，直接在各诗中去追求它的生命。我不要摆渡的船，我仅凭我的力所能及，在这诗海中游泳。"②他强调自己翻译和理解古诗仅凭个人直觉，不用前人注疏，直接读原文寻找情感共鸣。他在1922年11月致洪为法的信中也谈道，自己读一切古书都不用注，"我以我自己的精神直接去求对象中的世界，一切古人的成见，我都不为所囿。"③郭沫若反对逐字逐句对应的直译，提倡意译，他在译诗中加入大量艺术加工和细节描写，大胆地对原诗进行增删调整。《卷耳》这首四章十六句的诗，译作竟长达四十九行，

---

① 郭沫若：《我对于〈卷耳〉一诗的解释》，载《郭沫若全集：文学编》第十五卷，人民文学出版社1990年版，第331页。
② 郭沫若：《卷耳集 屈原赋今译》，人民文学出版社1981年版，第3页。
③ 郭沫若：《丝雨》，《心潮》1923年第1卷第2期。

除采取原诗的基本结构和人物设定外,几可视作译者自己的新诗创作,如果仅看译作,甚至根本不会将其与原诗联系起来。在郭沫若看来,理解诗作的最佳方式是读者和作者的心灵辉映,因此译诗也应是"译者在原诗中所感得的情绪的复现"[1]。

《卷耳集》是在郁达夫、成仿吾的支持和帮助下完成的,可谓聚集了创造社的中坚力量。这本小册子的创作颇具野心,郭氏希望借此亮明旗帜,引发学界论战。此书问世前,他就大胆预测,"此书出后或当引起多少论争"[2],他在《自序》开篇也谈道:

> 我这个小小的跃试,在老师硕儒看来,或许会说我是"离经畔道";但是,我想,不怕就是孔子再生,他定也要说出"启予者沫若也"的一句话。
> 我这个小小的跃试,在新人名士看来,或许会说我是"在旧纸堆中寻生活";但是,我想,我果能在旧纸堆中寻得出资料来,使我这刹那刹那的生命得以充实,那我也可以满足了。[3]

---

[1] 郭沫若:《古书今译的问题》,载《郭沫若全集:文学编》第十五卷,人民文学出版社1990年版,第166页。
[2] 洪为法:《"读卷耳集"》,《创造日》1923年第76—78期。
[3] 郭沫若:《卷耳集 屈原赋今译》,人民文学出版社1981年版,第3页。

在此，郭沫若预设了《卷耳集》可能遭受的新、旧两类人的非议。旧派会觉得这是对传统的反叛，但他自信地认为，《诗经》本来就是自然、原始、纯粹人性的表现，历来解释都注错了。郭氏的另一类假想敌是"新人名士"，他认为这类学者会觉得研究《诗经》是钻进了已被打倒的故纸堆，是新文化运动中的开倒车，但在他看来，只要古典资料能充实自己刹那的生命，那么旧材料也能发挥新价值。

在今天看来，郭沫若毫无疑问是"五四"思潮中的趋新代表人物，但他却是以"非新非旧"的超拔姿态涉足《诗经》研究的。他把此时的学者分成壁垒分明的新旧两派，新派是高呼"建设新文学，打倒旧文学"的"五四"学者，旧派是抱残守缺、固守诗教阵地的传统文人。而郭沫若认为《卷耳集》站在新派的立场，利用旧有的材料，开辟了一条用新方法开掘旧文学的研究道路。因此在他的设想中，新派和旧派都不会认同这一"古为今用"的新尝试。

然而到此书出版前的1923年7月，郭沫若在《卷耳集》的《自跋》中调整了对时局的判断：

> 事隔一年，我自己的见解微有变迁，外界的趋势也稍为改变了。近来青年人士对于古代文学改变了从前

一概唾弃的态度，渐渐发生了研究的兴趣，这是好的现象。

　　但是人们研究文学，每每重视别人的批评而忽视作者的原著……旧解的腐烂值不得我们去迷恋，也值不得我们去批评。我们当今的急务，是在从古诗中直接去感受它的真美，不在与迂腐的古儒作无聊的讼辩。①

比较"自跋"和"自序"的观点，其主张并无实质性转变。但时隔一年，郭沫若敏锐地感受到了时风的变化，其假想敌从较极端的新派和旧派，变成了意有所指的"新派中的旧文学研究者"。此时，在"整理国故"的流风鼓荡下，以打倒传统文化自命的新派开始全面涉足古代文学研究，代表即以郑振铎、沈雁冰等学者为中坚的文学研究会。文学研究会的成立章程明确宣布"以研究介绍世界文学、整理中国旧文学、创造新文学为宗旨"②。可见，文学研究会成立之初，就将整理中国文学作为新文学运动的题中之义，不过这一工作直到1923年前后才全面开展。在郭沫若看来，这些受"整理国故"影响的新人名士虽然也"在旧纸堆中寻生活"，但其取向存在根本问题。

---

① 郭沫若：《卷耳集　屈原赋今译》，人民文学出版社1981年版，第51页。
②《文学研究会简章》，《小说月报》1921年第12卷第1号。

顾名思义，整理国故运动对于"故纸堆"的处理方式，要义在于"整理"。胡适认为，"古代的学术思想向来没有条理，没有头绪，没有系统，故第一步是条理系统的整理"[①]，在此基础上厘清前因后果的脉络，还各家一个本来面目。胡适强调《诗经》研究应结前人总账，郑振铎开列历代《诗经》研究书目，顾颉刚发表《〈诗经〉的厄运与幸运》，梳理《诗经》的"层累解释史"，都将重点放在历代注解的整理分析和正本清源上。而纵览《文学》和《晨报副刊》上批评《卷耳集》的文章，否定意见主要集中于两方面：第一，译文往往望文生义，难以服众；第二，译文未忠实于原诗表述，破坏了原文的情绪和完整性。批评者们强调，在感受真美之前，必须"比较考究从来之注解，而得一比较合理之解释"，否则便从根本上背离了研究的对象，"由郭沫若吹嘘进生命之文学，乃郭自己之文学，决非古代之文学了"。那么郭沫若自认为感受到的"真美"，亦不过是"幻景"而已。[②]

而在创造社诸人看来，文学研究会的此类见解属于舍本逐末、治丝益棼。洪为法讽刺胡适、郑振铎庸人自扰："倘是有人现在一面提倡研究诗经，一面又提倡要研究诗经必须先将历

[①] 胡适：《新思潮的意义》，载欧阳哲生编《胡适文集（2）》，北京大学出版社1998年版，第557页。
[②] 梁绳祎：《评郭著卷耳集》，《晨报副刊》1923年12月6—7日。

来关于诗经的述作一齐看了,这岂非庸人自扰?这岂非要打鬼反引鬼入门,要驱狼反引狼入室?"又讽刺顾颉刚:"谈什么诗经的厄运与幸运,诗经流传到今日,不都是在荆天棘地里走?险些儿连命都送了!"他认为"与其费时费日去读那汗牛充栋的诠释国风的著作,不如先以自家的心灵吟味他"。①

总而言之,以"整理国故"为指导思想的文学研究会,对于古典资源的基本态度是以"科学方法"进行整理,而郭沫若借助《卷耳集》实践所呼吁的,则是以审美体验为本位的基本取向,《卷耳集》争论中的关键正在于此。在古代文学研究走向专门化、学科化之初,两种迥异的态度代表了双方研究理路的根本分歧。

二、文学研究会的态度:古典之为"次要"

1923年1月《小说月报》推出一期"整理国故与新文学运动"专题,郑振铎在按语中说明,此专题是为了回应一种疑惑:"他们对于现在提倡国故的举动,很抱杞忧。他们以为这是加于新文学的一种反动。"②文学研究会在新文化运动的声浪

---

① 洪为法:《我谈国风》,《创造日》1923年第7—8期。
② 西谛:《按语》,《小说月报》1923年第14卷第1号。

中投身整理国故,看起来与强硬的反传统立场相悖。此次专题的目的就是要说明古代文学研究对于新文学不可或缺。其中主要展现了两种代表性思路:

首先是以郑振铎为代表的"破旧立新"思路。郑振铎表示:"我主张在新文学运动的热潮里,应有整理国故的一种举动。"他提出两点理由,一是"因为旧的文艺观念不打翻,则他们对于新的文学,必定要持反对的态度,或是竟把新文学误解了";二是"重新估定或发现中国文学的价值,把金石从瓦砾堆中搜找出来,把传统的灰尘,从光润的镜子上拂拭下去"。[①] 郑振铎扼要地揭示了旧文学"治病打鬼"和"披沙拣金"的两重意义,厘清这两重问题意识对于理解文学研究会的立场非常关键。

从新文化运动到整理国故的思潮转变有深刻的时代原因。从新文化运动喊出"打倒旧文学,建立新文学"的口号开始,就意味着"新文学"是在新旧二元对立的基本逻辑中建立起自己的合法性的。李杨指出:"'新文学'也需要有个'旧文学'来确认自己的主体性,在这样的结构中,'旧文学'被创制出来,它必须承担双重功能,其一,它是'新文学''破'的对

---

① 郑振铎:《新文学之建设与国故之新研究》,载《郑振铎全集》第三卷,花山文艺出版社 1998 年版,第 437—438 页。

象,其二,它是'新文学''立'的资源。"① 新与旧之所以壁垒森严、无法调和,正是因为"新文学"和"旧文学"并非天然存在的"实体",而是作为一组对应概念被同步构建出来的。中国传统"文学"涵义极为复杂,它与传统的学术脉络、概念体系息息相关。以现代概念"literature"梳理的"文学",是以全新眼光重新识别和选择材料而重构传统,在这种意义上,"旧文学"从一开始就是作为"参照物"出现的。因此,"五四"学者在建设新文学的同时,也要争夺古典的解释权,推翻既有学术层级,重建旧文学的发展谱系,为新文学的合法性铺平道路。在"破"的维度,旧文学是腐朽的骸骨,代表了陈腐、铺张、雕琢、阿谀、落后等负面特性,与新文学的新鲜、平易、明了、通俗背道而驰;在"立"的维度,旧文学中民间的、个人的抒情因素,历经长期的打压、歪曲,终于在新时代找到了生长的土壤,获得了全面胜利。

郑振铎正是从这个意义上确认了旧文学对新文学的天然使命。"治病打鬼"自不必说,庐隐曾批评学界热心创造新文学而对旧文学置之不理:"当我们作一件新衣服的时候,旧衣服固然可以弃掉了,不要了。不过我们要想作的新衣服,没有那

---

① 李杨:《文学史写作中的现代性问题》,山西教育出版社2006年版,第162页。

件旧衣服原有的毛病,或者长了,短了,太大了,太小了,这时候我们对于旧衣服的毛病在那里,我们总得先完全明白,不然所作的新衣服,仍不免要有旧衣服的毛病。"[①] 而在"披沙拣金"的过程中,弃取标准同样来自现代学者秉持的启蒙立场,当一些作品被挑选出来后,相应的阐释取向也被决定了,它们承担的不仅是纯粹审美的功能,而且是被视为腐朽不堪的传统文学之中生生不息的潜在力量,被重新编织成中国文学的健康的、正确的进化谱系,最终导向新文学的必然发展方向——白话的文学、人的文学,为它提供长时期进化脉络的支持。

其次是以顾颉刚为代表的"纯粹求知"说。顾颉刚《我们对于国故应取的态度》一文代表了另一种主流思路,即主张国故对现实社会并无指导意义,既然没有价值,也就无所谓取舍,整理国故是无功利目的、纯粹求知的研究。他认为今人对国故的态度是以平等眼光加以整理,"看出它们原有的地位,还给它们原有的价值。我们没有'善'与'不善'的分别,也没有'从'与'弃'的需要。我们现在应该走的路,自有现时代指示我们,无须向国故中讨教诲。所以要整理国故之故,完全是为了要满足历史上的兴趣"。因此,新文学与国故乃是"一种学问上的两个阶段",整理国故只是"研究国故",绝非

[①] 庐隐:《整理旧文学与创造新文学》,《文学》1921 年第 9 号。

"实行国故"——"我们没有历史观念也就罢了,若是有了历史观念,又如何禁得住求知过去情状的渴望"。①

顾颉刚秉持的"纯粹求知"与郑振铎的"破旧立新"态度看似大相径庭,却有深层次的相通之处,那就是古典相对现代而言是次要的。沿着"破旧立新"的思路,不管是扫除错误的旧观念,还是识别进化的演进脉络,"旧"始终呈现为"新"的一重"映射物"。当文学研究会强调国故对于新文学有不可或缺之价值的时候,真正凸显的是旧文学作为"影子"的正反两方面的参照意义,而非其自身的独立性、有效性。不仅古典中消遣的、"载道"的文学观念亟待廓清与打破,由现代眼光拣选出的进化脉络,也属于各自的历史时代,不能直接对现实发生实际作用。郑振铎言:"文学是时时在前进,在变异的,一个时代有一个时代的文学,一个时代有一个时代的作家。"② 有了进化的观念,便能打破对"古"的盲目崇拜,不会出现"固定的偶像"③。沈雁冰言:"'文学是人生的反映(Reflection)',人们怎样生活,社会怎样情形,文学就把那种

---

① 顾颉刚:《我们对于国故应取的态度》,《小说月报》1923 年第 14 卷第 1 号。
② 郑振铎:《研究中国文学的新途径》,载《郑振铎全集》第五卷,花山文艺出版社 1998 年版,第 296 页。
③ 郑振铎:《整理中国文学的提议》,载《郑振铎全集》第六卷,花山文艺出版社 1998 年版,第 9 页。

种反映出来。譬如人生是个杯子，文学就是杯子在镜子里的影子。"[1] 既然文学是社会人生的反映，那么当时社会最亟须建设的就是振奋时代精神的"血和泪的文学"[2]，在"为人生"的时代呼声中，古代文学的意义只能停留于学理层面的研究，只有新文学才能承担新的时代使命。

因此，在古代文学领域的研究和深耕，归根结底仍然落实为知识兴趣，可以说，"纯粹求知"是"破旧立新"背后真正的底色。郑振铎曾区分"鉴赏"与"研究"，他认为所谓文学研究，是"文学之科学的研究"。"鉴赏与研究之间，有一个深崭的鸿沟隔着。鉴赏是随意的评论与谈话，心底的赞叹与直觉的评论，研究却非有一种原原本本的仔仔细细的考察与观照不可"。从研究角度，"科学方法"是"无差别"的理论武器，历史上的每个小问题都值得终生钻研，"其本身的快乐，与天文家之发现一颗恒星实在没有什么差异"。[3] 此类表述在整理国故的代表人物中时有出现，胡适也曾表示，历史眼光实际上是一种平等眼光，"《道藏》里极荒谬的道教经典和《尚书》《周

---

[1] 茅盾：《文学与人生》，载《茅盾全集第十八卷·中国文论一集》，黄山书社2012年版，第306页。
[2] 郑振铎：《血和泪的文学》，载《郑振铎全集》第三卷，花山文艺出版社1998年版，第490页。
[3] 郑振铎：《研究中国文学的新途径》，载《郑振铎全集》第五卷，花山文艺出版社1998年版，第284—308页。

易》有同等的研究价值"①。由此可以看到他们在"纯粹求知"思路上的深层契合。既然古典相对现代是次要的,那么一旦整理国故式的研究对新文学运动产生了"开倒车"之虞,它就需要为新文学"让路",沈雁冰表示:

> 我也知道"整理旧的"也是新文学运动题内应有之事,但是当白话文尚未在全社会内成为一类信仰的时候,我们必须十分顽固,发誓不看古书,我们要狂妄的说,古书对于我们无用,所以我们无须学习看古书的工具——文言文。②

三、创造社的立场:"青春化"与"原始化"是同一过程

由文学研究会的思路反观郭沫若的态度,二者差异不言而喻。在郭沫若看来,整理国故采取的思路、取向和方法不仅与文学研究并无关系,反而会取消"文学"的独立性。他对此予

---

① 胡适:《〈国学季刊〉发刊宣言》,载欧阳哲生编《胡适文集(3)》,北京大学出版社 1998 年版,第 11 页。
② 茅盾:《进一步退两步》,载《茅盾全集第十八卷·中国文论一集》,黄山书社 2012 年版,第 498 页。

以尖锐批评。首先，针对"破旧立新"思路，郭沫若表示，拿《诗经》来说，当时的年轻人早已不相信毛传、郑笺、朱注，因此再钻进旧解和古人讼辩并无意义。换言之，若为证明"此路不通"而研究古典，无异于自欺欺人。与其迂曲地通过破旧来立新，不如直接把解释权交给每一位现代读者，"太阳出现了，烟瘴自有消灭的时候"①。

其次，对于"纯粹求知"思路，郭沫若认为，这种思路从一开始就立足于历史考据的兴趣，并没有对文学研究表现出过高追求，也未期待这种事业能够对社会产生积极的效用，它当然可以作为小圈子的个人兴趣，但如果"向着中学生也要讲演整理国故，向着留洋学生也要宣传研究国学"，就"超越了自己的本份，扰乱了别人的业务了"。②显然，郭沫若对此非常不以为然，认为"为考据而考据"的价值更是殊属微末。

对于郭沫若和创造社同人而言，古典相对现代并不是次要的，经典的价值不限于时代，文学作品的好坏只在乎"醇不醇""真不真"，而不在乎"古不古"：

> 我相信，凡是真正的文学上的杰作，它有超过时代

---

① 郭沫若:《卷耳集 屈原赋今译》，人民文学出版社1981年版，第51页。
② 郭沫若:《整理国故的评价》，载《郭沫若全集：文学编》第十五卷，人民文学出版社1990年版，第160页。

的影响，它是有永恒生命的。文学与科学不同，科学是由有限的经验所结成的"假说"上所发出的空幻之花，经验一长进，假说即随之而动摇，科学遂全然改换一次新面目，所以我们读一部科学史，可以看出许多时辰的分捕品，可以看出许多假说的死骸，极端地说时，科学史便是这些死骸的坟墓。

文学则不然。文学是精赤裸裸的人性的表现，是我们人性中一点灵明的情髓所吐放出的光辉，人类不灭，人性是永恒存在的，真正的文学是永有生命的。我们能说一部《国风》是死文学么？我们能说一部《楚辞》是死文学么？[①]

郭沫若提出，"文艺的青春化与原始化，正是同一的过程"[②]，这句话颇有"返本开新"之意味。古典不是现代之外的另一重实体或场域，也不是在历史进化中层层剥落的蝉蜕或骸骨，在与当代阐释者的心灵交汇与互动中，不朽的经典不断焕发着新的生命力。文学是"人性中一点灵明的情髓所吐放的光

[①] 郭沫若：《关于文艺的不朽性》，载《郭沫若全集：文学编》第十六卷，人民文学出版社1989年版，第105—106页。
[②] 郭沫若：《论文学的研究与介绍》，载《郭沫若全集：文学编》第十五卷，人民文学出版社1990年版，第264页。

辉",只要把握了这一点灵明,就能以特殊融汇普遍,以自我表现传达超时空的人类共通感。人性不灭,真正优秀的文艺经典就永远能唤起情感共振。因此,真正的文学不会"死去",原初涵义的回溯与新意义的生成是"同一的过程"。文学与科学不同,它并非经验性的提纯总结,亦难以被以公式或抽象原理完整概括,其意义亦非固定地、静态地、严丝合缝地封存于文本内部。对于《诗经》、楚辞而言,要以考据方式还原那个唯一的"本来面目",想一劳永逸地寻求可量化、可把握的解释法则,注定是南辕北辙。因为围绕文艺经典的讨论不是"封场语境"而是"再生语境"①,经典作品具有不断延伸的多层多向含义,永远悬而未决,也永远向未来敞开着言说的冲动和空间,每一次经典与读者的精神交汇,都意味着一重新的可能性的展开。

借由《卷耳集》这个"实验性文本",郭沫若从《诗经》这部中国文学最古老的经典出发,引领读者一窥古老"情诗"中生动、开放的精神世界,却又时刻提示读者这种探索方式的"切身性",他身体力行地展示了如何"向这化石中吹嘘些生命进去","把这木乃伊的死象苏活转来"。② 郭沫若的今译有意

---

① 参见赵汀阳《历史·山水·渔樵》,生活·读书·新知三联书店2019年版,第45页。
② 郭沫若:《卷耳集 屈原赋今译》,人民文学出版社1981年版,第4页。

丢开了对原诗表达上的忠实,以此打破封闭的、定向的阐释方式,《卷耳集》只录译诗而并未附上原诗,因为它本不是"古今对照"式的体验,而旨在抛开字面表达上的同构,直奔内在情绪的呼应和复现。今译在"五四"时期非常普遍,在1926年的《静女》讨论中就出现了十二版译文,这些译文皆逐字逐句翻译原文,以疏通诗旨求得正解为旨归。但对郭沫若而言,今译更多呈现为一种方法而非目的,得意即可忘象,得鱼即可忘筌,至于译解本身的好坏,却是第二位的。正如洪为法所说:

> 这书一出,能够改变了从来研究《诗经》的途径,这个他的责任已尽,译的好坏,译的对不对,忠实不忠实,这是第二步……旧解固不可信,沫若之解,也未必便是金科玉律,神圣不可侵犯。①

通过体验而获得的情绪释放胜过译解本身,在"生命得以充实"的刹那之间,经典已然在读者面前流淌起来,敞开了它的无限生机。《诗经》这部最"原始"的经典在《卷耳集》中呈现为最"青春"的面貌,这个流动的、鲜活的形态才是《诗

---

① 洪为法:《"读卷耳集"》,《创造日》1923年第76—78期。

经》真正的"本来面目"。

　　值得注意的是，虽然反对者多批评郭解之疏漏，但郭并非如批评者所言不看注疏，或对注疏一知半解而只知望文生义，相反，他对注疏非常了解。《卷耳集》中《静女》一诗译于1922年，其中将"爱而不见"译为"天色已经昏朦了，她还没有来"①。将"爱"译为"昏朦"，明显参考了"三家诗"中"爱"作"薆""僾"，释为"仿佛""隐"之义，引申为"暧"而有此译。清代马瑞辰等重要注家皆已指出这一异文，证据充分。但是1926年掀起的《静女》大讨论，却都望文生义地将"爱而不见"理解为"我爱她，但见不到她"②，谢祖琼甚至批评郭解："'天色已经昏朦了'的话，也不知何所根据；我要请教！"③直到1927年杜子劲才提出马瑞辰之解。而郭沫若将"彤管"译为"鲜红的针筒"，也显然参考了清人王廷鼎提出的"男佩则为笔驱，女佩则为针筒"④。这一说法在后来的《静女》争论中也无人提及，可见郭沫若对旧解的熟悉程度是胜于当时

---

① 郭沫若：《卷耳集　屈原赋今译》，人民文学出版社1981年版，第9页。
② 顾颉刚：《瞎子断扁的一例——〈静女〉》，载顾颉刚编《古史辨》第三册，海南出版社2005年版，第332页。
③ 谢祖琼：《〈静女〉的讨论》，载顾颉刚编《古史辨》第三册，海南出版社2005年版，第339页。
④（清）王廷鼎：《彤管解》，载（清）俞樾编《诂经精舍四集》卷三，清光绪五年刊本。

一般学者的。

所以当郭沫若强调"不用摆渡船",仅凭情绪直观感受真美的时候,他真正反对的不是旧解本身,而意在强调字面意思的考证与阐释归根结底只是文学研究的"外围战场"。郭沫若在《文学革命之回顾》中将创造社视为文学革命的第二个阶段:"前一期的陈、胡、刘、钱、周着重在向旧文学的进攻;这一期的郭、郁、成、却着重在向新文学的建设。"① 他将"五四"一代与创造社总结为"历时性"过程,在他看来,不管是"五四"一代还是创造社同期的社团,都没能提出足够通透自洽的理论主张,只有创造社"为艺术而艺术"直截了当地把握了问题的实质。郭沫若强调,艺术本身是直诉情感而无目的的,但优秀的艺术作品却自然而然地能够"统一人类的感情和提高个人的精神,使生活美化",因此真正的艺术"在它本身不失其独立的精神,而它的效用对于中国的前途是不可限量的"。② 对于艺术本身自律性的强调,使得郭沫若不可能同意郑振铎、胡适等人强调的"一时代有一时代的文学"的进化史观,将对古典的研究停留于历史兴趣或者为现实提供反面教材的功利目

---

① 郭沫若:《文学革命之回顾》,载《郭沫若全集:文学编》第十六卷,人民文学出版社1989年版,第98页。
② 郭沫若:《文艺之社会的使命》,载《郭沫若全集:文学编》第十五卷,人民文学出版社1990年版,第204—206页。

的，而强调真正的艺术作品对于人性灵明的表现具有超时空的普遍性，因此文学无分古今，任何以"文学"为名的言说都应以审美立骨，而"古代文学研究"的关键便在于挖掘、释放古代作品中激荡人心的情绪。①

四、《卷耳》论争中的内在张力

《卷耳集》于1922年问世，至今已满百年。今天回顾这场争论，可知其持续时间不长，在关于创造社和文学研究会的一些重要的回溯和总结文章中往往将其忽略，但其中隐含的两种对古典的理解路径，却形成了深植于古代文学内部的一重内在张力，伴随中国古代文学走过了百年的学科建设历程，也开出了中国古代文学学科生机勃发的多种可能性。在围绕《卷耳》的争论中，双方立场都颇为强硬，观点也针锋相对，以激进的态势最大限度地展示了两种路径的分歧所在。

文学研究会从"为人生"的现实考量出发，重视文学激励现实人生的时代使命。在他们看来，古典的价值一方面在于破除旧观念的靶子，一方面作为识别历史进化脉络的理论资

---

① 郭沫若的认识在之后有所调整。参见郭沫若《关于文艺的不朽性》，载《郭沫若全集：文学编》第十六卷，人民文学出版社1989年版，第103—112页。

源,却并不直接对现实发生意义。反映时代"血和泪"的使命只能由新文学承担。在判别古今的基础上,历史眼光被全面引入,为作为知识和教育体系的"古代文学"确立了明确的范围和界限,也为其走向学科化扩充了丰富的公共言说空间,提供了可把握、可重复、可直观交流的"科学方法"。由此,"古代文学"的研究拥有了自己的"法度",它对内凝聚为清晰稳固的知识体系,对外则有利于打通学科壁垒,在不同学科间开展交流和配合。在文学研究走向专门化、学科化之初,整理国故这一系列主张可谓意义非凡。顾颉刚曾言:"从前人有两句诗,'鸳鸯绣出凭君看,不把金针度与人'。我们正要反其道而行之,先把金针度与人,为的是希望别人绣出更美的鸳鸯。"[1] 郑振铎曾作《研究中国文学的新途径》,其中对中国文学学科属性的定位、未来可开掘的领域、可参考的文献,甚至许多重要话题和预计的开展方式进行了俯瞰式的展望,这篇雄健之作对于百年中国古代文学研究的收摄和指导意义,在今天看来仍然是惊人的。

但问题也随之而来,在将古与今确立为两套知识体系之后,古代与现代之间逐渐拥有了各自运转的理论空间、话题和方法,从而各说各话,呈现出越来越强的自我封闭化倾向,彼

---

[1] 顾颉刚编:《古史辨》第三册,海南出版社2005年版,自序,第2页。

此之间在一些根本命题上的交流和讨论难以进行。而在古代文学的学科内部，也由于历史方法的全面进驻，古代被进一步地区隔为各个线性历史时段，各自关联于不同时代的历史背景。可以说，历史眼光在提供强大理论指导、创发大量实证成果的同时，也为中国文学面向自身内部、根源处的自省带来了某种束缚。从这个意义上，郭沫若的批评仍然值得深思，他一再强调，史学思路和文学研究根本没有关系，"科学方法"依然是科学而非文学。如果学者们研究《诗经》和研究《旧唐书》所采取的方法是一样的，仅仅因为材料本身被划归不同学科，而将二者分别理解为文学研究和史学研究，那么文学研究就只是史学研究的文学战场而已，其独立性究竟何在？如果"文学"只被看作客体而非主体——即只被视为对象，而非一套独立、完整的方法及问题意识的话——那么这样的研究非但不会对作品本身发生意义，反而可能导致"文学"本身的退场和失语。

而创造社从"为艺术"出发，强调文艺是主观情感的自然流露，这种精神世界的自我表现自然而然地会引发更加广泛的普遍的感动，因此"无用中有大用"。所以文学只有"醇不醇"，没有"古不古"，自然无分古今中西。在他看来，文学作品是作者内在情绪的表达，读者可以通过对作品的审美体验完成精神生命的沟通，在这个过程中，作品一次次地被展开、被重释——这是读者接触文学作品的初心，也是文学研究真正的价值所在。郁达夫曾言,假的批评家才拿着"科学方法"去争文艺的定义,真正的批评家"用了火把来引导众人,使众人在黑暗不明的矿坑里,看得出地下的财宝来"。真的文艺批评是为常人而作的一种"天才的赞词",是"启蒙的指针"。[1] 所以,文学研究应始终校准于文艺批评,把握住自己独立的取向和方法,那就是向作品本身求生命,使读者"刹那刹那的生命得以充实"[2],在审美体验中探索人文精神的普遍性所在。

但也正如批评者所说的,完全取消了时间与空间等外在因素,将解释权交给读者当下的、主观的情绪感受,"我作如是观,即作如是观"[3],那么如何保证这种研究不致流于"私语"?吕思勉《经子解题》言:"盖《诗》固只有诵义也。以只有诵义故,亦无所谓断章取义。我以何义诵之,即为何义耳,今日以此意诵之,明日又以彼意诵之,无所不可也。"[4] 以诵义为《诗》之要义,已将《诗》义引入"今日一意、明日一意"的相对化境地,但这种意义上的《诗》,要义不在于"求实"而在于"用",客观的社会需求仍可为诗义的择取提供校准;而当再以情感为标准,来重新规定传诵的合法性时,期求诸如

---

[1] 郁达夫:《艺文私见》,《创造季刊》1922年第1卷第1期。
[2] 郭沫若:《卷耳集 屈原赋今译》,人民文学出版社1981年版,第3页。
[3] 梁绳祎:《评郭著卷耳集》,《晨报副刊》1923年12月6—7日。
[4] 吕思勉:《经子解题》,华东师范大学出版社1995年版,第23页。

"受政能达""出使能对"的社会之"用"也将尽数退场，只留下情绪激荡的主观感受。这样，诗义解释的通与不通，一首诗的好与不好，将完全取决于个人体验。那么，个人体验之间有精粗高下之分吗？如果没有，我们该如何确立可供交流的公共言说空间？如果有，我们又该借助怎样的抓手，令人信服地祭出此种主观标准？创造社面临的理论困难可以想见。同时，从另一个角度来看，创造社突出强调了文学作品在情感共鸣的意义上可作为情绪抒发的窗口，却置实际发生的附着于文学作品上的唱和交往、政治讽谏等其他应用于不顾。文学作品的意义本是复杂的，其中，情绪体验固然是作品的重要功能——甚至是最重要的功能，但仅对此一方面进行强调，将遮蔽作品的丰富性。寄希望于单一的情感功能来挺立整个文学研究的合法性，亦将面临来自作品更加丰满的面向的质疑。

总结来讲，创造社和研究会的理论各有洞见，亦各自面临不同的困境——百年前的先贤，从不同的进路思考着"古代文学"的展开方式。近代以来，在"文学"架构内开出的新的理论传统承担了前所未有的重要使命，而"文学"这个框架本身也在不断自我更新。在这里，古典及其研究方法不仅是"文学"框架内必须妥善安置、处理的重要对象，同时也是为准确把握"文学"之意义而必须仔细厘清的关键问题。在此意义上，围绕《卷耳》的讨论为我们打开了一扇窗口，使我们看到了学科草创之时定位"古代文学"的丰富可能，看到了围绕治学方法及学科意义展开的激烈碰撞。这不仅是因为这些思考对后世产生了深远影响，很多判断成了后世治学的基础；更是因为创造社、文学研究会彼此碰撞的硬核问题时至今日仍未能彻底消化——如何在确立古代文学研究的规范性的同时，又保持其独立性，仍是古代文学研究者面前的难题。回首来路，正是为了寻本溯源，向当下与未来抛出这个隐伏于历史，却时刻支配着整个学科大厦的问题支点：古代文学研究，究竟何去何从？

第二节 《野有死麕》讨论:"科学方法"与价值坚守

1925年6月7日,顾颉刚担任编辑的《歌谣周刊》第91号刊载其《野有死麕》一文,在反驳旧解的基础上提出新见,随后刊物第94号刊载了胡适《论〈野有死麕〉书》和顾颉刚《跋适之先生书》,之后这三篇文章和俞平伯《关于〈野有死麕〉之卒章》一起,被转载到同年6月15日的《语丝》第31期,周作人、钱玄同等学者也发表见解,掀起了关于《野有死麕》的小型讨论。涉及此次讨论的主要文章有:顾颉刚《野有死麕》(《歌谣周刊》1925年第91号);胡适《论〈野有死麕〉书》(《歌谣周刊》1925年第94号);顾颉刚《跋适之先生书》(《歌谣周刊》1925年第94号);俞平伯《关于〈野有死麕〉之卒章》(《语丝》1925第31期);周作人《岂明先生与平伯书》(《杂拌儿》);顾颉刚《跋平伯先生书》(《吴歌甲集》);钱玄同《关于〈野有死麕〉之卒章》(《语丝》1925年第33期);顾颉刚《跋玄同先生书》(《吴歌甲集》);胡适《谈谈〈诗经〉》(《艺林旬刊》1925年第20期);丙丁《谈〈谈谈《诗经》〉》(《京报副刊》1925年第367号)。[1]

与《卷耳》论争的剑拔弩张不同,这次讨论主要以私人赠答形式进行,参与者顾颉刚、胡适、俞平伯、周作人、钱玄同都是新文化运动主将,他们称兄道弟,言辞客气,虽有争论成分,但多数都是在共同提示和强化《诗经》研究的新思路。学者们各自通过材料的比较、考辨,用"科学方法"探讨《野有死麕》的"原义",并在讨论中基本达成了共识。

顾颉刚之所以将这组文章收入《古史辨》,不只为了坐实正解,更是为了展示"科学方法"。正如顾颉刚在《古史辨》第三册序文中所说:

> 若单把论文给人看,固然能给人一个答案,但读者们对于这个答案的印象决不能很深。换言之,即不能印合读者们在无意之间自起的怀疑,因为他们的注意力不深,没有求这答案的需要,不能恰好承受这个答案……

---

[1] 以上文章都被收入顾颉刚编《古史辨》第三册。

从前人有两句诗,"鸳鸯绣出凭君看,不把金针度与人"。我们正要反其道而行之,先把金针度与人,为的是希望别人绣出更美的鸳鸯。①

在某种意义上,这些文章是作为一组共同出场的。作为讨论发起者和主导者的顾颉刚,希望借助《野有死麕》这一个案,全面改造读者对《诗经》的印象和理解《诗经》的方式。

一、《野有死麕》阐释中的启蒙意识

顾颉刚提出,《诗经》中有一部分是歌谣,所以应该用歌谣的常识来解释,他将当时的苏州民谣《结识私情》与《野有死麕》对比,这是一首男女偷情的歌谣,后来被收入顾颉刚所编的《吴歌甲集》:

结识私情结识隔条浜,
绕浜走过二三更。
"走到唔笃场上狗要叫;
走到唔笃窝里鸡要啼;

---

① 顾颉刚编:《古史辨》第三册,海南出版社 2005 年版,自序,第 2 页。

走到唔笃房里三岁孩童觉转来。"
"侪来末哉！我麻骨门闩箸撑，
轻轻到我房里来！
三岁孩童娘做主，
两只奶奶塞仔嘴，
轻轻到我里床来！"

诗中描述的是一个已婚妇女约情郎私会，叮嘱他一路悄悄地不要发出声音，以免惊扰了狗和孩子。顾认为此种情境与《野有死麐》末章"舒而脱脱兮，无感我帨兮，无使尨也吠"相近，具体表现为：第一，男子自述"走到唔笃场上狗要叫"，与"无使尨也吠"相似；第二，女子说"轻轻到我里床来"，与"舒而脱脱兮"相似。因此，顾认定两首诗属于同类母题，即女子要求偷情男子避人耳目，顾颉刚继而激烈批评毛传、郑笺、朱注将《野有死麐》最后一句解释为女子拒绝男子的求爱，进而发挥出"贞女欲吉士以礼来""凛然不可犯"之意，指责这种做法"太没有歌谣的常识"。[①]

顾颉刚在《卷耳》讨论中宣称，国故研究的目的完全是满

[①] 顾颉刚：《野有死麐》，载顾颉刚编《古史辨》第三册，海南出版社 2005 年版，第 279—280 页。

足历史兴趣,这种"为学术而学术"的论调引起了郭沫若等人的激烈批评。在郭沫若看来,如果学术研究完全出于个人兴趣,就应限于小圈子活动,不宜向大众宣扬。但是,顾颉刚真如他自己所说,完全是为了满足历史求知欲而进行考据的吗?很明显,从《野有死麕》阐释来看,考据只是顾颉刚所采用的方法,真正操纵"科学方法"的是背后的启蒙价值。

《吴歌甲集》是"五四"时期歌谣运动的产物,伴随着国语文学的呼声,学者们纷纷把注意力投向民间,希望在民众语言的基础上开创有群众基础的新国语、新文学,1922年北大成立国学门,下设歌谣等研究会,一时掀起收集民谣的风潮,顾颉刚就是这一运动的主力。前文提到,"五四"学者之所以大力倡导"国语""白话",是为了启蒙大众,把原本无法接触文化的普通民众都变成现代意义上的新国民,从而突破既有的社会组织方式和道德伦理秩序,建立起有凝聚力的现代民族国家。在收集民谣的同时,学者们还把眼光投向了传统文艺作品,用现代眼光选择出传统中的"国语文学",为文学革命提供理论支持,胡适大胆宣称:"中国的文学凡是有一些价值有一些儿生命的,都是白话的,或是近于白话的。"[①] 白话文学的

[①] 胡适:《建设的文学革命论》,载欧阳哲生编《胡适文集(2)》,北京大学出版社1998年版,第46页。

第 五 章 《诗经》研究与"科学方法":历史考据中的启蒙价值 | **295**

特点就是不被礼教束缚,自由地抒发个人情感。因此,顾颉刚要做的就是打倒经学家坚持的"圣人之道",将现代文学革命的价值植入《野有死麕》。

顾颉刚将《结识私情》这首赤裸裸讲述男女偷情的民谣和《野有死麕》对比,这种以今度古的做法伴随着主观臆测和强解。事实上,《结识私情》非常明确地点明了偷情主题,而且对偷情的时间、地点、人物、女方要求男方如何避人耳目等种种细节都有交代。可以说,仅从字面看,这就是一首偷情诗无疑。但是《野有死麕》卒章"舒而脱脱兮,无感我帨兮,无使尨也吠"并无明确的时间地点和指涉对象。为将二诗联系起来,顾颉刚不得不展开大胆想象。他首先提出,"帨"是女子身上的佩巾,可是一块布巾摇动怎会惊动狗?顾颉刚进而分析,"古人身上佩的东西很多,所以《诗经》中有'佩玉锵锵','杂佩以赠之'的话"。那么摇动佩巾时就可能碰到其他玉饰而发出声音,经过这番考据,顾颉刚将诗义补足成为"你慢慢儿的来,不要摇动我的身上挂的东西(以致发出声音),不要使得狗叫(因为它听见了声音)"。[①] 通过在"无感我帨"和"无使尨吠"之间加上一层因果关系,成

---

① 顾颉刚:《野有死麕》,载顾颉刚编《古史辨》第三册,海南出版社 2005 年版,第 279 页。

功地把它与《结识私情》的情境画了等号。另外，顾颉刚还选择性地无视了此诗的前两章："野有死麕，白茅包之。有女怀春，吉士诱之。林有朴樕，野有死鹿。白茅纯束，有女如玉。"这部分内容和《结识私情》并无相似之处，甚至可以说提供了完全不同的背景，"死麕"和"白茅"意象的反复出现暗示此诗与早期礼俗有关，但这些内容在顾的论述中都被模糊处理了。

顾颉刚针对《野有死麕》展开的考据并不如自述的那么"科学"，而是带入了主观想象和先入之见，这是因为这种考据的目的并非"求真"，归根结底是要将现代价值植入诗作阐释。顾颉刚赞颂《结识私情》所代表的一类民间私情歌是冲破礼教的自由表达，"这是以她们的中心思想（爱情）发挥而成的歌；因为她们没有受过礼教的熏陶，所以敢做赤裸裸的叙述"①，胡适也标榜这类乡村妇女歌才是"真正民歌"②。这些诗作描述的都是已婚妇女的偷情行为，顾颉刚和胡适对这种为性欲本能驱使而违背道德伦理的行为大加赞赏，正因其符合了"五四"时期"反对封建礼教，提倡个性

---

① 顾颉刚辑：《吴歌甲集》，北京大学研究所国学门歌谣研究会1926年版，自序，第6页。
② 顾颉刚辑：《吴歌甲集》，北京大学研究所国学门歌谣研究会1926年版，胡序，第6页。

解放"之时代主题。因此，顾颉刚把《诗经》中与男女两性相关的诗作往性爱冲动的角度解释，他在《〈诗经情诗今译〉序》中说："一切的诗歌的出发点是性爱。这是天地间的正气。"① 顾颉刚认为性是人类天经地义的本能，家族制度等礼教的建立是对个体自由的极大束缚，《国风》正是礼教大防建立以前人类性欲自由的写照。经过这样一番论述，加之《野有死麕》的阐释实践，《国风》中的婚恋诗就被纳入了新的阐释体系之中。

顾颉刚此文发表后，胡适很快致信与其讨论。胡适首先肯定顾颉刚的思路"很有趣味"，进而提出如果按照《结识私情》的模式来理解，《野有死麕》描写的就是赤裸裸的性爱，这未免太过露骨，他认为卒章之解读只须讲到男女私会即可，"帨"也不必解为"佩巾"，而应释为"门帘"。胡适同时关注到此诗前两章之"白茅""死麕"，提出应该借助民俗学知识理解此诗："《野有死麕》一诗最有社会学上的意味。初民社会中，男子求婚于女子，往往猎取野兽，献与女子。女子若收其所献，即是允许的表示。此俗至今犹存于亚洲美洲的一部分民族之中。此诗第一第二章说那用白茅包着的死鹿，正是吉士诱佳人的贽礼也。"胡适认为，这种仍存在于世界上较原始地区

---

① 陈漱琴编译：《诗经情诗今译》，女子书店1932年版，序一，第1页。

的民俗，正可以和《野》中的"白茅""死鹿"相印证，证明这首诗正是初民社会求爱风俗的表现：男子通过猎兽表现自己的勇力，向女子求欢。与《野有死麕》的大胆表达相类，《关雎》之"琴瑟友之""钟鼓乐之"亦可作"琴挑"解，同样反映了原始时代的求爱风俗。"研究民歌者当兼读关于民俗学的书，可得不少的暗示"。[1]

顾颉刚将胡适的信和自己的回信都刊载在了《歌谣周刊》第94号上，在回信中他认可胡适将"帨"解为门帘可作一解，并进一步申说此诗卒章并不如经学家所讲推拒，而一定是迎合，并引用清人王次回的诗句"茅舍云深绝吠尨"以证明。可见，顾颉刚在具体字义上并未纠缠，对于不同见解也不置可否，他关注的始终是这首诗的主旨——男女互恋。[2]

钱玄同也致信顾颉刚，提到自己的朋友曾经用苏州口语翻译《野有死麕》的卒章，将其理解为：你慢慢来，不要拉扯我的绢头，你听听，狗在浪叫呢。[3] 顾颉刚回信肯定其翻译方式幽默风趣，不过对其诗旨理解仍与毛郑相近表示怀疑，他认为

---

[1] 胡适：《论〈野有死麕〉书》，载顾颉刚编《古史辨》第三册，海南出版社2005年版，第281页。
[2] 参见顾颉刚《跋适之先生书》，载顾颉刚编《古史辨》第三册，海南出版社2005年版，第283页。
[3] 参见疑古玄同《关于〈野有死麕〉之卒章》，载顾颉刚编《古史辨》第三册，海南出版社2005年版，第289页。

此诗绝无推拒或警告之意。为了证明"无使尨也吠"不是警告而是叮嘱，顾又举出一首苏州小调来证明，这首小调描述已婚女子与男子偷情时，要求其"笃笃交来慢慢能"，顾认为这一表述和"舒而脱脱兮"相似，足证《野有死麕》是一首描述男女偷情的作品。①

在几个回合的"考据"中，学者们在传统文献考据的基础上，引用了大量歌谣、民俗、方言作为比较材料探讨诗义，这些材料的引入本身，已经代表了对《诗经》作为民间歌谣的全新定性。而在具体解释中，顾颉刚也并未关注字词释义的不同意见，而是始终把关注点放在主题上，即这首诗表达的内容绝非经学家所讲的拒绝，而是男女恋爱，甚至就是偷情。

二、俞平伯、周作人的批评：朴学家嫡派

尽管《野有死麕》讨论的参与者大多认同并实践了顾颉刚提供的新思路，但也有学者提出异议，最有代表性的是俞平伯和周作人。

俞平伯首先质疑胡适和顾颉刚对"帨"的解释，顾颉刚释

---

① 参见顾颉刚《跋玄同先生书》，载顾颉刚编《古史辨》第三册，海南出版社 2005 年版，第 291 页。

为"手巾",胡适释为"门帘",进而都将整句理解为"不要摇动帨巾,会发出声音惊动了狗"。俞认为这两种解释既没有足够的证据支撑,在原诗语境中也并不合理,因为不管门帘还是手巾,摇起来都不会发出太大的声音,"你们两位考据专家在此都有点技穷了"。他批评胡适和顾颉刚在卒章解释上强行坐实,强行拉扯各种论据以将诗义释为男女幽媾,反致疑窦丛生,此举与经学家别无二致:"我很奇怪,以您俩笃信《诗经》为歌谣为文学的人何以还如此拘执?郑玄朱熹以为那个贞女见了强暴,必是凛乎不可犯也;而您俩以为怀春之女一见吉士便已全身入抱,绝不许有若迎若拒之姿态了。您俩真还是朴学家的嫡派呀!"[①]

俞平伯的批评点出了问题关键——顾颉刚等人并非真正为求真而考据,在"大胆假设,小心求证"的背后,是坐实一套新解释的期望和其中早已预设的价值,因此他们的做法离文学、歌谣的阐释较远,反倒更像"朴学家嫡派"——都是在经典中纳入相应的价值体系,再用一套固定的阐释影响大众,回应时代问题。顾颉刚等人所宣称恢复的"原义"正是这种现代价值的投射。虽然在《卷耳》争论中俞平伯曾站在郭沫若的对

---

① 俞平伯:《关于〈野有死麕〉之卒章》,载顾颉刚编《古史辨》第三册,海南出版社2005年版,第285页。

立面，主张应先搞清字词训诂再进行审美鉴赏，不过在《野有死麕》讨论中，他终于发现顾颉刚等人的"文学研究"已经离自己想象中的"先求真再求美"越来越远，"科学方法"既不是"真"，研究目的也不在于"美"。因此，当俞平伯指责顾颉刚为"朴学家嫡派"的时候，他实际上已与郭沫若在《卷耳》讨论中所持的观点趋于一致，要求一种真正的"文学研究"——仅从文人审美的角度欣赏诗作，不必确定诗义指涉。诗作旨意朦胧，别有情致，读者在吟哦玩味中揣测诗心，妙处正在说不清、道不明之间，如义山之《无题》《锦瑟》，不论凿指为悼亡、自伤还是凭吊，都反而会影响纯粹感性的阅读体验。

顾颉刚并未正面反驳俞平伯的批评，而是仿佛做出了某种让步："诗人的话本须诗人才能解得；我自己知道，我的眼光太质直了。"但他随即话锋一转："但我所以设想感帨发出声音，乃是由于本集第六十二首之歌词而来。"接下来，顾颉刚重复了自己之前的论证，"因为有了这一首极类似的歌词，所以我对于这诗的卒章有这一个推测。"说明自己的解释有理有据，并非强解。全文结尾处，顾颉刚申明自己并不是要反驳俞平伯的看法，因为"我自信没有断定《诗经》文义的勇气"。[①]

[①] 顾颉刚:《跋平伯先生书》，载顾颉刚编《古史辨》第三册，海南出版社2005年版，第287页。

顾颉刚申明自己的论证并非强行断定文义，而是在足够的材料佐证下得出的合情合理的结论。他委婉地表示，自己和经学家虽然都是在坐实一套解释，但是方法有根本的不同，经学家采取的手段是牵强附会，自己则是通过科学考据完成"求真"的研究。

周作人随即致信俞平伯："读《野有死麕》讨论，觉得你的信最有意思。陶渊明说，'读书不求甚解'，他本来是说不求很懂，我想你可以变一点意义提倡它，盖欲甚解便多故意穿凿，反失却原来浅显之意了。"他指出胡适"死鹿求爱"的礼俗其实来自郑笺的旧说，但这一说法却和后文的说解显得矛盾。因为如果按胡适说法，将《野有死麕》的前两章理解为求婚的民俗，再按照顾颉刚的看法，将卒章理解为大胆突破伦理的偷情，那么正常的婚俗和禁忌的偷欢就显得矛盾，周作人认为这首诗不管怎么解释都显得前后不通，因此"旧说都不很对"，但是因为缺乏足够的材料证明，所以最好是保持"不求甚解"的态度，不需要强行坐实。[①]

周作人早就针对胡适的《野有死麕》理解提出过异议，1925 年 12 月，在胡适《谈谈〈诗经〉》见报之后，周作人迅

---

① 周作人：《岂明先生与平伯书》，载顾颉刚编《古史辨》第三册，海南出版社 2005 年版，第 286 页。

速撰文批评。针对其《野有死麕》新解,周作人认为,胡适一方面强行坐实诗义,把"死麕""白茅"都理解为实体,另一方面对于礼俗的理解不够严谨,强行和这首诗的情境牵合,使得整首诗的理解显得"有点不自然"。针对胡适将《葛覃》理解为女工放假,周作人批评道:"胡先生只见汉口有些纱厂的女工的情形,却忘记了这是二千年前的诗了。倘若那时也有女工,那么我也可以说太史坐了火车采风,孔子拿着红蓝铅笔删诗了。"[1]在周作人看来,胡适的新解是大胆的"以今度古",但两千年前的社会情形和今天的情况完全不一样,利用今天的生活现象去理解两千年前的作品并不严谨,强行坐实反而是有意歪曲。周作人进而提出自己对《诗经》研究的看法:

> 我想读《诗》也不定要篇篇咬实这是讲什么。譬如《古诗十九首》,我们读诗时何尝穿求,为何对于《诗经》特别不肯放松,这岂不是还中着传统之毒么?胡先生很明白的说,《国风》中多数可以说"是男女情爱中流出来的结晶",这就很好了;其余有些诗意不妨由读者自己去领会……"不求甚解"四字,在读文学作品有

---

[1] 周作人:《谈〈谈谈《诗经》〉》,载顾颉刚编《古史辨》第三册,海南出版社2005年版,第389页。

时倒还很适用的，因为甚解多不免是穿凿呵。①

周作人认为，"有些诗意不妨由读者自己去领会"，朦胧不解中反而别有意趣，过度求解会破坏作品的审美特性。他提出，我们对《古诗十九首》一类作品，往往能持单纯审美的态度，不在字义上斤斤计较，对《诗经》也应如此。周作人批评胡适和顾颉刚"中着传统之毒"，这和俞平伯的"朴学家嫡派"有一样的潜台词：胡适、顾颉刚的关注点根本不在"文学研究"，而在于坐实他们想要的解释路径。

周作人和俞平伯从纯粹审美欣赏的角度，指责顾颉刚和胡适坐实诗旨的行为根本就不是文学研究，反与朴学家相似。的确，不管是毛传、郑笺还是胡适、顾颉刚，他们在《诗经》解读中的关注点都不是这些作品文辞有多优美、韵律有多和谐，而是有着自己的现实关怀和阐释预设，要通过《诗经》的训释解读传播时代价值，这就必然要求相对固定的阐释。但是"五四"学者和传统注家的做法存在分歧。

首先是价值取向的不同。传统解释试图从《诗经》中生发的是一套政教伦理，而现代学者试图植入的是启蒙价值。对于

---

① 周作人：《谈〈谈谈《诗经》〉》，载顾颉刚编《古史辨》第三册，海南出版社 2005 年版，第 390 页。

《野有死麕》一诗,《毛诗序》曰:"《野有死麕》,恶无礼也。天下大乱,强暴相陵,遂成淫风。被文王之化,虽当乱世,犹恶无礼也。"① 韩诗曰:"平王东迁,诸侯侮法,男女失冠昏之节,《野麕》之刺兴焉。"② 两种汉代解读都将重点落在"礼"上,认为《野有死麕》描述的是男女婚姻的失序状态,从而将此诗引入政治伦理维度。而顾颉刚和胡适将这首诗落实在男女幽媾,强调其描述的是原始大胆的恋爱,则是要将这些诗的解读与反礼教、呼吁个性解放的时代主题联系起来。

其次是《诗经》在其理论体系中的地位不同。《诗经》收集和成书本来就不是单纯的个人行为,而是跨越漫长历史时段的政治事件。但是对于胡适、顾颉刚等"五四"学者来说,《诗经》不再具备这样的"元典"地位,他们将《诗经》视为一本无名氏编辑的歌谣集。可以说,对于胡适、顾颉刚而言,用《诗经》来说明这些道理和用《红楼梦》来说明这些道理是一样的,《诗经》既然不承担核心价值的来源,那它就可以被随意选择和拆解,适合于装进启蒙价值的男女婚恋诗被重视,而《雅》《颂》中的作品被斥为陈腐落后,无人问津。

最后是对《诗经》意义层次的理解不同。传统对于《诗经》

---

① (清)阮元校刻:《十三经注疏》,中华书局1980年版,第292页。
② (清)王先谦:《诗三家义集疏》,吴格点校,中华书局1987年版,第111页。

的理解是多层次的，皮锡瑞在《经学通论》中指出：

> 《诗》为人人童而习之之经，而《诗》比他经尤难明。其所以难明者，《诗》本讽谕，非同质言，前人既不质言，后人何从推测？就《诗》而论，有作《诗》之意，有赋《诗》之意。郑君云："赋者，或造篇，或述古。"故《诗》有正义，有旁义，有断章取义。以旁义为正义则误，以断章取义为本义尤误。是其义虽并出于古，亦宜审择，难尽遵从。此《诗》之难明者一也。[①]

总的来说，经典的阐释体系相当复杂、多面，对于历代经师而言，最重要的就是孔子删诗的诗教之义，正是这层意思使得《诗经》不只是先秦时期三百首普通的、流传于民间的诗歌，而成为万世不易的大经大法，这也直接关联到《诗经》能在何种意义上施用于政教。

值得注意的是，这种阐释体系已经给"不求甚解"的读诗态度留出了空间——作诗者既然是以比兴托寄的方式，那么仅从审美角度，读诗者当然也可以各以心会，不必确指诗义为何。但现代学者所宣称的，是我们可以通过直接读原文获得《诗经》

---

① 吴仰湘编：《皮锡瑞全集》第六册，中华书局2015年版，第271页。

的"原义"。他们同时宣称自己和经师最大的不同,就是一出于想象,一出于理性,经师是在政教目的的驱使下牵强附会,随意解读,现代学者是以"科学方法"为指导,通过扎实的考据得出结论,从而还原一首诗被经典化以前的意思,亦即这首诗被创作出来时的"原作者"和"原作意"。胡适说:"应该把'三百篇'还给西周、东周之间的无名诗人。"[1] 这就以历史化和科学化的方式,将《诗经》阐释固定在"求真"维度,正是这种研究取向掀起了民初《诗经》研究竞相猜测"原义"的风潮。

---

[1] 胡适:《〈国学季刊〉发刊宣言》,载欧阳哲生编《胡适文集(3)》,北京大学出版社1998年版,第11页。

第三节 《静女》讨论:"求真"还是"猜谜"?

《静女》讨论同样由顾颉刚发起,1926年2月20日《现代评论》发表其《瞎子断匾的一例——〈静女〉》,之后刘大白、郭全和、董作宾、魏建功等学者纷纷撰文加入《静女》诗旨的讨论。涉及《静女》讨论的主要文章有:顾颉刚《瞎子断匾的一例——静女》(《现代评论》1926年第3卷第63期);张履珍《谁俟于城隅?》(广东大学《学艺》1926年第1期);谢祖琼《〈静女〉的讨论》(广东大学《学艺丛刊》1926年第3期);刘大白《关于瞎子断匾的一例——静女的异议》(《黎明》1926年第24期);刘大白、顾颉刚《邶风静女篇的讨论》(《语丝》1926年第74期);刘大白《再谈〈静女〉》(《黎明》1926年第25期);郭全和《读〈邶风静女的讨论〉》(《语丝》1926

年第82期；魏建功《邶风静女的讨论》(《语丝》1926年第83期；刘复《瞎嚼喷蛆的说〈诗〉》(《世界日报副刊》1926年第2卷第2号）；董作宾《〈邶风静女篇〉"荑"的讨论》(《现代评论》1926年第4卷第85期）；刘大白《三谈〈静女〉——对于〈语丝〉83期魏建功先生〈邶风静女的讨论〉的讨论》(《黎明》1926年第36期）；刘大白《四谈〈静女〉》(《白屋说诗》)；杜子劲《〈诗经·静女〉讨论的起沤与剥洗》(《天河杂志》1931年第11期《诗号》)。① 这次讨论比前两次规模更大，影响面也更广，参与者来自北京、广州、上海、开封等地，除新文化运动主将之外，一些大学、中学教师也纷纷带领学生开展《静女》讨论，并在报纸上发表讨论成果，这可算得上是一次全国范围内的学术事件。

一、字里行间求"原义"

在《瞎子断匾》一文中，顾颉刚花费大量篇幅反驳了传统训释，毛传、郑笺将"彤管"理解为女史彤管之法，又赋予"荑"以"有始有终"的伦理涵义，顾颉刚分析了从毛序、毛传到郑笺"层累"的《静女》解释史，提出毛郑解释都是政治

---

① 以上文章都被收入顾颉刚编《古史辨》第三册。

影响下的附会，乃是"以为我的想像如此，事实便非如此不可"。《静女》实际上只是一首普通约会诗，并无深意。顾颉刚在文中附上了自己的译文：

> 幽静的女子美好呵，她在城角里等候着我。
> 我爱她，但见不到她，使得我搔着头，好没主意。
> 幽静的女子柔婉呵，她送给我硃漆的管子。
> 这个硃漆的管子好光亮，我真是欢喜你的美丽。
> 从野里带回来的荑草，实在的好看而且特别。
> 但这原不是你的好呵，好只好在是美人送给我的。

顾颉刚将《静女》理解为男女约会，女子送给男子一个朱漆的管子，又送了一支从野外带回的荑草。这样就扭转了传统注疏对"彤管"和"荑"的历史化和伦理化解读，而将此诗情境固定为一首俚俗情诗。在此文总结部分，顾颉刚宣称"科学方法"和"理性"是现代人打破附会的武器：

> 我们现在抨击汉代的经学，并不是要自命不凡，标新立异，也不是为时势所趋，"疑经蔑古，即成通人"；实因我们有眼睛而他们没有眼睛，我们有理性而他们没

有理性，所以他们可以盲目盲心的随意乱断，而我们不能如此。①

（一）谁俟于城隅？

这一问题由张履珍首先发起，他提出，新文化运动以来，大家普遍不再相信从前"文王之德""后妃之德"的解读，而认识到《诗经》是当时的民间文学，对于诗作也有了新的解释，但就《静女》而言，大家的新解释却大相径庭。郭沫若的解释就与顾颉刚截然不同：

> 她是又幽闲又美丽的一位牧羊女子，
> 她叫我今晚上在这城边等她。
> 天色已经昏朦了，她还没有来，
> 叫我心上心下地真是搔摸不着！

按照郭沫若的翻译，此诗首章是讲女子让男子等自己，可是天黑了女子还没来，所以男子"搔首踟蹰"，而顾颉刚的理

---

① 顾颉刚：《瞎子断扁的一例——〈静女〉》，载顾颉刚编《古史辨》第三册，海南出版社 2005 年版，第 332—335 页。

解则是女子在等男子,男子到了约定之地找不到女子,所以"搔首踟蹰","一样的一句诗,生出二样绝对不同的翻译",张履珍进而根据自己读原文的感觉提出,此诗似乎是男子的口吻,所以"俟我于城隅"的"我"就是男子自己,那么"爱而不见,搔首踟蹰"的主体就应该是女子,所以这首诗讲的可能是一位男子想象女子在等候自己,张履珍提出自己的看法求教方家,希望能有助于发明此诗原义,"将来可望归以一致,得有定论"。①

谢祖琼随即发文肯定郭沫若、顾颉刚、张履珍等人勇于推翻前人附会,提出新解,但是"细看起来,觉得字句间都有不对的地方"。他认为三家的解释在文义上都有不能贯通之处,"俟我于城隅"一句不应坐实,而应理解为对双方约定的描述,这样就成了:

幽闲而美丽的女子,她约我,她在城角等候我。
我爱她,但她还没有来,真令我搔着首,好没主意。

女子约会男子,说自己会在城角等候,可是男子先到了却不见女子,因此"搔首踟蹰",谢祖琼认为如此这首诗就能够

---

① 张履珍:《谁俟于城隅?》,载顾颉刚编《古史辨》第三册,海南出版社2005年版,第337—338页。

解通了。他自信地问道:"郭,顾,张三位先生和阅者诸君以为对不对?"①

顾颉刚、郭沫若、张履珍、谢祖琼四人的分歧集中于对此诗首章"俟我于城隅"之主体的理解,顾颉刚和郭沫若的解释完全相反,但各自都能解通,于是张履珍和谢祖琼都以"求定论""求正解"的心态加入了讨论,希望通过推敲原文,搞清楚到底是男子等女子,还是女子等男子。当然,他们对原文的理解有大量主观因素,因此他们的翻译中各自补充了原诗没有的想象内容,四个人得出了四种解法。张履珍和谢祖琼都认为自己的解释是"正确"的,或者说存在一个唯一的正解,通过不断的研究我们可以达成一致的意见。这说明他们从根本上接受了顾颉刚等学者宣传的《诗经》研究方法,认为通过读原文可以找到唯一确定的原义。

之后,刘大白发现"爱"字异文,他指出《说文解字》中有"僾,仿佛也;从人,爱声。《诗》曰:'僾而不见。'"之语,说明"爱"在早期文本中一作"僾",为"仿佛"之义。那么,《静女》就可以解读为男子去城角寻找等待自己的静女,他远远地就开始寻找,但是恍恍惚惚地唯恐见不到,故而"搔

---

① 谢祖琼:《〈静女〉的讨论》,载顾颉刚编《古史辨》第三册,海南出版社2005年版,第339—340页。

首踟蹰"。翻译为现代文就是：

> 一个静悄悄的姑娘，流丽而又端庄，约定等我在城角旁；
> ——为甚仿佛看不见？累我搔着头皮，远望着在路上傍徨！①

此次讨论中注意到"爱"字异文的还有杜子劲，他提出清代注家多主此说，马瑞辰就将"爱"解释为"隐"或"蔽"，他举出大量材料证明凡"爱"音字多为隐蔽意。按照杜子劲的解释，这首诗描述的就是女子与男子约定城角等待，但女子悄悄躲了起来，男子到地方找不到人，只好"搔首踟蹰"，这样，静女的形象就显得俏皮，男子的形象则显得憨直，这种解释后来影响很大。②

我们还应关注郭沫若的解释。郭沫若将"爱"释为"天色昏朦"，也是由这一异文引申而来，陶渊明诗"暧暧远人村"之"暧"即"昏昧"之义。所以，在共同注意到异文的情况下，刘大白、杜子劲、郭沫若三人依然给出了三种不同

---

① 刘大白：《四谈〈静女〉》，载顾颉刚编《古史辨》第三册，海南出版社2005年版，第371—372页。
② 参见杜子劲《〈诗经·静女〉讨论的起沤与剥洗》，载顾颉刚编《古史辨》第三册，海南出版社2005年版，第375—378页。

的解读。同时，虽然有这一异文，我们也难以彻底排除"爱"作"亲爱"之义的可能性，仅就《诗经》而言，出现"爱"字凡三处，另两处分别为《将仲子》"岂敢爱之，畏我父母"和《隰桑》"心乎爱矣，遐不谓矣"。这两处的"爱"都可以往"亲爱"一路解释，因此"爱"之异文虽然重要，却难作定论。

（二）"彤管"是什么？

《静女》讨论的另一争论点是"彤管"，顾颉刚将其解为"红管子"，刘大白首先发文提出不同意见，他说：

> 我对于你攻击经师们底异想天开完全同意。但是我对于你底解释彤管和荑却有一点不以为然。我以为与其把彤管和荑解成两物，不如把它们解成一物。你把彤字说成丹漆，还难免拘泥于古训。我以为彤就是红色，彤管就是一个红色的管子。这个红色的管子，就是第三章"自牧归荑"的荑。①

---

① 刘大白:《关于〈瞎子断扁的一例——《静女》〉的异议》，载顾颉刚编《古史辨》第三册，海南出版社 2005 年版，第 341 页。

刘大白的论证包括两步：第一，从毛传"荑，茅之始生者"的训释和《左传》茅能缩酒的记载来看，"荑"是一种有管子的茅草。第二，从宋人梅尧臣诗"丹茅苦竹深幽幽"和晋人郭璞诗"临泉挹清波，陵冈掇丹荑"看来，茅有丹茅，荑有丹荑。既然荑是管子，也有红色的类属，那么彤管也就是梅、郭诗中的"丹茅""丹荑"了。刘大白的论证只能说明可能性而不能证明必然性，其考证完全是在"大胆假设"的基础上进行的，他通过阅读的感觉，认为如果"彤管"和"荑"是一件东西，全诗的二三章便能相承，讲的意思也更为贯通。可以说，这种解读看似经历了"科学"的考据，也有其主观的一面。

顾颉刚迅速致信刘大白，放弃了自己的解释并对刘大白大加赞赏：

先生把郭璞诗的"陵冈掇丹荑"和梅尧臣诗的"丹茅苦竹深函函"来证明《静女篇》中的"荑"就是"彤管"，确当之至。我见不及此，所以虽有攻击谬说的心，终给谬说迷蒙住了。二千余年的曲解，一朝揭破，大快！大快！①

---

① 顾颉刚：《答书》，载顾颉刚编《古史辨》第三册，海南出版社2005年版，第343页。原书引文为"丹茅苦竹深函函"，疑有误，应为"丹茅苦竹深幽幽"。

顾颉刚敏锐地发现,刘大白的解读比自己的更加"科学",显得更加有理有据,因此他根据"彤管为荑"的新解调整了自己的观点。

郭全和随即撰文声援刘大白,认为"彤管为荑"的论证过程"圆满而可以成立",堪为定论。他进一步提出,"彤管"之"管"应该是"菅"字之误,因为《尔雅》载:"白华,野菅。"郭璞注曰:"菅,茅属。《诗》曰:'白华菅兮。'"[1]在这个论证中,郭全和先接受了刘大白的意见,在"彤管""荑""茅"三者间画等号,继而根据"菅,茅属"的记载,把"菅草"和前三者都视作一物,那么,既然"彤管"和"菅草"是一物,"管"和"菅"就是一个字了。且不论刘大白的论证本身就比较主观,就郭论证的最后一步而言,也难以成立。《诗经》原文流传千年,除非有坚实的证据,或者原文本身滞涩难通,否则仅根据主观猜测就修改经文,是非常危险的。

接着,魏建功也撰文加入"彤管"讨论。他认为"彤管"不是"荑",而是丹漆的红管子,很有可能是一种红色乐器。他批评刘大白的论证太过迂曲,对于郭全和将"彤管"释为菅草,魏建功斥为异想天开:"我只有要证据来!"他根据"彤"

---

[1] 郭全和:《读〈邶风·静女〉的讨论》,载顾颉刚编《古史辨》第三册,海南出版社2005年版,第347页。

和"管"的传统训释提出"彤管为红色乐器"的看法:第一,《诗经》中"彤"字两见,除《静女》外,另一处"彤弓弨兮"之"彤"训为丹漆。第二,《简兮》"赫如渥赭"说明当时有红色的乐器。第三,《诗经》中出现了三次"管""莞"作乐器的用法。结合以上三点,魏建功提出"彤管"是一种丹漆涂红的乐器。经过一番论证,魏建功在文末说道:"我们现在都在这儿扪'管',不知道给谁扪着了!我们现在都在这儿试'草',不知道给谁试出了!"[①]

董作宾随后撰文声援"茅草说",他提出,自己初见刘大白的解释,便想起小时候吃的"茅芽"就是"红红的筒儿,约有三寸长短","剥开里面时,却是嫩白光滑如毛如棉的絮儿,这是柔脆而甜的东西,小孩子们是最喜欢吃的"。另外还有一种"茅草根儿",也是一节一节的白色植物,味道甘甜可口。董认为这就是"白茅",他还举出一首儿歌:"老头儿老,看茅草,茅草窝里睡着了。狼吃了,狗嚼了,撇个骨都又活了。"说明茅草是一种家乡常见的可食用的植物。董作宾用自己的童年记忆推测《静女》中的情况:"邶地是古代黄河经流的地方,也和现在开封一样,必多白茅的产生。就这看来,吃茅芽

[①] 魏建功:《〈邶风·静女〉的讨论》,载顾颉刚编《古史辨》第三册,海南出版社2005年版,第351—353页。

的习惯敢保不是从古代遗传下来的！'自牧归荑'，又怎见得不是因为它好吃呢？"他进而提出，茅草外面有嫩红色的叶托包裹，因此《静女》中的男子第一次接到礼物时"乍看时是些红管儿，以后剥出雪白的芽儿来，才知道是荑了"。因此原诗先说"贻我彤管"，又说"自牧归荑"。① 刘大白盛赞董作宾用实地试验的方法找到了坚实的论据："魏建功先生曾说'要证据来'的话；经董作宾先生拿他底实地经验来证明，荑的确是彤管，可以说人证和物证俱全了。"②

刘大白也撰文反对魏建功的解读，他举出《尚书》《尔雅》中"彤"不作丹漆解的例证，说明"彤"常常直指红色，不必坐实为丹漆，至于"管"也有多种理解方式，不必坐实为乐器："魏先生从《毛诗》中找出'言红色'的许多例子来，证明彤是涂红；这种方法，自然是很科学的。然而科学方法，也难免危险。因为假使有或种条件不曾顾到，就会弄出错误来。"刘大白认为，"彤管也不过是条红管子"，"彤"与"管"在先秦文献中的解读都并不固定，虽然各自有作"丹漆"和"乐器"的理解方式，但若强行坐实，反而可能出错。③

---

① 董作宾：《〈邶风·静女篇〉"荑"的讨论》，载顾颉刚编《古史辨》第三册，海南出版社 2005 年版，第 357—361 页。
② 刘大白：《白屋说诗》，岳麓书社 2012 年版，第 118 页。
③ 参见刘大白《白屋说诗》，岳麓书社 2012 年版，第 107—108 页。

"彤管"训释的思路可分为两种：以刘大白、董作宾为代表的"茅草说"和以魏建功为代表的"乐器说"。二者不同之处在于，魏建功的做法比较近于传统考据，其选择的材料都来自《诗经》同时期的文献，而其结论在传统注疏学中早有渊源，欧阳修、王质等人都曾提出相关说法，苏轼《菩萨蛮·有寄》："城隅静女何人见。先生日夜歌彤管。"①则此说在宋代就已经出现。而刘大白等人采取了许多现代民俗、民谣资料，得出彤管为荑的新解，这种解读显然更符合"五四"时期的理解方向。如果彤管和荑都是野外的茅草，那么《静女》的情境就更加固定在了平民男女的恋爱，而乐器在先秦时期属于贵族用品，这种解读就显得不那么符合民谣情境，顾颉刚对其大加赞赏应有此方面原因。

不过，正如学者们互相攻击中所说，他们的论证方式都是先提出一种可能性，继而寻找材料证明这种可能性的确存在。换句话说，结论都是"可能"而非"必然"，因此通过这种方式得到的"原义"，很容易被寻出反例驳倒。刘大白只要找出先秦文献中"彤"不作"丹漆"，"管"不作"乐器"之例，就能驳倒魏建功，而魏建功也能以刘大白、董作宾根本没有早期文献的实据为由，斥其为异想天开。在这个争论中最值得注意

---

① 邹同庆、王宗堂：《苏轼词编年校注》，中华书局2002年版，第218页。

的，就是参与者普遍认为只要采用"科学方法"就能得出文本的唯一"原义"。

二、"科学方法"之迷思

顾颉刚在《古史辨》第三册序中所说：

> 我们要打破旧说甚易而要建立新的解释则大难。这因为该破坏的有坚强的错误的证据存在，而该建设的则一个小问题往往牵涉到无数大问题上，在古文字学，古文法学，宗教学，社会学，民俗学……没有甚发达的今日，竟不能作得好。例如《邶风·静女篇》是多么简单的一篇诗，可是摧毁毛郑之说丝毫不费力，也不发生异议，而要建立现代的解释时，则"荑"呵，"彤管"呵，"爱"呵，触处是问题，七八个人讨论了五六年方得有近真的结论。①

在顾颉刚看来，这组文章的作者都不相信旧说，而希望通过"科学方法"建立现代解释，"科学方法"采用的材料多种

---

① 顾颉刚编：《古史辨》第三册，海南出版社2005年版，自序，第1—2页。

多样，科学的考据需要借助古文字学、古文法学、宗教学、社会学、民俗学的知识，而《静女》讨论正是一个方法的实践，学者们广泛地吸收了各种学科的材料与成果，终于得出了"近真的结论"。

顾颉刚所谓"近真结论"，自然是指刘大白的"㑄作仿佛""彤管为荑"之见，刘大白本人也对自己的《静女》考证颇感得意，将其全部收入了自己的《白屋说诗》之中，不过从上文的分析来看，刘大白的看法是否"近真"，并未形成统一意见。这次讨论中出现的另一种思路也值得注意，其代表是刘复和杜子劲。

刘复认为，学者们在《静女》首章疏解上意见不一，此章"静女其姝，俟我于城隅。爱而不见，搔首踟蹰"，郭沫若译为男等女，顾颉刚译为女等男，张履珍释为男子想象女子等自己，谢祖琼认为只是约定而非实写。四位学者提出了四种不同看法。对此，刘复指出问题的关键在于文义本来不清楚："既然说了'俟我于城隅'，为什么接着又说'爱而不见'？若说约会的地方是城隅，到了临时找不到，总不免有点儿牵强，因为城隅决然不是个大地方，也决然不会是个和前门大街一样热闹的地方，而况既然找不到，为什么下文又有了馈赠的事呢？"直接看《静女》文本有许多难以理解之处，因此大家都在疏通文义时加上自己的想象和推测，造成众说纷纭的情况：

在古代的文章里，尤其是诗歌里，往往为了声调或字数的关系，把次要的字眼省去了几个。这所谓次要，只是古人心中以为次要罢了；在我们看去，却是重要得了不得。因此，我们现在要解这首诗，目的只在于要发见他所省去的几个字。你若说他的意思是预先约定了，临时找不着，只是你的一种假定；干脆说，只是你在那里猜谜子。这种的猜谜子，只要是谁猜得可通，就算谁猜得好；考据功夫是无所施其技的，——因为要考据必须要有实物，现在并无实物，只是对着字里行间的空档子做工夫而已。①

刘复直指古代文章的创作方式本就不会清晰地提供所有信息，诗歌由于音调和字数的限制，更是把许多次要信息都省略了。那么，"通过科学方法能在作品和确定解释之间架起唯一桥梁"这一求原义的基本预设不能成立。诗歌的文体特性为读者提供了极大的想象空间，后人解读时需要用自己的猜测来填补这些空间，这本质上是"猜谜"而不是考据，因为它面对的只是"字里行间的空档子"。因此，只要谁猜得通，就猜得好，

---

① 刘复：《瞎嚼蛆的说〈诗〉》，载顾颉刚编《古史辨》第三册，海南出版社 2005 年版，第 355 页。

每个人提出的都是自己的假定，而不是所谓的"原义"。

其后杜子劲也谈道，之所以大家难以得出一致的结论，是因为原诗"全篇结构散漫，并无论理的组织"。不管是歌谣的创作，还是乐工的改编，都没有把条理和逻辑放在第一位：

《诗经》大部分虽然不是"徒歌"了，是"乐工化"的歌谣，但乐工的改编徒歌，也只求便于演奏，简短的展为冗长，或使之回环复沓，也不过迁音就节，纳声顺谱，随随便便改换一下而已，决不像现在"诗人"般的绞脑汁，捻着胡子作推敲的笨功夫。所以《卷耳》的讨论，终究没有眉目，各人拟各人的条理，到底也找不到它的确定的条理——它本来就没有条理呵！即如《关雎》一篇，不过经后人的曲为解释，好像是一篇有头有尾条理清楚的文章，其实说起来，一章与二三两章固然没有连贯，即二章与三章也只是复沓而已，也说不上什么"未得"与"既得"的区别。《静女》也是如此；它的组织虽不像《卷耳》那样的错乱，但前后三章也是很漫散的，我们不必强求它的条理。你说他是"追忆诗"也好，你说他是"纪实诗"也好，我们只不要忘记它是经过随便改编的歌谣。前后连贯的"诗歌作法"，歌谣创作者不懂得这个,乐工也不曾把它放在眼里!①

杜子劲区分了两种文学创作的方式,一种是从前的歌谣创作者,压根不懂得前后连贯的诗歌作法;一种是现在的诗人,绞尽脑汁捻着胡子作推敲的笨功夫。这一区分中有明确的价值判断,杜子劲是推崇从前那种自由散漫的创作方式的,他认为此类作品中根本不会有今人想象的确定逻辑和条理,今天的研究者非要按照迂腐的执念去寻找条理和逻辑,执着于唯一的正解,是根本行不通的。《卷耳》和《静女》等诗作的讨论都陷入莫衷一是的结果,原因就在此。

刘复和杜子劲敏锐地发现,《静女》讨论中所谓的"科学考据",其本质就是"猜谜"。且不说每一个字的意思难以确定,即使确定了每一个字是什么意思,不同的读者还是会根据自己的主观想象补足文义,而得出完全不同的结论。因此,"通过文本考据能得出唯一真实的原义"这一《诗经》研究的基本预设,自然也是有其局限的。

这更加证明,从《卷耳》到《野有死麕》再到《静女》,顾颉刚、胡适、郑振铎等学者投入《诗经》乃至古代文学研

---

① 杜子劲:《〈诗经·静女〉讨论的起沤与剥洗》,载顾颉刚编《古史辨》第三册,海南出版社 2005 年版,第 375—376 页。

究的初衷并非为学术而学术,为考据而考据,而是希望通过"科学"和"理性"推翻传统的主流经说,建立一套针对《诗经》的现代解释,根据个性解放、自由恋爱、标举白话等时代考虑,对诗作进行全新的解读,继而为现代文学革命提供理论支持。对于这些学者来说,"科学方法"既是推翻旧解的武器,也是建立新说的工具。因此,当整理国故运动的追随者们带着"求真"的价值观去寻找唯一确解时,他们最终只会发现,"为考据而考据"可能导致莫衷一是的结果。

第四节 小 结

总的说来，发生在20世纪20年代的从《卷耳》到《野有死麕》再到《静女》的论争，不约而同地把焦点放在《国风》中男女婚恋的诗作。学者们将这些传统中曾被释为求贤审官、贞女拒暴、贻人法则的作品，解读为男女的思念、偷情和约会，甚至引申为赤裸裸的性爱表达，这里面本身就包含了时代主题的投射。

当文学研究会学者打着"整理国故"旗号，主张针对《诗经》进行"文学的科学研究"时，他们并不仅仅希望以此满足自己的历史求知欲，而是希望通过"古代文学—现代文学"的二元话语生产模式，将现代启蒙价值投射到古典作品的重新阐释当中，这奠定了古代文学研究从一开始就重历史、重考据的倾向。当然，郭沫若、周作人等学者早已指出，人文领域根本就不存在绝对的科学、客观、准确，和非此即彼的因果对应，通过对原文的实证式考据去解清楚一首两千年前的诗的"本义"或"原义"，这一假设本身就有相当大的讨论余地，它甚至最终会导致竞相"猜谜"的乱象。其批评点出了问题的关键——"科学方法"只是一套工具，它必须服务于一套价值观才能得以有效运作，顾颉刚等人对"原义"的捍卫，其实意味着他们对启蒙价值的坚守。

后记

《诗经学的现代转型：从1901到1931》这本书脱胎于我的博士学位论文。

这项研究源自我从本科开始的学术兴趣。百年前的学者面对"三千年未有之变局"，怀揣着对时代危机的深重关怀，力图为旧邦开出新命。在这个过程中，传统的知识结构和思想框架瓦解了，现代学科体系在中国迅速搭建起来。"古今之变"的剧烈震荡深刻影响了社会生活的方方面面，就《诗经》来说，这个转变往往被简单地勾勒为"从经学到文学"。但是，作为经学的《诗经》究竟是什么？作为文学的《诗经》究竟是什么？经学与文学各是什么？它们之间的关系又是什么？越是深入挖掘，越会发现许多看似简单的问题绝不简单。其背后的宏大问题，是再次考量着全球变局的我们，再次瞩望于返本开新的我们，必须思考与回应的。

当然，和所有人一样，我的博士学位论文写作经历了千锤百炼的过程。当我选择晚清民初诗经学作为研究对象时，我并不希望仅仅把它视为诗经学史上的一个阶段，而希望把它作为一个支点，去撬动一些文学学科成立之初即面对并延续至今的、事关文明自我定位的根本问题。这项工作的困难甚至说危险显而易见。既有的知识框架来自百余年来那些最聪明的头脑，其背后的根本问题意识隐身于无数表象之下，难以窥破。一段时间中，我发现自己陷入了和表象缠斗的无尽痛苦，表象的分身重重叠叠，砍掉一个，马上又要面对另一个。我意识到，如果不抓住那个最核心的东西，就只能对着空气乱打一气，甚至打来打去发现自己在左右互搏，把自己砍得七零八落。文学的理论堡垒已经有无数人执盾把守，如果你不是服膺于它的修修补补，而是试图去撞击它，或者越过它去思考新的可能，那就会感受到处处碰壁的恐惧。路漫漫其修远兮，这种苦闷和迷茫是我在博士学位论文写作中的常态。

毕业近六年之后，比照博论中的一些旧想法，我已有了新的思考和收获。比如关于刘师培《南北文学不同论》对《诗经》的重新定位，创造社和文学研究会就《卷耳集》写作的争论，我都有了进一步的研究推进。本书的这些内容已经远非博论的原貌了。但在此之外，其他部分仍然维持原样，原因在于，我在近几年的学习思考中发现，当年论文中简单铺陈甚至一笔带过的好些内容，其实指向了更为宏大的问题，尤其是关于诗乐关系以及言志缘情关系等问题，远比我曾经所意识到的更为复杂与关键。如果展开细讲，一来尚需时日研究，二来整个篇幅或许要大大扩充，结构、重心都要彻底调整——这样一来，文章的架构就要面目全非了。因此，除了那些已经修改完毕的并能嵌入原有架构的章节外，本书的其他部分维持博士论文的原貌。我将这本小书作为自己过去学习的一个里程标，也作为未来继续思考前进的自我鞭策。

  我要感谢我的博士生导师徐正英老师，感谢我的硕士生导师吴洋老师，两位老师对我的学术指导以及人生道路的指引，使我与自己性格中的缺点和解，努力追求学术与生活间的通透，将成为一名学者树立为自己的理想目标。感谢徐建委、陈壁生、陈奇佳、徐楠老师，四位老师分别为我打开了不同的学术视野，让我真切地感受到学术的重量与魅力。感谢中国人民大学文学院、国学院的各位师生，老师们的教育、同学们的陪伴，让我收获了幸福而充实的十年时光。感谢文化艺术出版社的王红总编辑、柏英主任、邓丽君老师，三位老师的认真与热情是本书得以顺利出版的保障。最后，感谢我的家人和朋友，你们是我一切努力的动力。